『風雲への序章』

ナリス公に——いや、ナリス王か……似ている……（173ページ参照）

ハヤカワ文庫JA
〈JA938〉

グイン・サーガ⑫③

# 風雲への序章

栗本　薫

早川書房
6374

SIGNS OF STORMS

by

Kaoru Kurimoto

2008

カバー／口絵／挿絵

丹野　忍

# 目次

第一話　父子の絆……………………………一一
第二話　君　臨……………………………八一
第三話　僭王の野望…………………………一五三
第四話　狂瀾の予兆…………………………二三五
あとがき……………………………………二九七

それは神々のめでたまいし伝説の王の、生きてあらわれたすがたであった。そこに立つ豹頭の英雄のすがたのつきづきしさは神話のそれに似て、ケイロンのひとびとを刮目させた。それは、ケイロンの長い歴史に、まったくあらたなる一頁が開かれた、その瞬間であった。

ケイロンの歌より「豹頭王の降誕」の章

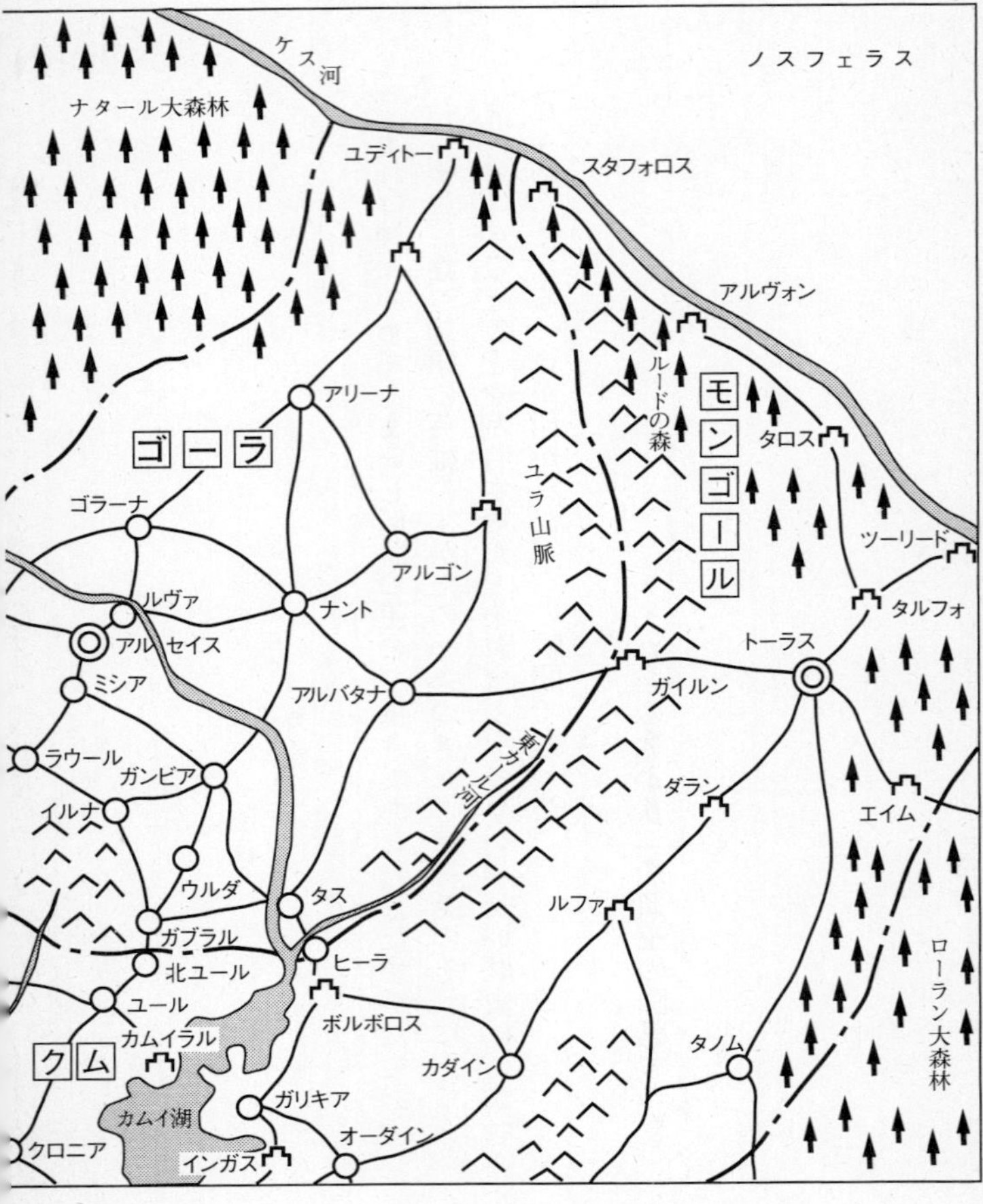
ケス河
ノスフェラス
ナタール大森林
ユディトー
スタフォロス
アルヴォン
ルードの森
モンゴール
タロス
ゴーラ
アリーナ
ユラ山脈
ゴラーナ
ツーリード
アルゴン
タルフォ
ルヴァ
ナント
アルセイス
トーラス
ミシア
ガイルン
アルバタナ
東カール河
ラウール
ガンビア
ダラン
イルナ
エイム
ウルダ
タス
ルファ
ガブラル
ヒーラ
北ユール
ローラン大森林
ユール
ボルボロス
カムイラル
クム
タノム
カダイン
ガリキア
カムイ湖
オーダイン
クロニア
インガス

〔中原拡大図〕

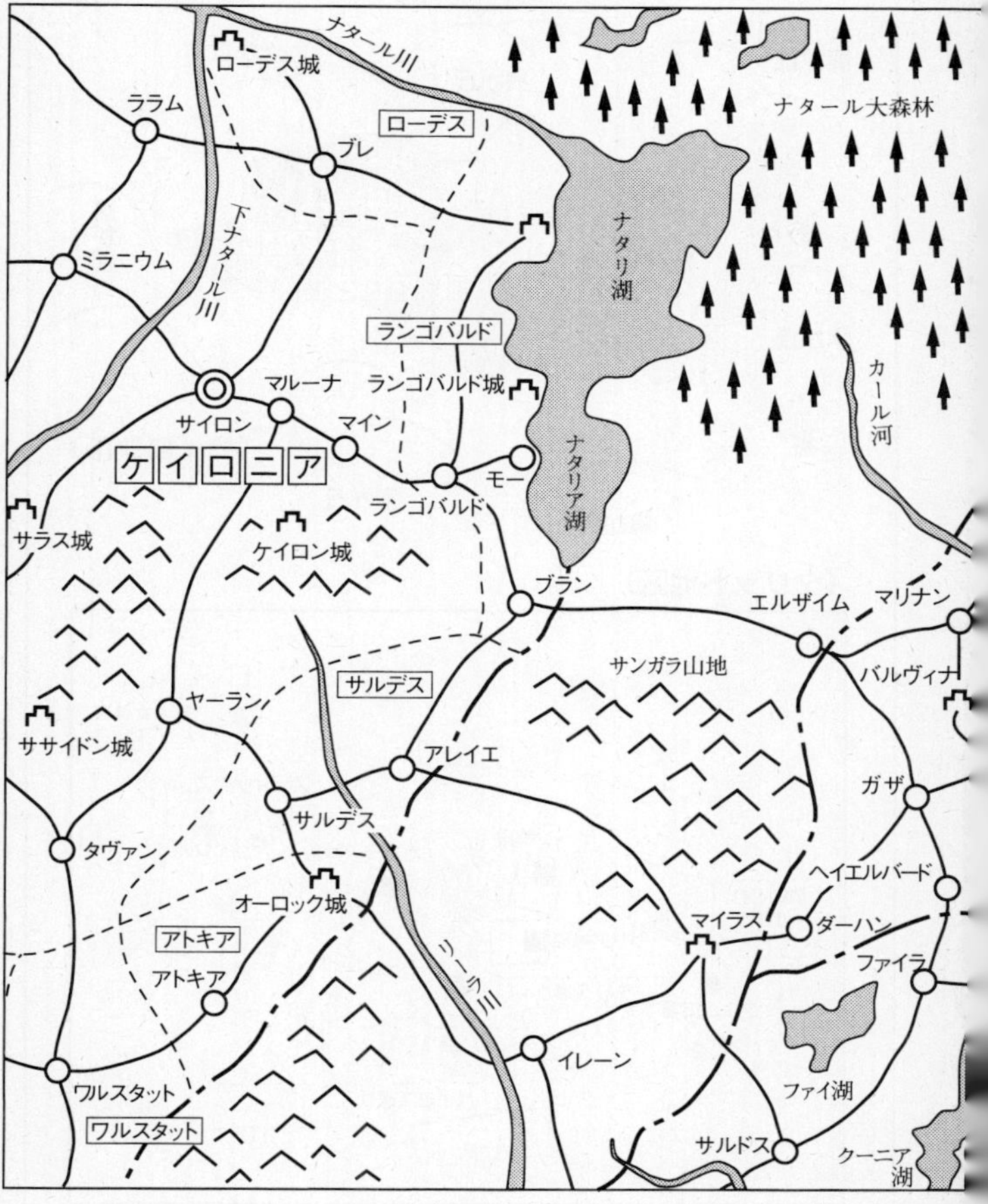

ナタール川
ローデス城
ナタール大森林
ララム
ローデス
ブレ
下ナタール川
ナタリ湖
ミラニウム
ランゴバルド
カール河
ランゴバルド城
サイロン
マルーナ
マイン
ナタリア湖
ケイロニア
モー
ランゴバルド
サラス城
ケイロン城
ブラン
エルザイム
マリナン
サンガラ山地
バルヴィナ
サルデス
ヤーラン
ササイドン城
アレイエ
ガザ
サルデス
タヴァン
ヘイエルバード
オーロック城
マイラス
ダーハン
アトキア
ファイラ
アトキア
リーラ川
イレーン
ファイ湖
ワルスタット
ワルスタット
サルドス
クーニア湖

〔サイロン〕

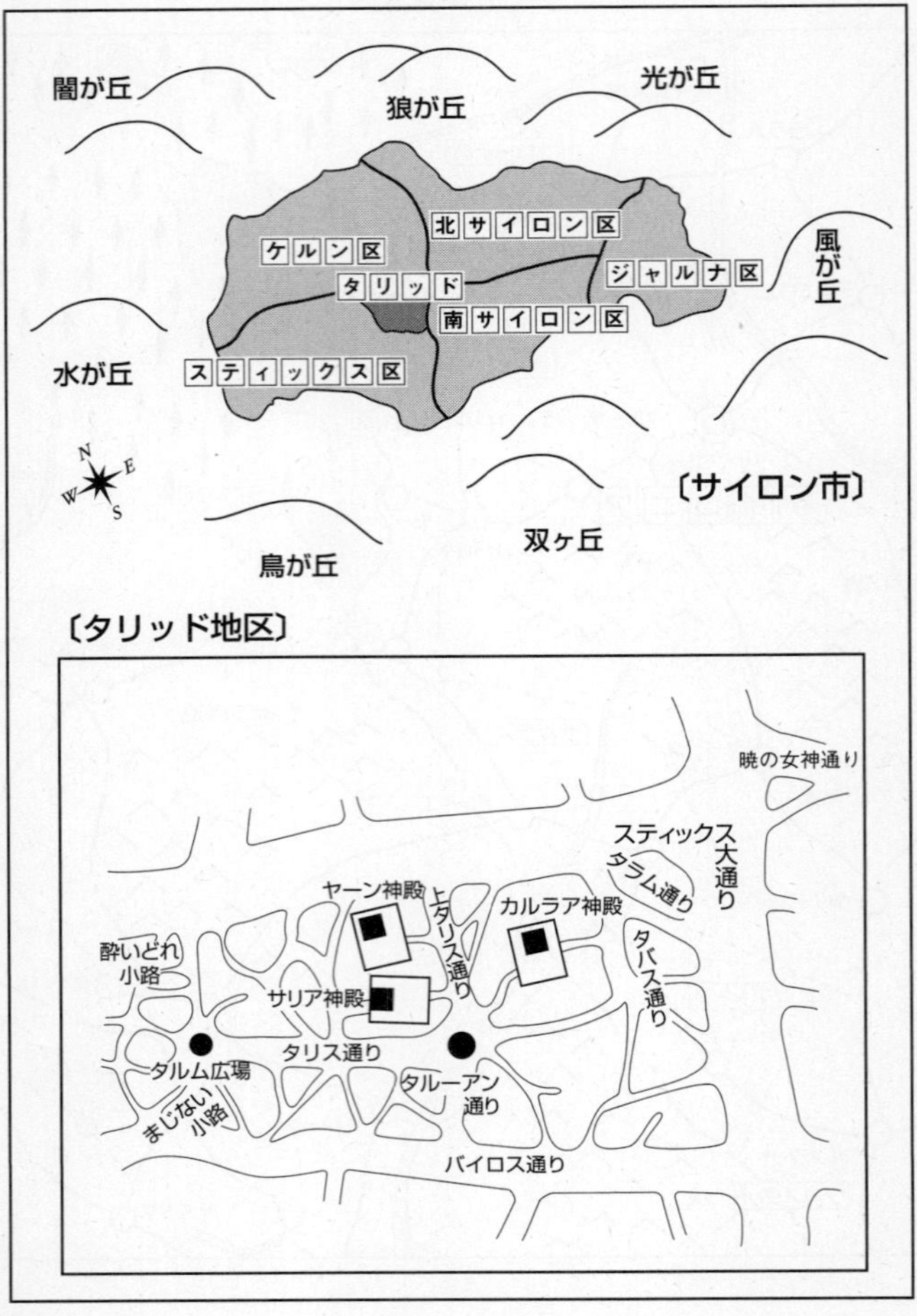

闇が丘
狼が丘
光が丘
北サイロン区
ケルン区
ジャルナ区
風が丘
タリッド
南サイロン区
水が丘
スティックス区
N
E
W
S
〔サイロン市〕
双ヶ丘
鳥が丘
〔タリッド地区〕
暁の女神通り
スティックス大通り
タラム通り
ヤーン神殿
タリス通り
カルラア神殿
タバス通り
酔いどれ小路
サリア神殿
タリス通り
タルム広場
タルーアン通り
まじない小路
バイロス通り

# 風雲への序章

登場人物

グイン……………………………ケイロニア王
アキレウス………………………ケイロニア第六十四代皇帝
ハゾス……………………………ケイロニアの宰相。ランゴバルド選帝侯
ギラン……………………………アトキア侯爵
カメロン…………………………ゴーラの宰相。もとヴァラキアの提督
イシュトヴァーン………………ゴーラ王

# 第一話　父子の絆

# 1

「ケイロニア王、グイン陛下、お見えでございます」

もの柔らかな小姓の伝奏の声をきいて、ケイロニア皇帝アキレウス・ケイロニウスはいぶかしげに首をもたげた。

アキレウスはこのところ、ずっと体調がすぐれない。愛婿であるグインの失踪以来の心痛が深まっての食欲不振がそもそものはじまりであったから、グインがパロより帰還してからはよほど体調も快方に向かい、顔色もよくなり、食欲も戻ってきたが、何をいうにもこの時代としては相当な高齢である。いったん崩してしまった健康はなかなかに取り戻せないのが、辛いところだ。

グインの失踪以来、隠居所と定めていた光ヶ丘の小離宮からふたたび風ヶ丘の黒曜宮へと戻り、重臣たちに助けられつつ政務にたずさわる毎日であったが、高齢の上、グインの失踪という懸念と失望の打撃をうけた身にはおそらくかつてはなんなくこなしてきた統治の任務もあまりにも重たいものとなってきたのであろう。アキレウス自身も、そろそろおのれの限界を悟り、「グインが無事戻ってきたら、そろそろ――」おのれは本格的に退隠して、ケイロニア統治という巨大な任務を婿に全面的にまかせたい、という意向をしきりと、腹心の重臣たちにもらしていたのだった。

「グインが。約束であったかな。わしは、約束を失念していたか」

「ごめんつかまつる。――いや、陛下は何も失念してはおられぬ」

入ってきたグインは、うっそりと頭を下げた。

「このような夜分に、もはやおやすみであったであろうところに無理矢理にお邪魔いたし、申し訳もござらぬ。だが、どうあっても、今夜じゅうに陛下にお目にかかり、内密に申し上げなくてはならぬ重大事あって、強引に小姓どのにお取り次ぎをお願い申した。すべてはそれがしの我儘勝手、お小姓どのへはご叱責がわたらぬよう、それがしよりもお願い申し上げる」

「内密の重大事」

アキレウスは、上体を起こした。

「お前がそういうからにはそれはよほどの重大事に違いあるまい。――よい、いま起きる。いや、心配するな。どうせ、毎日ほとんどを寝て暮らしている身の上だ。いま、多少寝るのが遅れたとて、明日一日中寝ていても誰も文句はいわぬ。——ことに、お前が帰ってきてくれてからは、何もわしが見なくてはならぬまつりごととてもない。——ヨーハン、ガウンをとってくれ」

「かしこまりました」

気に入りの小姓はアキレウスの愛用のびろうどの大きな衿のついたゆったりとしたガウンをうしろからひろげて差し出した。アキレウスはそれに袖を通し、ゆっくりと寝台に上体を起こした。小姓がすかさずうしろからクッションをあてがう。

「ちゃんと起きて、あちらで椅子にかけてきいたほうがよいような話か。それとも、この寝所でよいか」

「どちらなりと……お楽なほうで。ただ、なるべくなら、陛下がすぐにおやすみになれるような態勢でお話を申し上げたほうがよさそうだ」

「ならば、ここでよいな。——ヨーハン、では、わしとグインに飲み物を持って参れ。そして人払いせよ。わしが呼ぶまで、そなたも含めなんぴとも寝所に近づかぬよう、見張っておれ」

「かしこまりました」

小姓はただちに立ち去って、すぐに盆の上に、アキレウスの気に入りの茶をととのえてきた。それを、寝台のかたわらのテーブルと、グインがアキレウスに示されて腰をおろした革張りの大きな椅子のかたわらにおいてある小テーブルの上にそれぞれ置き、丁重に礼をして、そのまま盆をもって引き下がってゆく。

「お前がこの夜更けに、このような異例の訪れ方をして、内密の重大事というからは、それはよほどの重大事なのだろう」

アキレウスは熱い茶をすすり、ゆっくりと云った。

「お前がせっかくサイロンに戻ってくれてから、まだ何かと歓迎の行事やら公式行事やら、わしの体調もあって、かけちがってゆっくりとこうして二人だけで心をうち割った話をする時間にも恵まれなんだ。——今宵は、偶然とはいえ、そのような機会があってわしは嬉しいぞ。——だが、お前がそのように云うからにはおそらくさぞかしの用件だろう」

「本当は、申し上げるべきではないのではないかと、どれだけ迷ったか知れぬ」

グインは口重く云った。確かにグインの持ってきた用件というのは、火急ではあってても、とうてい、たやすく口に出来るようなものでもなければ、また、云うに心が楽しむようなものでもなかった。

「ご高齢の陛下——また、いまなおご病床にあられることを思えば、陛下にこのようなご心労をおかけすることは、どれほどそれがしの本意でないか。——だが、結論は同じだった。これほどの重大な決断については、陛下にこそ、そのおゆるしを仰がねばならぬ。——でなくば、俺は、陛下に剣を捧げた正しい臣下とは申せぬ」

「というほどのことなのだな。云うてみるがいい、グイン。どうせもう、この半年で、お前の不在という苦衷をなめつくした。そこにお前が戻ってきてくれたのだ。この上どのような問題が起きようと、もうわしは驚かぬよ」

「そのおことばを頼りに……あえて申し上げる。お驚きにならないでいただきたい」

グインはまた、珍しく口ごもるようにみえた。

「申し上げなくてはならぬこととは、ほかでもない。——本日ただいまかぎり、それがしは……陛下の婿にして、ケイロニア王であることを返上せねばならぬ。それがしはその資格を失った。むろん陛下への忠誠の念は糸ひとすじほどの変化もない。また、帰国してよりのち、陛下の御信頼にこたえるべく、粉骨砕身、ケイロニア王としてのつとめをはたしてきたつもりだ。それがしそのものには、帰国の御挨拶を喜び申し上げたときより、何ひとつ変わりようもない。——だが、もはや、それがしは——陛下のご息女の夫たる資格を持たぬ」

「なに」

アキレウスもさすがにケイロニアの獅子心皇帝と呼ばれたほどの傑物であった。

その、グインのことばをきいても、ただちに声を荒らげることも、血相をかえることも、また蒼白になって動転することもなく、じっとはかるようにグインを見つめた。

「資格を持たぬ、だと。何があった、グィン。そして、どのような理由でお前はそのように考えるにいたったのだ」

「このような話を……申し上げるのは、俺にとっては、おのれが鞭打たれるよりも辛いことだ。——このようなお話を御報告申し上げるほどならば、いっそはるかなノスフェラスから、帰国せねばよかった、そうとさえ考える。だが、もはや、事態は一刻の猶予もならぬ」

「シルヴィアか」

ゆっくりと、アキレウスは云った。

「お前には、何もべつだん変化はない——帰国したときから、何の変化もない、と云いながら——そのように云うからには、相手の側に何かがあったのだろう。云ってくれ。あのむすめに関するかぎり、わしは何があろうとも驚かぬ。シルヴィアだな。シルヴィアがまた、何か、しでかしたのだ。そうだろう」

「………」

グィンは、沈黙のなかで、困惑と、そして慚愧をあらわした。

アキレウスは一瞬、低く太い吐息をもらした。それから、布団をかきよせるようにして寝台の上にもう一度身を起こしなおし、グィンのほうにいくぶんからだを近づけるようにした。

「云ってくれ。——あのむすめは、長いあいだわしの最大の頭痛の種にして、このケイロニアのもめごとのもとだった。あの愚かしい、ダンス教師とやらに誘惑されてのキタイへの拉致事件以来、いつもあのむすめはわしにとっては悩みの種だった。——今度は、あのむすめは、どうしたのだ。今度はどのようなもめごとをひきおこしてくれたのだ」

「お話し申し上げたくない」

グインはうっそりと云った。

「何も——お聞きにならず、ただ、それがしの申し出を容れて、それがしを——ケイロニア王の地位よりはずし、ケイロニア皇帝息女の夫たる身分からも追放され、もとの……ただの黒竜将軍に格下げしてくださることが可能であれば、それがもっともそれがしの幸いとするところだ。——黒竜将軍などとは贅沢は言わぬ。ただの一介の百竜長であれ、それこそただの平の黒竜騎士から再出発するのであれ——それもそれがしは少しもいとわぬ。もとをただせば——云ってみれば、愚かしい夫婦のあいだのいさかい、というべきであったかもしれぬ。だが、もはや、皇女殿下は、俺をおのれの夫とは決して認めぬ、とおおせになっておいでだ。そうであってみれば、そのおぼしめしにそむくのは俺の不忠」

「何だと。あのむすめが、お前をおのれの夫と認めぬ、などとほざいたのか」

かっとなって、アキレウスは云った。それから、かろうじて、茶をひと口飲んで自制した。

「いったい、それは何の冗談だ。あやつはすでに神聖な婚姻の誓いにより、ケイロニア王グインの妻となった女だ。認めるも認めぬもない。この父皇帝が認めたものを、むすめが認めようと認めまいとそんなことは問題外だ。お前もお前だぞ、グイン。あの我儘娘がそのようなたわけごとをほざいたのを真に受けて、ケイロニア王を返上するなどと申し出にきたのか。お前らしくもない。いったいそれは何のたわごとだ」

「おおせ、いかにもごもっとも」

グインはいくぶんうなだれた。

「だが、願わくは——こまかい事情はどうかお聞きにならないでいただきたい。たぶん、俺のほうにもおちどがあったのだ。またおそらく俺は、あまりにも繊細な女心というものを理解するすべもない野蛮人であり、女人、ことに高貴な女人の繊細さを受け止めるすべを知らぬぶこつな武人にすぎぬのだ。……それに、俺はこのような」

「まだ云うか、グイン。そのようなことは、すでにお前にシルヴィアを与えるとき、さんざんにお前が抵抗しつくした筈だぞ。そのすべてを論破して、このわしが、シルヴィアの婿がねにお前を選んだのだ。お前以外、ありえぬ、といってな。そのことを忘れたのか。もう二度と、おのれが豹頭だの、氏素性が知れぬだの、ということはいうな、とわしは、その折にもお前にいったはずだぞ。——お前に落度があったなどというばかげた話は聞かぬ。お前はそもそも、ケイロニアにおりさえしなかったではないか。しかもそれはわしの命じた困難な公務ゆえにだ。シルヴィアがもし、そのお前の不在について不満を持ったというのなら、それは全面的にシルヴィアが悪い。なんなら、いますぐにでもシルヴィアをここに召しだしてその言い分をきき、木っ端微塵にしてくれようか？」

「とんでもない」

グインはうろたえたように手をあげた。

「皇女殿下はただいま、御不例中にて、ひどく弱っておられる。――もうこのところずっと寝たきりで、心身ともにひどく動揺してもおられるし、弱ってもおられる。召し出すなどという――ましてや、喚問などという、そんな事態には、とうてい耐えられるおからだではない」

「おのれの妻を皇女殿下などというのはよせ。グイン」

アキレウスはいくぶん苛立った表情を見せた。

「それに、お前の言い分はわしにはちょっともわからぬ。いったい何があって、お前が何を考え、何をどう決断したのかさえ、わしには理解できぬ。――もしも、シルヴィアとのあいだに何か決定的な不和になるようなことがあった、というのであったら、その理由から経過まで、何もかも正直に率直に言ってくれ。そうでなくば、そんなばかげたお前の言い分に、わしが耳をかたむけるわけにはゆかぬ」

「………」

グインはうなだれた。

むろん、グインは、アキレウスにあまりにも老帝を傷つけるであろうことの真相を、すべて率直に打ち明けるつもりはなかった。だが、しだいに、得心してもらうためには、ある程度の真相を知ってもらうしかないのだろうか、という思いがきざしてきたのも否めなかった。

なおも、しばらくグインは考えに沈んでいた。それから、ややあって、おもむろに、重々しく口を開いた。

「ならば——陛下がそのようにおおせあるならば、ともかくも……事情をお話するが、くれぐれも——どうか、シルヴィア殿下に対し、お怒りのむくことがなきよう。——すべての責任はこの俺にある——少なくともシルヴィアさまはそう思っていられる。俺もずいぶんと、そのお考えをとくために努力はしたと思う。だが、殿下はあくまでもそのように思い込んでおられた——さまざまのことどもはその結果にすぎなかったようだ。そもそものきっかけは、シルヴィア姫が、ある夜——俺が遠征に出かけて少したったある夜に、夢を見られた、ということだったのだ」

「夢？」

アキレウスは、からだのまわりにびろうどのガウンをかきよせながら、呆れた声を出した。だが、あえて何も云おうとはしなかった。そのまま、じっとグインのことばを待っている。

「そう、夢だ。それはきわめてまざまざとした、ひどく生々しい夢であったらしい。その夢のなかで、姫は、俺が遠征の地にありながら、精神的にはまぎれもなく、姫の夢に生身のまま——つまり、夢のなかの俺ではなく、まさしくこの現物の俺があらわれて、夢の道を通って一瞬、黒曜宮に戻ったのだ、と信じておられる。どうしてもそのお考えをかえることは出来ないんだ。そうであるからには、もしかしたら、その夢というのは、何か——魔道の手が入っていたのかもしれぬし、あるいはまた、ひょっとして、万にひとつ、姫の感じられたとおりまことであったのかもしれぬ。——俺は、何もその夢にかかわる記憶はなかった。だが、ご存じのとおり俺はいま現在、おのれの記憶の完全さについてかなり自信がない。もしかしたら、現実にそのようなことがあり——俺もその夢をともにし——だが、その後、俺はたまたまその夢のことを、記憶しておらなかったのかもしれない。そのことが、もっとも姫を傷つけたのかもしれない」

「馬鹿々々しい」

吐き捨てるようにアキレウスは云った。

「何がどうあれ、夢は、夢にすぎぬであろうものを。——ともあれ、いったい、それはどのような夢であったというのだ。シルヴィアが、機嫌を損じたというのは、たかが夢のためか」

「姫にとっては、たかが夢――というようなものではなかったようだ」

グインは慎重に、考えながら云った。

「姫は、それはすべてうつつに起こった出来事だと考えておいでになる。それだけは、陛下にも……信じてさしあげていただきたい。おのれの誤解に気が付いた。俺も最初は、たかが夢ではないかと思った。だが、話しているうちに、おのれの誤解に気が付いた。それがまことの夢であったかどうかはどうでもよいのだ。問題は、それをシルヴィア姫が《真実》とお感じになった、というそのことだ。――姫は、その夢のなかで、俺が遠征より突然黒曜宮に戻り、そして姫のもとにうつし身をあらわしたと信じておられる。そして、そのとき、俺は、姫を……この俺が、姫を殺害した、というのだ」

「なんだと」

驚いてアキレウスは云った。

「なんといった?」

「この俺が、姫を……おそれおおくも姫を、おのれの剣をもって斬り殺した、と――少なくともそうしようとした、と姫は信じておられる。……そして、そのときにおのれの、夫への信頼も愛情もことごとく斬り殺されてしまったのだ、と――姫はそのように云われるのだ」

「何を馬鹿な。それはだが夢の話なのだろう」

「だが、それゆえ、シルヴィア姫にとっては、それはただの夢とはとうてい思われぬものであったのだ。――姫にとっては、それはたいへんな衝撃だったらしい。そして、そののち、俺からもずっと何のたよりもなく――俺がどうしているという消息もないままに、姫のなかでは、俺によって斬られた、という思いはきわめて固いものとなってしまわれたようだ。……そして、その結果、姫のお心は、あれほど頼んでも遠征をやめず、姫を冷たい宮廷と敵意あるひとびとのあいだにひとり置き去りにしていってしまった俺のもとをはなれ、そして……結局、その……つまり、姫は……俺ではない男性によって、そのなぐさめを得られることになった――と、そのような……」

「要するにそういうことか」

かっとなってアキレウスは怒鳴ろうとした。が、気付いて、懸命におのれの声を自らおさえた。

「結局は、そういうことだろう。お前はまわりくどく夢の話などしたが、そんな下らぬ夢のことなど、まったくの言い訳にしかすぎぬ。要するにシルヴィアが間男をしたのだろう。お前の、わずかこれだけの不在の間もあの淫乱娘は貞節を保つことが出来ず、お前がいない寂しさにたまりかねて誰かほかの男を床に引き込んでしまったのだろう。まったく、ありそうなことだ。あのむすめについてだけは、何度でもわしは失望させられる。――このようなことはもう、死者をむち打つことにもなる、云いたくはないが、つまりはあのむすめには、母親の血が流れているのだ。わしという夫をもちながら、よりにもよってわしの弟とよこしまな関係をずっと続け、揚句はわしを毒殺しようとした、あのマライアの淫奔にしてよこしまな血がな」

「陛下、陛下」

グインはわななくように云った。

「そのようにお考えにならず――いつまでも、お母上のおかした罪ゆえに裁かれているのでは、あまりにもシルヴィア殿下がお気の毒というものだ。シルヴィア姫は、確かにマライア皇后が産まれた姫ではあるが、だからといって、マライア皇后と同じ人間ではない。むしろまったく異なる人格をもつ、異なるお考えをももつおかた――それゆえにこそ、寂しさのあまりにあらたな恋をもなさることになったのだろうと……その人恋しさや、その純情は、あまりにも、こう申してはご夫君に対してはばかりながら、マライア皇后の功利的な大公殿下との関係とはかけはなれたものだ」

「お前は、何をそのように人のよいことをいっている」

アキレウスはささやかな癇癪を爆発させた。

「お前は、忠実にわしの命令を実行すべく遠征に出ているあいだに、ふらちな妻にそむかれた、何の罪もない亭主だ、というだけのことではないか。その亭主が先にたって、このようないたずらなおろかな妻はもうごめんをこうむる、と糾弾し、わしにその責任をとれと怒りをぶつけるならまだしも、よりにもよってそのお前が、裏切った妻を庇うのか。その、このたびのシルヴィアの相手というのはいったい何者だ。いや、云わないでくれ。もう聞きたくない。あのむすめはこれまでも、これ以上ないというくらいわしに心労をかけ、ケイロニア皇帝家の体面を汚し、裏切り、おとしめてくれたものだ。この上にまだ、そのようなことをしでかして、この老いた父の心臓を破ろうというのか。あの娘はもう駄目なのだ。あれは腐った種子、はじめから、そのようにしかゆがんだすがたで伸びることしか知らぬ種だったのだ。あれがこんどはどのような破廉恥な愚かしい姦通の罪をおかしたのか、この上わしには真相を知る勇気がない」

だが、声を荒らげるまでもなく、アキレウスの怒りはすぐに、悲痛と心痛のためにくじけた。アキレウスは、両手で老いた顔をおおうと、しばらくそのままじっとしていた。

グインは心配そうにそのアキレウスのようすを眺めていた。それから、そっと云った。

「お父上には破廉恥な愚かしい姦通、としか思えずとも……当人どうしにとっては、しんじつ、これが唯一のまことの恋愛、としか思われぬ――ただ、それが出会うのがあまりに遅すぎ、片方が偽りの婚姻のきずなにつながれてしまっていた、というような場合もあろう。――まして俺はこのような異形の、人ならぬ身だ。皇女殿下が、父上に命じられたとおりに俺に降嫁されながらも、このような化け物を夫にもつことをこの上もなくいまわしい運命、と感じておられたとしても、俺はとうてい皇女殿下を責める気にはなれぬ」

「何をいうか、グイン」

また、怒りがアキレウスに力をあたえた。アキレウスはかっとなって手をおろし、グインにむかって指をつきつけた。

「全体、お前もお前だ。女房がそのような、いとわしい間男などしたというのだったら、髪の毛をつかんでひきずり出し、頰げたをはりとばして蹴り出してやってこそ亭主の体面もたつというもの。まるで、女房のほうに不倫のもっともな理由があるとでもいうかのように女房を庇うばかりか、おのれを化け物だの、いまわしい運命だのと卑下するとは、およそ大丈夫らしくもない卑屈きわまる態度だ。それはすなわち、あのしょうもない娘の名誉を救うために、押しつけるようなかたちになってしまうがなんとかもらってやってくれぬか、と辞を低くして頼んだわしに対する、公然たる侮辱でもあるぞ」

「何条もってそのようなことを」

驚いてグインは云った。

「なにゆえにこの俺が、敬愛する陛下に侮辱などと」

「そうではないか。お前を見込んでわしの娘の婿にと、ぜひにもと頼んだのはわしだ。

お前がそのおのれ自身をそのように悪くいうのであったら、それはすなわちお前を見込み選んだわしを辱めることにもなろうというものだ」

「とんでもない。俺はただ」

「だからもうそのようなことを口にするのはよせ。あのときのことをすべて忘れてしまうほどにははばかりながらこのアキレウス、まだ老耄してはおらぬ。あのとき、わしは、恥をしのび、あえてお前に頭をさげて娘を貰ってくれるよう頼んだのだ。その娘というは、おのれの不心得から素性もしれぬダンス教師とやらの誘惑になびき、それゆえにキタイにまで拉致されてお前の手をわずらわせた愚か者であった。その上、さんざんに卑しい者どもにはずかしめられ、本当なら、帰国とともにわしがこの手で討ち果たさなくてはならぬか、あるいはせめて、尼僧院に入れ、終生そこで静かにおのが罪を懺悔する日々をすごすかしかない娘であった。――その娘を、お前は、心やさしくもその夫となることにより救ってくれたのだ。――そのことを忘れるわしと思うか」

「……………」

「大体だが、お前の云いにきたことの趣旨はよくわかった。結局のところ、お前が留守をしているあいだを待ちかねた愚かなシルヴィアが、おそらくは側近の身分卑しき者とでも、おのれでは恋愛と勘違いしたおろかな姦通の罪をおかしてしまったのだな。そして、それを、お前は心高く優しきゆえに、おのれのせいとみなして、おのれから身をひこうとしているのだ。なんとそうであろう」

「………」

グインはうなだれた。どうしても、それ以上のこと——本当の真相だけは、グインには、老いたこの剛直な父親に知らせることは出来なかったのだ。

## 2

「もう、よい」

その、グインの沈黙をどうとってか。

アキレウスは、ややあって、むしろなだめるかのような声で云った。

「もう、何もそのように案じてくれるな。老いたりとはいえこのアキレウス、そのような、おのが家庭内のもめごとすら処置出来ぬほどに耄碌してはおらぬつもりだ。もう、この一件については、わしにまかせてくれるがよい」

「え」

驚いて、グインは顔をあげ、アキレウスをふり仰いだ。

それを、さもいとしげに、いたわしげに、アキレウスは見やった。

「わしとてもいささか、それと同種の家庭内のいまわしい事件に悩まされたことのなくもないこの身だ。——このような事柄が、どのように夫の心を傷つけ、自尊心をさいなみ、そして気鬱と怒りとをかきたてるかはよくわかる。このようなことは、夫が自ら処理するにはいささか辛いものだ。この一件はわしが引き取ろう。わしが、シルヴィアを訊問し、叱責し、そしてもしもシルヴィアがどうあっても愚かにも云うことをきかなんだ場合には、しかるべく、わしがあの愚かな娘を罰してくれる。お前はもう、何も考えることはない。すべてを、わしにまかせておけ。わしの娘をめとったそのとき、親子の契りをかわしたそのときから、お前はわしにとっては、ただの婿ではなく、まことの我が子、ついに持ち得なかった真の息子としか思われておらぬ。というより、わしには――のう、グイン」

しみじみとした口調で、アキレウスは云った。

「正直、シルヴィアよりもはるかに、お前のほうが近しく――わしの心にずっと近くいる、まことの息子のように思われてならぬのだよ。……お前のことばは、それゆえ、わしに、久々に、そうか、お前は結局のところ、わしのことを、まことの父親ではなく、やはり舅としか思っていなかったのかという衝撃を引き起こした。わしにとってはもはや、シルヴィアなどよりもはるかにお前のほうが可愛い。――といってはシルヴィアに気の毒ながら、これまでにあれだけのさまざまなもめごとをひきおこした娘だ。また、気質的にも、どうしても――可哀想だとは思うものの、あの自堕落も、あの我儘も、あの愚痴っぽさも、どうしてもわしの気質にあわぬ。姉娘があらわれて、いっそうシルヴィアにとっては辛いことになったのだろうとは、察しはつくが、それでも――そうであればなぜ、わしや、宮廷びとの心にかなうようにつとめてくれようとはせぬのだろうと、ひたすらそれがいぶかしまれ、もどかしまれてならぬ。――だが、お前は……そもそも、まだ黒竜将軍の臣籍にあったときから、わしにとっては、お前はなぜか、いとおしくてならぬ、まことの血縁のようにしか思われてならぬ存在であった」

「かたじけなきおことば……」

「のう、グイン。こう思ってもらうわけにはゆかぬのか。もう、シルヴィアのことは関係ない……シルヴィアのことはわしがしかるべくよろしく処理し、決してお前の体面に傷をつけるようなことはせぬゆえ、もう、わしの婿であるからではなく――わしのまことの息子であるからこそ、ケイロニア王としてお前はここにいるのだと、そう感じてもらうことは、不可能か。お前とても、わしに対して篤い忠誠の心を持っていてくれることはわしにはよくわかっている。その忠誠の心に加えて、息子としての愛情を持っていてくれることも、わしには感じられる。――ならばもう、シルヴィアがどうあれ、お前はわしにとってはただひとりのまことの息子だ。そうではないか、グイン」

「……」

グインはひたすらうなだれるばかりだった。

アキレウスはなだめるように手をのばし、そのグインの逞しい肩に手をかけた。

「お前は、もとよりきわめて廉直、高貴の士――そのお前にとり、淫婦の心の内など、とうてい想像もつかぬのに違いない。わがむすめを淫婦呼ばわりする父の苦しい胸のうちも察してくれとは云わぬ――お前のいうとおり何もかもマライアのせいにすることは出来ぬ。あれにはわしの血も流れているのだし、おそらく――そうだな、わしとても、マライアからみれば、おそらくまったく、あれだけの忠実な夫ではなかったのだろうからな。マライアはいつも、ユリアのことをこの上もなく根にもっていた。だからといって、その夫の愛人を身重の身で誘拐させ、惨殺させるような毒婦であればこそ、どうしてもあれにあわれみをかけることは出来なんだのだが。――だが、それでもおそらく、シルヴィアの持っている性格的な弱さには、わしのさまざまな欠点も寄与しているに違いない。そのことについては、いくえにもわびねばならぬ――だが、シルヴィアが介在するからではない、わしのまことのあとつぎとして、わしのため、ケイロニア皇帝家のため、ひいてはこの国のために、シルヴィアのような愚かな妻を持って、いや持たされてしまったことを、どうかこらえてくれぬか」

「へ――陛下」

「必ずや、シルヴィアはわしが手ずからこらしめ、きびしく糾弾して、叱責するなり、もう人前には出られぬようになり処理しておく。もう、お前にせよ、またあれと、たとえあれが心を入れ替えて詫びてきても、もとの鞘に戻る気にはなれぬのであろう?」

「……………」

ぎくりとしたように、グインは顔をあげた。

アキレウスはそのグインをじっと見つめた。

「それとも、シルヴィアにわびを入れさせ、心を徹底的に入れ替えさせれば、お前はまだ、あれを許してくれるか？　それだけの望みはあるか？」

「陛下は……陛下は誤解しておられる」

グインは、呻くようにいった。

「俺が、シルヴィア姫に愛想をつかしたり、その罪をとがめだてているのではない。——俺をもう、夫とは思わぬ、俺などを見るくらいなら、目がつぶれたほうがましだとまで、俺をいとうておられるのは、シルヴィア姫のほうだ。そして、そのきっかけはたとえ、その魔道じみた、夢の一夜のことであっても、姫にとっては、おそらくその以前から、いろいろとつもりにつもっていた不満がおありになったのだ。——俺は、その……姫を思っている相手とも会った。——その男は俺の目には、俺よりもむしろ一途に、ひたむきに姫のことだけを想っている者のように思えた……」

「グイン！」

「もしも、姫が、あの男とともに暮らすことで、俺とともにいるよりもずっと幸福を感じられるのであれば俺はむろん……」

「グイン。何をいっているのだ」

アキレウスは思わずまた声を荒らげた。

「正気の沙汰とも思われぬ。お前は裏切られた夫なのだぞ。非はひたすらシルヴィアの上にある。お前は、怒りにかられてよしシルヴィアを実際にその手にかけたとしても、わしからも、国民からも、何ひとつ非難される筋のないような、そんな立場にあるのだぞ。それがわかっておらんのか。その男と会っただと。その男は誰だ。何者だ。いますぐその男に会わせろ。わしがその男を徹底的に糾弾してやる」

「いや、それは」

うろたえてグインは首をふった。

「その男と会ったと云ったぞ。その男が何者であるのか、知ったわけだろう。そやつは誰だ。この黒曜宮のものか。よもや、わしの家臣の誰彼ではあるまいな。シルヴィアの側近の者か。云ってみろ、グイン」

「それは……」

「わしはシルヴィアの父にして、お前の父でもあり、またケイロニアの皇帝でもある男だぞ」

アキレウスはまた声を荒らげた。

「云うがいい。そやつは何者なのだ」

「それは……つまり、その……あまり高い身分ではないが、シルヴィア姫のおそばにいて、日夜姫の御用をつとめていた男だ」

しぶしぶグインは答えた。

「下男か。——そういう、いやしい身分の男なのだな」

「——下男というか、つまり……姫の御者を長年忠実につとめている男だ」

「御者！」

アキレウスは憤懣のあまり顔を真っ赤にした。

「あの娘らしい。あやつには、おのれがケイロニア皇女である、という身分をわきまえた相手を選ぶだけの分別もないのだな。これがまだ、どこかの下級貴族の息子でもあろうことなら、それはそれで、多少は恋愛の芽生える余地もあっただろうに、こともあろうにおのれの御者！　ただひたすら、『そばにいる』ということだけがあの娘にとっての値打ちであったということだな」

「御者とて、下男とて、同じひとの子であるには何の違いもない」

グインは憮然と云った。

「姫には……少なくとも、豹頭異形のこの俺よりは、御者のほうが人がましく思われたのであろうとしても、俺は、姫を非難することは出来ぬように思う。——姫はおそらく、お寂しかったのだ。俺が姫を切り捨てる夢を見られた、というのも、すなわち、姫にとっては、そばに一緒におらぬことそのものが、姫を見捨て、冷たく突き放して切り捨てたも同然な仕打ち、というように感じられたのに違いない。長年の御者であれば、そうした姫の孤独も悲しみも、すべてもっとも身近で見てきたことであろう。――その男は、俺の見た限りでは、きわめて誠実で、それに姫のことを少なくとも深く思いやっているように思われた。どうか、その男には、極刑だけはまぬかれさせてやりたい、と俺は希望している」

「何をいうか。ケイロニア王の王妃と姦通の罪を犯したとあるからは、そやつは厳しい拷問と責め折檻の上、車裂き、さかさはりつけの極刑と法律からも決まっている。皇帝及びその眷族に危害を加えた者の刑罰は、古来そのように定まっているのだ」

「………」

グインはちょっと横をむいた。その様子を、歯がゆそうにアキレウスは眺めた。

「もう、よい。もう、お前もこの上に心労を背負い込むことはあるまい。もう、この一件はわしにまかせてくれたがいい。その御者はいまどうしている」

「ハゾスがとらえて下獄させたので、そちらで糾明をうけ、監禁されている」

「名はなんという。――いや、ならばハゾスにきけばわかるわけだな。なに、ということは、ハゾスはもう、この件については知っているということか」

「俺が、おのれ一人で処理することにあぐねて、ハゾスに知恵をかりた。このような、内輪のことに巻き込んで、すまなかったと思っているが、このことが伝わっているのは確かにハゾス一人だと思う」

「まあ、ハゾスはお前とは無二の親友だし、それに考えなしなことをする男でないことはわかっている――そうか」

アキレウスはじっと考えこんでいた。

グインは心配そうにアキレウスを見つめていた。おのれが洩らしたこれらの事実が、老帝にどのような波紋をまきおこしたか、それが老帝の健康や精神状態に、どのような動揺をあたえたか、それが心配でならなかったのだ。

が、ややあって、再び口を開いたとき、アキレウスの顔は、むしろ、不幸な我が子を案ずる雄々しい父親の頼もしさをたたえていた。

「もう、よい、グイン。お前にしてみれば、いろいろと胸の煮えることもあろうし、また、お前の性分から、そのことを逆におのれの負い目と感じて、このような申し出をもしてきたのだろうが、それについては、もうすべて安んじてこのアキレウスに――父に預けてくれたがよい。わしは早速に、朝があけるとともにハゾスを召しだしてことのしだいを問いただしてみよう。心配するな、決して、ケイロニア王夫妻の体面に傷がつくような展開にはこのわしがさせぬ。……お前は、かつて、マライアの陰謀とダリウスとの姦通事件のさいに、このわしを、命を呈して守ってくれ、そしてその事件を解決してくれた。ハゾスもまた、その事件のおりには、おのれのいのちにかかわるような重傷を負ってまで、わしに忠節を尽くしてくれた。そのときのことは、わしはかたときも忘れたことはない。今度は、わしがその恩返しをする番だ。どのようにかはいまはまだわからぬが、必ずお前がもっとも納得のゆくような決着をつけてやるから、安心してすべてをわしにゆだねていろ」

「陛下――」

「お前が、シルヴィアにははずかしめや刑罰が及んでほしくないと――親切にも望んでくれるのならば、あえてそうはするまい。また、わしにしたところで、そうそうたやすくケイロニア皇帝家の恥を満天下にさらすような気にはなれぬ。――その点は、ハゾスがうまくはからってくれるだろう。あやつは有能なやつだ。その上信頼するにたりる。お前に対してもわしに対しても、この上もない文句なしの忠誠を捧げてくれているしな。かけがえのない右腕だ。――また、これについてはまだなんともいえぬが、そのシルヴィアの相手の男、御者とやらいうやつにしても、お前がそれほどに、本来ならば殺してもあきたりぬほどに憎んでしかるべき相手でありながら、親切に心をかけてやったことはわしにせよ、しっかりと心にとめておく。そのお前の寛大さを無にするような行為はせぬように気を付ける。だがまた、当事者では出来ぬような思いきった処分や決定もわしにならば出来よう。――いや、グイン、もう、お前はこのことについてはすべて頭からはなしてしまえ。そして、このようなことを、わしの口からいうのもまことにおかしな、というか忸怩たる話だが……」

「……」

「女はなにも、シルヴィアだけではないぞ。というよりも、むしろ、シルヴィアなど、女としては、まったく出来の悪い部類だろう。わが娘ながら、こういっては何だがさして器量よしというでなし、その上に心ばえもそれほどみごとな女ぶりというでなし、しかも貞節さえも守れぬとあるからは、まあ、そのような出来の悪い娘を最愛のわが息子に与えてしまったわしのほうこそ、お前に頭があがらぬ、というものだが——いまさら、おこった出来事をなくするわけにも、またシルヴィアの出来を作り替えるわけにもゆかぬ。——わしの口からいうのも何だが、グイン、お前は、こののち、好きなように遊べ」

「陛下」

「そのように仰天したようすをするな。わしがこのようなことをいうのは、似つかわしくないか。だが、そうとでもしか、云いようがないではないか。——お前は、もはや、シルヴィアとの婚姻のきずなに縛られて貞節である必要はまったくないのだぞ。シルヴィアのほうがその神聖なきずなを破り、背いたのであるからにはな。——この黒曜宮にとて、お前にあこがれている貴婦人など、いくらでもいる。お前はなんといってもこのケイロニアの最大の英雄なのだからな。お前はその豹頭のことなどをいつまでもくよくよと気にしているが、そのようなものはむしろ、婦人たちにとっては魅力にほかならぬのだ。ひとりの女に限らずともよい。全体にお前はあまりにも生真面目すぎるのだ。もうちょっとあそんで、女というものを検分し、体験してみてはどうだ。——そうして、そのなかに、わしのユリアのような、永遠の伴侶にしたいと思う相手がいれば、それを寵姫にすればよい。そのときには、たとえ体面上だけは、どうあってもシルヴィアを王妃として持っていなくてはならぬとしても、わしが命じて、宮廷内では、お前にふさわしい女性であれば、その女性をお前の事実上の妃として遇してやってもよい。——シルヴィアのことは忘れろ。これもわしがいうことではないかもしれぬが……正直、わしも今度ということんどは、シルヴィアに完全に愛想がつきた。あやつの性根は所詮治らぬ。あやつは、ああいうように生まれついてしまったのだ。そして、また、運命もあやつをそのようにそのようにと駆りたてていってしまったのだ。それを気の毒には思うし、わしもまた、育て方をあやまったのだろうという慚愧にはたえぬが、それにしても、世の中にはもっと苦しい境遇、辛い境遇でまっすぐにのびてゆくものはいくらもいる。それを思えば、やはり、シルヴィアは、ねじくれた育ち方をしてしまったのだとしか思えぬ」

「………」

「それとも、グイン」

心配そうにアキレウスはグインをのぞきこんだ。

「お前は、わしの息子でいることにいやけがさしてしまったか。もう、シルヴィアと婚姻の絆でむすばれていることにもとことんいやけがさし、アキレウス・ケイロニウスの息子であることにもいやけがさして、だから、あくまでもこのきずなをふりはらって自由になりたい、臣下にさがりたい、とそのように云うのか？　どうだ？」

「そうではない」

グインは思わず、激しくかぶりをふった。

「俺は陛下をこの上もなく敬愛している。シルヴィア姫のことはともかく、この世にまことの家族も身寄りも——氏素性のもとすらも知れぬこの俺だ。その俺を、陛下はつねにこの上もなく手厚く遇してくださり、あつい信頼を寄せてくださった。——そのご恩を思えば、実の親どころか……この世の大恩人として、いつまでも、陛下のおそばにあって陛下のために尽くしたい。シルヴィア姫に対しては、正直、もう、別れを申し上げてきてしまった。もう、この世では、お会いせぬ、とまで言い切ってしまった——そのことでますます、姫は傷つかれたかもしれぬが、俺としてみれば、それが、むしろ姫の傷をいやす最大のすべかと——俺の存在そのものが、姫を傷つけ、おとしめ、苦しめるものと思われたからこそ、もう二度とお目にかからぬ、と申し上げたのだ……だが……」

「わしの息子では、こののちもいつづけてくれるか。グイン」

アキレウスは、ベッドから飛び降りた。

そのまま、よろめきかける足をふみしめて、グインに駈け寄り、その手をとった。あわてて、アキレウスのからだを支えようとしたグインも、そのさしのべられた手を見て、そのままその手をおしいただいた。

「たとえ、シルヴィアとは名のみの夫婦になってしまうとしても——シルヴィアを、わしがたとえばどこかの地方へでも預けてそこでもはや宮廷の醜聞とはかかわりのない安楽な余生をすごせるよう、はからって、もう二度とケイロニア皇女シルヴィアは黒曜宮にそのすがたをあらわすことがなくなったとしても——それでも、シルヴィアの婿であるからではなく、このアキレウスの、真実の息子として、わしのそばにずっといてくれるか。わしの死後も、ケイロニアを守り、ケイロニアの守護神として、ずっとわしの志をついでくれるか」

「陛下の御心のままに……」

グインはアキレウスの手をおしいただいたままうなだれ、そして急いで片膝をたて、片膝を敷いた騎士の礼のかたちをとって、皇帝の手を額におしあてた。それから、その手をそっとはなすと、腰に下げていた飾り剣をぬいて、それをぐるりとまわして差し出した。

「俺は永久にアキレウス・ケイロニウス陛下のもっとも忠実なる臣下にして、陛下の望まれるとおりのものとしておそばにあるだろう」

いくぶん震えを帯びた声で、グインは云った。そして、剣の誓いのことばを低くつぶやいた。

「――君もしわが忠誠に疑いあらば、いつなりと、この剣を押し、わがいのちをとりたまうべし」

「剣の誓いではない」

アキレウスは、その剣をあわただしく受け取ってくちづけ、さかさに向け直してグインに手渡したが、そのまま、手をのばしてグインの豹頭をおのれの胸にかかえこむようにした。

「わしが望んでいるのは主従の契りなどではない。わしがお前から欲しいのは、たとえ娘とはかたちばかりの夫婦となるとも、わしとお前とのきずなとして、わしの息子でいてくれる――という、親子のきずなだ。わしの息子でいてくれるか、グイン」

「おそれおおい――そのような……もったいないことを……」

「わしはシルヴィアを離別してでも、お前をわしの息子としてわしのかたわらにとどまっていてほしい。異存はあるか」

「何条もって……」

「シルヴィアがお前にあたえた苦しみと不名誉とは、きっとなんらかのかたちでわしがお前にむくいてやる。そして、お前に、わしの与えられるかぎりの名誉と幸せとを与えてやりたいと思う——息子にたいして、そのように望まぬ父がいると思うか。……お前が、ダルシウスを深く慕い、ケイロニアの父と呼んでいた、ということはかねてより知っていた。わしでは、ダルシウスにかわってお前のまことの父となることは、不足か」

「何をおおせられる……」

「ならば、もう、わしのことを、二度と陛下などと呼ぶな。——他人行儀に、妻のことを皇女殿下などと呼ばぬのと同じように」

アキレウスは激した調子で云った。

「これからは、必ず、わしのことは《父上》とのみ呼べ。——でなくば、わしはもうお前に返事をせんぞ。——そしてまた、お前はシルヴィアの婿だからではなく、わしのまことの息子だとわしが考えている、ということは、なんらかのかたちで——ハゾスに相談して、方法を考えてもらい、ケイロニアじゅうにその旨を明らかにする告知を出そう。そうすれば、お前とて、シルヴィアがどうあれ、もはやケイロニアから逃げ出そうだの、臣下にさがって一介の百竜長になろうだのというばかげた考えは二度とは起こすまい。——わしはずっと夢見ていた。わしはついに男児を得なかった——わしがどれほど息子が欲しかったか。だがわしが得たのは、シルヴィアという、出来のわるい、いつもたえまない心労と、しかもかぎりなく不名誉な苦しみばかりをもたらす、わしとはまるで気の合わぬ娘ばかりだった。――オクタヴィアを得たとき、ずいぶんとわしもその苦しみが報われたように思ったが、それでも、この娘がもし男であったならと考えなかったことは一日としてない。――そして、掌中の玉のようにいとしくはあっても、わしの初孫もまた、女の子だった。――お前は、わしがはじめて得たわしの息子だ。そして、その息子は何から何までわしの心に叶うている。その気性も、武勇も、品格も、心意気も、気立ても――だからこそ、わしは、お前にも、わしを父として認めてほしいのだ。だからこそシルヴィアを無理矢理に押しつけもした。その結果、このようにお前を苦しめることになったのはまことに相済まぬ。だが、もう、シルヴィアのことなど忘れろ。お前はわしの子だ――お前だけが、わしのまことの息子だ。わしはこれから先、誰にきかれてもそう云う。そう思う。異存はあるか、グイン」

「何も……」

グインは思わずうなだれた。その目にも、アキレウスの目にも、熱いものが滲んできたが、二人はあえて目線をかわさなかった。目を見交わしたら、どっとその熱いものが吹きこぼれてしまいそうだったのだ。

「申し訳ありませぬ……父上……」

グインは、低く、呻くように云った。アキレウスは思わず、またグインの豹頭を胸に抱きしめた。

「何をいう。――わしこそ、お前にいらぬ苦労をかけて、なんとわびてよいかわからぬ。だが、もう、すべてを父にまかせておれ、息子よ――父が、すべてよいようにしてやる。もう、何も心配はいらんぞ、父がいる。父がいるからな……」

夜はしんしんと更けてゆく。そのなかで、二人は、万感を胸に抱いたまま、じっとうなだれていた。

## 3

サイロンの黒曜宮には、奇妙な底ごもる緊張が、ずっと流れているように、人々には思われた。

どこがいったいそのような緊張を引き起こすのか——どこが、というよりも、何が、そうした通奏低音のような緊張、いまにも何か大事が起こるだろう、という緊張感をずっとすべてのひとびとに引きずっていさせるのか、それについて、明快に指摘することの出来る人間は、黒曜宮にはほとんどいなかったに違いない。賢者とされている老貴族も、おのれの知恵を誇っている情報通も、みな、何がどうとはっきりいうこともできないままに、なんとはなく、この数日来、ずっと黒曜宮の雰囲気が何かしら違ったものをはらんでいることを認めていた。

じっさいにそれについて説明出来るかもしれないとしたら、それは当然、最高位の支配者たちだっただろうが、アキレウス老帝も、ケイロニア王グインも、まったく何も日頃と変わったことがあるようなようすは見せていなかった——老帝のほうは、朝の謁見の短い特別な時間のほかにはほとんど公式にすがたをあらわすこともなかったし、グイン王のほうは、謁見には最初から最後まで顔を見せたし、午後にもさまざまな公式行事に立会い、また夜には、以前よりはずっと減ったとはいえ宮廷のさまざまな催しにも臨席することもあったけれども、これはまた、天晴れなほど何ひとついつもと変わったようすなどなかった。むろん、グインの豹頭からは、一切の表情というものが読みとり難かった、ということもたしかにある。

そうなると、情報通たちがしきりと探りをいれたがるのは、当然ながらこの宮廷で起こることとならなんでもわきまえていなくてはならぬはずの、宰相ハゾスであるとか、また、アキレウス帝の相談相手であるローデス侯ロベルトであるとか、ハゾスの親友のワルスタット侯ディモスであるとかだったが、ランゴバルド侯は四六時中ひどく忙しげにしていて、落ち着いてひとの話し相手になどなっていはしなかったし、ロベルトはめったにまたこれは公式の席や、口さがない宮廷すずめのむらがるような場所へは行きあわせず、美男子のワルスタット侯のほうは、これはどうやら本当に何ひとつ知ってはいないようだった——それどころか、もともとそれほどさといという人柄のほうではなかったから、何か宮廷にかわったことがあるかもしれない、などとさえ、気付いておらぬようだった。

かれらがそうであるのだから、当然、それ以外の重臣、高官たちも何もわきまえておらぬようだった。また、ちょうど、アンテーヌ侯アウルスは息子のアランだけをサイロンに残して、国表に戻っていた。

いったい、何がおころうとしているのか、ということについては、実にさまざまなひそやかなうわさ話、囁きがかわされていた。宮廷の人々は、びんびんとそうした雰囲気を感じとることにかけてだけは、実に妙を得ていたからである。だが、いつもだったら、多少なりとも——少なくとも、異変の方向性くらいは、なんとか話題にのぼり、おおむね絞りこめるはずだったが、今回にかぎっては、誰がどう話し合おうと、いっこうに、「黒曜宮に何がおきようとしているのか。何か本当に変化がおきつつあるのか」ということさえ、断定することが出来なかった。

そのことが、いっそう、黒曜宮の廷臣たちの緊張をたかめていた。せめて、そのおころうとしている変化が、「いいほうへ」なのか、それとも「悪いほうへ」なのか、それだけでも知りたいとかれらが切実に望んだとしても、それはまったく無理からぬことであっただろう。

ただひとつ確かなのは、それはアキレウス帝の健康の悪化にかかわるものではない、ということだけだった。アキレウス帝のようすは、むしろ目立って健康そうになっており、実際に謁見で人々の前にあらわれるのはごく短い時間であったけれども、そのあいだも、ちょっと前よりむしろずっと声も大きくはっきりとし、血色もよくなったように見えた。また、多少の心労のいろは見えたけれども、逆になんとなく、玉座にかけてたくさんの使者たち、謁見を申し出たものたち、さまざまな用件を手際よくさばいてゆくグイン王にむける帝の目には、頼もしげであると同時に、いたわるような、いかにも力強い父らしい輝きが宿っているようにも思われたのである。

（大帝陛下は、むしろ、昨今ずいぶんとお元気になられたようだ）

（いっときは、そのおいのちさえあやぶまれるほどに、弱っておられたようだが、あれはやはり、グイン陛下の失踪をあまりにお心にかけられてのことだったのだな）

（何にせよ、陛下がお元気になられてよかった……陛下あってのケイロニアだからな。たとえ、ケイロニアの獅子老いたりといえど、なお）

（しかし、陛下は、グイン陛下がお戻りになられてからはまた、諸事万端、政務から手をひかれる方向のようにもお見受けするが……）

それは、廷臣たちの目にもかなりはっきりと目立ってはいたが、しかし、それはこれまでもグインがパロに出立するまではアキレウス帝が打ち出していた方向性でもあったし、それが、グインが無事に帰国した以上、もとの線に戻るのは何の不思議もないことに思われたから、必ずしもそれが黒曜宮にたちこめている緊張感の原因とは言い難いものがあった。

（ならば……やはり、あちらの方面かな……）

(あちら、というと……)

(ほれ、あちらは、あちらだというに……)

(つまり、おぬしの云いたいのは、ケイロニア王妃……)

(シーッ。めったなことは云うまいぞ。これこそ、わが国にとってはたえまない災厄の源泉のようなものだからな……)

(しかし、あの困った王妃陛下も、ずいぶん落ち着かれたものとばかり思っておったにな)

(まあ、それに、あれだけ、グイン陛下の遠征出発のおりには駄々をこねて陛下たちを困らせておられたのだから、その御主人が戻ってこられたのだ、今度はすっかり満足しておとなしくなっているはずだと思うのだが……)

結局のところ、廷臣たちにも、またその夫たちに負けず劣らずうわさ好き、醜聞好きの貴夫人たちにとっても、なかなかに《本当のところ》はかぎつけ難いままなのであった。

だが、また、その奇妙な緊張感を別とすれば、黒曜宮の日々はこのところ、妙に平穏無事でさえあった。諸外国からの異変の知らせも、あわただしく急を告げる早飛脚や諸国政府からの特別の使者も、なにも訪れてくるようすはなかった。毎日毎夜黒曜宮でいとなまれるのは、恒例でおこなわれている季節の行事や、古式ゆたかな風雅なしきたり、そしてさまざまな貴族たちが交互に催すささやかな舞踏会などばかりで、大きな催しもなく、人々がわっと色めき立って準備に時を過ごすような、はなやかな舞踏会も宴会も行われなかった。

むしろおかしいといえば、そのほうが多少おかしいと云えなくもなかったかもしれぬ。ケイロニア宮廷はかつてのパロ宮廷などにくらべれば、それほどに華美贅沢を誇るほうではなく、むしろ質実剛健を旨とするものではあったが、それでも、宮廷のつねとして、たえずやってくる諸国の使節団の歓迎会や、またたくさんの選帝侯たち、十二神将たちの賀の祝いや昇進祝いなどで、三日にあげずかなり大きな催し、宴会が行われるのが恒例である。また、黒曜宮の大きな宴会用の広間を使った宴会や舞踏会も、定期的におこなわれ、貴婦人たちがはなやかな衣裳のけんを競い、はじめて社交界に顔見世する令嬢たちが地方からわくわくしながらやってきて、初々しいすがたを見せる絶好の舞台となる。そうした宴席、舞踏会などは誰もが楽しみにしてもいたし、宮廷生活の大きな節目でもあったのだが、このしばらく、グイン王がサイロンに戻ってきてからこのかた、当然行われてしかるべき「ケイロニア王帰国祝賀舞踏会」や「帰国歓迎の宴」などといったものさえ、おこなわれてはいなかった。

いや、むろん、正式の帰国祝いの行事としての祝典はつつがなく行われた。しかし、本来であれば、ながらく失踪していたケイロニア王の帰還などという——これほど大きな出来事のあとでは、宮廷の恒例としては、次々に「ランゴバルド侯主催ケイロニア王帰国記念の宴」であるとか、「アンテーヌ侯主催帰国記念舞踏会」であるとか、「黒曜宮貴婦人連盟の主催によるグイン陛下帰国祝賀演奏会」などといったものが、はてしもなくおこなわれてもまったく当然だったのである。少なくとも二、三ヶ月はそうした催しの種がつきないところであったはずだったのだ。だが、人々の楽しい期待とはまったくうらはらに、最初に公式の大きな祝典が行われ、そのあとに巨大な記念の宴がつつがなくおこなわれたあと、黒曜宮はあっという間に、なにごともなかったかのように、何も変わったことなど起きていなかったかのように日常のつつましいすがたを取り戻してしまったかのようであった。

これは、また、そうしたいくつもの盛大な宴会が続くことを予想して、そこでおおいに稼ごうと思っていた、宮廷お出入りの商人たちや、貴婦人たちの御贔屓のドレスメーカー、また大きな酒類商や食品商、はては花屋であるとか宮廷じゅうの布の需要を請け負う布商人であるとか、ありとあらゆる関係の商人たちにとってもたいへんにあてのはずれることであった。アキレウス大帝の即位三十年記念祝典であるとか、グイン王とシルヴィア王妃の結婚記念祝典であるとか、そうした大きな出来事というのは、サイロンの、いやケイロニア全土のさまざまなそうした商売を活性化させ、経済をいっそう活気づけるのに最適なものであったし、ひいては諸外国との交易もまたそうした需要があるとどっと活気づいた。それゆえ、ましてや《凱旋》という景気のよい出来事のあとには、最低限二ヶ月はありとあらゆる祝賀の催しが続いて、サイロンの商人たちのみならず、そのおこぼれで下町にいたるまで、サイロンじゅう、そしてケイロニアじゅうが潤うものと、人々はおおいに期待していたのだ。

それがすっかりあてがはずれたこともまた、人々が奇妙な緊張感をもって様子を見守らなくてはならなくなった大きな一因だったかもしれなかった。何よりも廷臣たちがめんくらったのは、グイン王が、ただ一回の大きな祝賀の祭典のあと、なにごともなかったかのように淡々と日常の業務に戻り、そしてシルヴィア王妃が完全に黒曜宮の日常からすがたを消してしまったことであった。

じっさいには、宮廷すずめたちのあいだではかなり早くから、シルヴィア王妃の不例は評判になっていたのである。だが、それは、グイン王の帰国、という輝かしい出来事の前にあっという間にかき消された。アキレウス帝の健康がみるみる戻ったのと同じく、シルヴィア王妃の健康も、愛する夫の帰国によってみるみる取り戻されるだろうとひとびとは一応おもてむきは信じていた——ないし信じるふりをしていた。

どちらにせよ、シルヴィアはもともとあまり宮廷の人々の前には顔を出したがらなかったのだ。だが、体調不良を理由に、グインがいなくなってからというもの、それこそ本当にまだ彼女がこの宮廷のなかに存在しているのかどうかさえ疑われるほどに、彼女はまったくといっていいほど、すべての行事に顔を出すことがなくなっていた。

本来であれば、グイン王の代理は王妃であるシルヴィアがつとめなくてはならぬところである。——実際の年齢では長女であるオクタヴィア皇女は、妾腹である、ということと、あとから発見されたいわくつきの皇女であることから、つねにつつましくアキレウス帝の身辺の世話にまわり、決して公的な華やかな行事に出席しようとせぬ、というのはもう、黒曜宮では常識になっている。むろん、ケイロニウス皇帝家の全員が出席するのが当然であるような公けの席には、オクタヴィアとても華麗に着飾って美しい姿をあらわしたが、手のかかるさかりのマリニアという娘がいることもあって、オクタヴィアは基本的には、光ヶ丘のアキレウスの隠居所で、父の身辺の世話をしながらひっそりと暮らすのを好んでいる。

また、その結婚生活が不幸なてんまつに終わったことを、宮廷の人々にあれこれと取沙汰されることをことのほかいとうてもいるのだろう、と、そのこと自体を宮廷すずめは噂にしたが、それも確かに事実であったのだろう。

しかし、シルヴィアに関しては、なかなかに宮廷すずめたちのさえずりも容赦がなかったのだが、それも、このところは、グインの帰国後はことにしーんとなってしまっていた。

もしも、何か異変がおきつつあるとすれば——ケイロニアに、というよりも、かれらの敬愛するケイロニウス皇帝家にだ――それはまぎれもなく、シルヴィア皇女にかかわる何かでしか、ありえない――それが、宮廷すずめたち、そしてもっと真剣にケイロニアの将来をうれえる重臣たちもともに認めざるを得ないところだったのである。

しかし、それについて、グイン王当人に何か疑問を投げかけたり、さぐりをいれてみようと思うことのできるような剛の者は、さしもの宮廷人たちのあいだにも、ひとりもいなかった。また、そういうことが出来るほどちかしい、たとえばランゴバルド侯ハゾスなどは、もう当然のことながらことのなりゆきについてはとっくにわきまえていたのだ。

そしてハゾスはむろんのこと何ひとつもらすわけもなかったし、万一よほどぶしつけな老貴婦人などに面と向かってそのようなことを訊ねられても、それこそいざとなったら耳の遠いふりさえして素知らぬていをよそおった。ハゾスには、宮廷びとたちには当然知られぬことではあったが、そうしなくてはならぬ理由が山のようにあったのである。

そして、毎日は、一見まったくこともなくなごやかに穏やかに、いつものケイロニア宮廷の平穏な日常のままに、だが実際には、まるでその、本当の平穏な日常の戯画ででもあるかのように、底のほうに不安と緊張と、そして「いつなんどき、どのようなことが起きるかわかったものではない」というはらはらするおののきをひそめて流れていった。いつのまにか、ゆるやかに、この年も暮れてゆこうとしていた――グインが戻ってきてから、にわかにまるで時の流れが速くなりでもしたようであった。

そして、サイロンでは、新年を迎えるための飾りつけが街のいたるところでおこなわれはじめ、平穏無事で今年よりいっそうの幸運と繁栄をもたらす新年の訪れを願って、この地域の風習として、さまざまな災厄よけの黄金の文字を描いたお札が辻々で売られはじめていた。人々は老いも若きも、富めるも貧しきも、なんとかしてわずかばかりの金を捻出してその災厄よけのルーン文字の護符を買う。そして、それを家のすべての出入り口、門にも窓辺にも、とにかく外との通路があるところすべてにべたべたとはりつけるのである。

それと同時に、新年の飾り付け、というわけでもなかったが、景気づけをかねてだろう。サイロンの、ことに下町のほうでは、相変わらず民衆に絶大な人気を誇るグイン王の肖像画やもっと粗末な紙に描かれた絵姿などが、たくさん売られはじめて、これもまた新年の護符同様にけっこうな売れ行きを示していた。奇妙なことに、この一年はなかなかおだやかに、まあむろんグイン王の失踪という大事件はあったにせよ、ケイロニア本国そのものには、さしたる事件もおこらず、凶作もなければ冷害も洪水もなく、ガティ麦はすくすくとのびてよく収穫され、交易も順調であり、中原の隣人たちとのあいだにさしたる緊張がはらまれることもなく——隣国パロを救うためにグイン王が兵を率いて遠征に出たほかには戦争もなく、また、これは起きたらそれこそ大事件であっただろうがこの何百年もの歴史にためしとてなかったとおり、内乱などの起きるきざしもなく――つまりは、それなりに平穏無事にすぎたはずであったのだ。それなのに、民衆のあいだには、やはり殿上人と同じく奇妙な緊張がひそんでおり、そして、『きたるべき来年は、かなり年まわりが悪くなるに違いない』などという、不埒な予言さえもがひそかに、ことに下町かいわいに流布しているのは、おかしなことであった。

もっと賢い学者たちなどであったら、民衆のその不安は貴族、廷臣たちの感じている緊張感や不安とはまるで別ものであり、それはもっと原初的な野蛮な恐怖心によるものである、と分析してみせたに違いない。

「来年はさまざまな怪異がおきる年となる」と予言してしばらくのあいだ非常な人気をあつめた、まじない小路の予言者がいた。また、そういう職業的な予言者や魔道師でもない、民間でひそかに周辺の人々にだけ信仰されている盲目の霊能者が、「黒い雲がサイロンに遠くからゆっくりと近づいてくる」というようなことばを、神のお告げとして洩らしたので、その信者たちがとても不安がっている、というような話もあった。

そうした話はすべて、黒曜宮のグイン王のもとに、慎重な宰相ハゾスの報告によって知らされたが、グインはべつだん、それを気に留めようともしなかった。民衆の迷信深さはいまにはじまったことではなかったし、そうした不吉な予言や予知などが、なんらかの騒動に発展するのであったら格別、そうでないかぎり、統治者としては、それに介入するつもりもなかったのだ。

じっさい、なんとなく浮き足だって互いの顔を探り合っているかのようなケイロニア宮廷のなかで、もっとも悠揚迫らぬ態度をみせているのは、もしかしたらなんらかの異変をもたらすかもしれぬ、当人のグイン王だけのように思われた。アキレウス帝のほうは、そのようすがいつもと変わっているかどうかを人々が見分けられるほど長いことは廷臣たちの前に出てくることもなく、また、以前はたまにそういうこともあったけれども、昨今は年齢的なものも健康上の理由もあったので、宴会に出てくつろいで話をしたり、人々と交流をふかめたり、ということもたえてなくなっていた。人々がアキレウス帝を見るのは、ひたすら朝の公式謁見の、それもまんなかあたりのごく短い時間だけになっていたのである。

それでも、サイロンはよくおさまっているようであったし、黒曜宮も一見したところは、何ひとつ変わったことがあるようでもなかった。浮き足だったり、緊張をはらんでいるのは人々のあいだだけであった。かえって、そうした大きな宴や舞踏会がおこなわれない、という意味では、黒曜宮は例年よりずっと平和で静かで、無事平穏であったのかもしれぬ。

そうするうちに、おだやかにその年も暮れようとしていた。新年をことほぐ祝典の席は毎年恒例の、昇進や転任、また領地の変更などの人事が発表される席でもある。それゆえ、身に覚えの人々は、それをめざして一生懸命おのれの昇進の鍵をにぎる上司のもとへお百度詣でをくりかえしたり、ひそかに贈り物をしたりする。ケイロニアの人々は剛直で、基本的にはまいないなど受け付けなかったが、べつだん常識、良識の範囲内でのものであったらば、それは単なる礼儀によるものとみなされていたのだ。

同時にまた、このしばらく大きな宴や祝典などの華やかな行事が何もおこなわれなかったので、すっかり景気の悪くなったことにぶつぶついっていた商人たちは、新年の祝いに大きな期待をかけていた。それは同時に、グイン王が帰国してはじめての新年でもあったし、アキレウス大帝もそろそろすっかり健康をとりもどして、床上げの祝いもおこなわれるのではないか、というのが、人々の期待のあつまるところだったのだ。

それだけ、めでたかるべき原因が集まっていれば、相当に大きな行事がおこなわれてもよかった。人々は、内心、グイン王帰国の祝典が、あまりにもあっさりと終わってしまった、と感じていたし、それにまつわって商売をしようと考えていたものたちはなおのこと不満をもっていたので、それらもすべてあわせて、黒曜宮に、またグイン王に、新年の祝典が、国をあげて、サイロンをあげての大きなものになるように、嘆願書を出したり、連名でさまざまな企画の企画書を出したり、そうやってなんとかして、サイロンにというより黒曜宮に活気を取り戻させようとするこころみにも余念がなかった。

グイン王もそのような動きに対しては寛容でもあれば、また気を配っているようにも見えた。いよいよ押し詰まってくると、黒曜宮にもいろいろと、いかにも新年の賀の祝いを盛大に行おうというためとしか思われぬ、さまざまな準備がなされはじめ、業者たちはわっといろめきたった。このところの不景気——というほどでもない、活気のなさには、業者たちはいずれも、本当にうんざりしていたのである。しかし、どうやら華やかな祝典が行われ、さまざまに催しも行われそうな見通しに、業者たちも、当然それにつながるサイロンの民衆も、また地方からさまざまなものを運んでくる地方の商人たちも、ようやく息を吹き返したていであった。

そして、さらに押し詰まるのを待って、グイン王の名において、正式に、新年の祝典が黒曜宮において盛大に行われること、そしてその後にひきつづいてさまざまな人事の発表があり、その祝賀会に続いて盛大な記念舞踏会がおこなわれるであろう、という発表がなされ、サイロンは一気に盛り上がった。

これこそ、サイロンも、また黒曜宮も待ち望んでいた知らせであった。このところのサイロン市にも、黒曜宮にも、要するに不足していたのは華麗な《祭り》であったのだ、というのが、ひとびとの共通した認識であったのだ。

たちまち、あの奇妙な不安の底流などは忘れ去られ、あのいうにいわれぬ緊張感——(何か、とてつもないことがおこるのではないか……)という——もまた忘れ去られてしまったかにみえた。

それでいて、じっさいには、かえってその一番底には、たえまないその緊張と不安はむしろ強まったかのようにさえ見えていたのだが——

しかし、ともかくも、少なくともサイロンの商人たちや業者たち、民衆たちは大喜びであった。かれらは、思いのほかに盛大でなかった、グイン王帰国祝典の埋め合わせをこれで出来るだろうと見込んでいた。あちこちに花と、グイン王、それにアキレウス大帝の肖像画がふたたび飾られ、そこに新年の祝いものがたくさん飾られて、サイロン市中も、また黒曜宮全体もいちだんとはなやかさを増した。沢山の食品や花々や、さらに沢山の酒やほかの必要なものがどんどん、毎日街道から市門をぬけて市中に運び込まれ、それからさらにまた市門を出て風ヶ丘へと運び出された。サイロンと黒曜宮とは、いちまつの不安をひそめながらも、ようやく新年のよろこびに浮き立ちはじめているかのようであった。

# 4

そして、いよいよ、サイロンの人々の待ちに待っていた新年の訪れであった。

老若男女誰もが、この年こそもっとよいことがあるだろうと期待し、胸をわけもなくはずませていた。下町、ことにタリッドのまじない小路で流布している予言などは、なかなかに景気の悪いものや、不吉なもの、疾病の流行や外国での戦争の勃発や、そして不景気などを予測するもののほうが多かったのだが、そうであればあるほど、逆にひとびとは、お祝い騒ぎでその不景気な予言を吹き飛ばしてしまいたい、という気持のほうが強かったのだ。

新年にあたって、黒曜宮前の広場と、サイロンの中央広場では、皇室と、そしてサイロン市長からの「御酒下され」が恒例によっておこなわれた。そして、数々の出し物が出、山車も繰り出してサイロン市内はたいそうにぎやかにわきたったので、おおいにその新年をことほぐ人々の思いが天にとどいて、不吉な予言や凶兆を払いのけたであろう、とひとびとは期待した。

黒曜宮では、新年最初の謁見が、いつもの公式謁見の行われる「謁見の間」ではなく、もっとも巨大な宴席に使われる「黒曜の間」でおこなわれ、宮廷に仕えるすべての廷臣という廷臣が、上から下まで——上はそれこそ十二選帝侯、十二神将から、武官、文官、貴婦人たち、そして各省庁の長官、サイロン市庁の主だったものたち、そして下はかなり身分の低い、日頃ならばとうてい直接に皇帝一家の前にあらわれることは出来ぬような下級武官や下級女官たちまでもが年に一回、この巨大な大広間に居並んで皇帝一家に新年の賀の祝いを申し上げることが許されていた。もっとも、本当に裏方のものたちに関しては、その部署のそれぞれの長でないかぎりは、やはりそのはえある式典に参列することは出来なかったのは、人数の制限上からも当然である。

黒曜の間は、こうした年に数回の式典のときに、日頃は別々に使われている三つの大広間をすべて間仕切りをとりはらい、ひとつの巨大な大広間として使用するようにしてあるもので、だがその三つの大広間はいずれも意匠が統一してあった上、天井に描かれている絵も壁画や装飾も、続きものになることをちゃんと考えた上でつくられていたので、間仕切りをとってしまうとまったく、最初からそのように作られていた巨大な広間としか見えなかった。そして、三階以上もの高さがあったので、まわりにはぐるりと臨時のバルコニー席がもうけられ、そこからも身分の低いものたちが下の式典のようすを見られるようになっていた。この巨大な広間いっぱいに、新年の趣向をこらした飾りつけがされ、ルーンの護符が壁と柱に張り巡らされ、そしてかおりゆたかな花々が沢山に生けられているありさまは、それだけでもたいそうなみものであった。おそろしく天井が高いので、そこは大広間というより、まるで、天井が張り出している外の広場であるかのように見えたが、また事実、この三つの大広間は黒曜宮のもっとも外側に位置していたのである。そのような位置関係もあるので、この大きな部屋は、本当の栄光ある式典、たとえば即位式や皇帝の結婚式、などといった身分の高いものしか参列出来ぬようなものには使われていなかった。

この広間では、身分の低い参列者たちは外から直接にかれら専用の通路と門を通って広間のなかや二階席に入り、そして身分の高いものたちは黒曜宮の中の回廊を通って入ってゆき、そしてもっとも身分の高いものたちはまた別の出入り口から、最後に、参列した大勢のものたちに見守られながら、名前を呼び上げられて、美麗な正装に身をかためて入ってくるように分けられていたのだ。それゆえ、警備の点からも、謁見の間や、もっとも正式の場合にのみ使われる太陽宮の祝典の間に比べれば、少しこころもとないものがあったりもしたからである。それで、この広間がこうしてぶちぬきで使われるのは、年に本当に一、二回、日頃は公式行事に参列できない身分の低いものたちまでも参列する行事の場合だけだった。

それでも、むろん、室内は目もくらむばかり豪華に飾りたてられている、とひとびとの目にはうつったし、ことにそれこそめったにこうした機会のないものたちにとってはまれにみる豪華さであった。天井にはケイロニア創世記の神話の絵が名匠によって描かれ、壁には、歴代のケイロニア皇帝たちの有名な場面が象徴的な筆致でもって描かれていた。そして、広大な室全体は、品のいいうす紅と紺色を貴重にして、そこに金と銀をあしらった、建築家のいう『王朝様式』によって統一されていた。

室の一番奥には一段とはいわず、五段ばかりも高くなった広い玉座がしつらえられており、その前には、左右にわかれて《竜の歯部隊》の精鋭たちが正装で完全武装をしてずらりと居流れていた。これはいうまでもなく皇帝一家の護衛のためであった。そしてその玉座の上のほうには、まばゆいばかりの黄金の房飾りで飾られた紫の天蓋が垂れ下がり、両側にゆたかなドレープを描いて絞り上げられていた。紫はこのケイロニアにあっては、王者の色であった。

それゆえ、背景も紫のびろうどの、ふんだんに詰め物をした壁が使われていたが、この壁のまんなかには垂れ幕が下がっており、皇帝家のものたちはそこからこの玉座に、ほかのすべての参列者の前を通ることなく出入り出来るのであった。その両側にも、選びぬかれた精鋭の騎士たちと、そして晴れの日の御用をつとめる光栄に顔をほてらせた小姓たちが控えていた。玉座はとても広くとってあり、その上には四つの豪華な背もたれと肘掛けつきの錦織の椅子が用意されていた。

ひとつはとても巨大なもので、その背もたれの天辺にはきわめて凝ったみごとな王冠の模様が彫り出されており、しかもそれは黄金でくまなく象嵌されていた。いうまでもなくそれがアキレウス帝の玉座であった。

そのかたわらに、ややうしろにさがるようにして、同じくらい大きいが、王冠のかわりに象徴化された竜の模様が彫られた椅子が置かれていた。それの象嵌も黄金であり、それがケイロニア王グインの椅子であることも、誰もがひと目で理解していた。

すると、あと二つは誰のものだろう？　というのが、ひとびとの最初の疑問であった――あと二つは、グインの椅子の反対側にアキレウス帝の巨大な玉座をはさむようにして、だがもうちょっとうしろめにおかれており、こちらはぐっとひかえめに、ケイロニアの国の花とされているローリアの木の枝に咲く花をあしらった彫刻がほどこされ、その上に銀がかぶせられていた。椅子の大きさも、のこる二つにくらべるとだいぶん小振りで、いかにも婦人もの、というようにみえた。

むろん妥当に考えればそれは、王妃シルヴィア皇女と、そしてオクタヴィア皇女のものに違いなかった。だが、どことなく奇妙なところがあった――それだとすると、マリニア皇女は、あまりにも小さすぎる、ということでこの公式行事に顔見世をひかえられているのだろうか？　だが、この新年の祝いは、年頭のものでもあり、皇帝家の人間は全員が居並ぶのが恒例になっているのだった。

だが、ひとびとはあまりいろいろなことをもうこの場でひそひそささやきかわすわけにもゆかなかったので、そっと目くばせしたり、互いにそっとうなづきあったりするだけにとどめて、式典のはじまりを待った。やがて、おごそかな音楽と太鼓の響きが、大広間のなかからではなく、垂れ幕をへだてた隣りの室からおこり、それに従って式典長が新年の賀の祝典の開始をつげ、すでに居並んでいた身分のそれほど高くない人々の前をとおって、堂々と、十二神将、十二選帝侯、それらの前にもう少し身分の低い、だが椅子の前に立って恭しく頭を下げている人々からみれば目もくらむような重臣たち、よりぬきの貴顕淑女ばかりが、目もあやな正装に身をかためて次々と入場してきて、おのれのしかるべき位置についたのであった。

各省庁の長官たちにひきつづいて、皇女騎士団、皇帝騎士団など、十二神将騎士団以外のたくさんの小さな騎士団の団長クラスの武将たちが入ってきて、位置についた。それに続いて、いよいよ、それぞれに立派な神獣の紋章を胸に打ち付けた鎧をまとい、左腕にその神獣をかたどったかぶとをかかえたケイロニアの武の守護神、十二神将たちが威風堂々と、それぞれに副将と数人の護衛の高位の騎士たちを連れて入ってきた。そして、さいごに、ゆったりとした緋色の正装のマントもつきづきしい、銀色の肩章をつけ、おのれのあとつぎと、そして側近のみめうるわしい小姓たちを従えたケイロニアの神々、十二選帝侯が粛々と入場してきた。日頃「黒衣のロベルト」で知られるローデス侯ロベルトまでも、決まりとあって、緋色のマントに選帝侯の正装の胴着をつけ、銀色の肩章と、そこから長くすそのほうに流れる房飾りをつけていたが、そのような華やかないでたちをしても、小姓に手をひかれたロベルトはその漆黒の長い黒髪がマントの上にひろがっているせいか、それともそのマントの上にのっているはかない白い顔のせいか、やはり「黒衣のロベルト」以外のものではないように見えた。

この日にあわせてそれぞれの諸侯はおのれの領地にいっていたものも戻ってきていたし、どうしても伺候出来ぬものは代理人として、都においているおのれの血族をたてていた。それらの代理人――この場に参列出来なかったのは、ベルデランド侯、ツルミット侯、そして最近病に伏しているラサール侯の三人であったが――は、代理人であることをはっきりさせるために、選帝侯のマントとは色の違う、茶色のマントに選帝侯の肩章をつけていた。アンテーヌ侯アウルスはむろんちゃんとこの日までにサイロンに戻ってきていて、自慢の子息アウルス・アランを連れて、年をとっても相変わらずの堂々たる偉丈夫ぶりを誇っていた。

これらの《ケイロニアの神々》たちは、参列者たちから盛大な拍手によって迎えられ、悠然と決められた場所についた。そこにはすでに立派な椅子が並べられていたが、かれらはその前にマントをひるがえして立つと、そのままじっと待っていた。太鼓が荒々しく打ち鳴らされ、ほどもなくケイロニアの太陽ともいうべき統治者たちが出座することがわかっていたからである。

さっとばかりに、太鼓の音にあわせてびろうどの垂れ幕が絞り上げられ、その奥に続く回廊の存在を明らかにした。その奥にはうしろからかれらを照らし出すように大きなあかりがしつらえられていた。そのあかりを後光のように背負いながら、まずあらわれた二人を見たとき、いくぶん人々ははっとしたようだった。

なかにはさっと顔を見合わせたものたちもいたが、場所柄をわきまえて、何もどよめきは起こらなかった。奥の通路から、玉座のなかへとあらわれてきたのは、黒地のレースを上にかけた紫のドレスもつきづきしい、髪の毛をきれいに結い上げて黒いレースのヴェールをつけた、あでやかなオクタヴィア皇女と、それに手をひかれて、驚いたように目をまるくして大勢の人々を見つめている、白い絹のフリルのたくさんついたドレスを着たマリニア姫のすがたであった。

(ということは……)

(シルヴィアさまは……やはり)

(体調がお悪いのか、それとも……)

誰もが、同じことを考えたに違いない。椅子の数は四つしかなかったのだ。それでも、まだ、幼いマリニアを母皇女が膝に抱いているのだろうか、と思った疑り深いものもいたかもしれないが、その考えは、オクタヴィアが皇帝の玉座に近い椅子の前につつましやかに立ち、そして、横合いからいそいで壇上にあがってきた、黒い絹の目立たぬドレスに肩から長いレースのマントをひいた中年の乳母が、マリニア姫をもうひとつの椅子の前に立たせてそのうしろに膝をついてひかえたのを見て、ただちに消えてしまった。シルヴィア皇女は、皇帝家の人間ならば必ず出座して、ケイロニアの国民に祝福を与えるはずのこのめでたい席に出席しないのだ。

また、なかには、オクタヴィア皇女の夫——失踪したままそれについては公けには何も表明されてないままになっているササイドン伯爵のことをひそかに考えていたものもあっただろうが、誰もなにも口に出すようなぶしつけは許されなかった。第一、もういきなり今度は銅鑼が重々しく打ち鳴らされて、ケイロニア王グインの出座であった。

グイン王が堂々と、回廊から歩み出てきて玉座の壇上にあがるなり、なんとなくほっとしたような、同時に魅せられたざわめきがさざ波のように広い黒曜の間にひろがった。グインはケイロニア王のしるしたる太陽をかたどった日宝冠を豹頭の上につけ、長い黒いびろうどの、銀で裏打ちをし銀の房飾りでふちどりをしたみごとなマントをつけ、そして紫のびろうどの胴着と、巨大な銀の剣帯をつけて、黒い長い足通しの上から、膝までの軍靴を穿いていた。軍靴は黒い革であったが、そのへりのところにはみごとな銀のふち飾りがついていた。胴着の胸にはいくつもの、グインの勲功を示す勲章が燦然ときらめき、マントのとめがねは素晴しい巨大な、グインの目の色と同じ黄金石の宝玉とそれを取り囲む銀のみごとな彫刻のついた台とで飾られていた。

それはさながら、絵そのもののような見映えのする姿であった。素晴しい装束につつまれたみごととしかいいようのない、肩幅広く、腰の締まり、脚の長いその体軀の上には、どのような人間の顔をもってきてもふさわしくないようにさえ思われ、この首の上に乗っているものとしては、この豹頭以外に似つかわしいものなど、何ひとつないかのようにさえ思われるのであった。

人々は思わずもろ手をあげて喝采し、ケイロニア王グインの名を叫び、たたえた。グインは悠揚迫らぬ態度で巨大な手をあげてその喝采にこたえた――その手には、皇帝より授かった黄金の房飾りのついた軍配が握られており、腰の剣帯には、素晴しい透かし彫りにあちこちに宝玉をちりばめた飾り剣と、それと対の短剣とがつるされていた。

グインがおのれの椅子の前に到着し、ゆるりとマントのすそをはらうと、さっとそのうしろに小姓二人がかけよって、そのマントのすそを直し、グインの椅子のうしろに控えた。そのときに、ふたたび銅鑼が今度は三たび、鳴り響いた。ケイロニア第六十四代皇帝、アキレウス・ケイロニウスの出座であった。

人々はこんどは喝采するかわりにいっせいに膝をつき、こうべを垂れた。グインも、オクタヴィアも例外ではなく、幼いマリニアもまた、乳母に袖をひっぱられるままに、かわいらしく膝をついて椅子の前で君主を迎える礼のかたちをとっていた。その整然たる沈黙のなかを、アキレウスは、鮮やかな古代紫のびろうどのマントに、金の房飾りと肩章をつけ、金の剣帯をつけた黄金織りの長着、という、目にも華やかな格好であらわれた。黄金織りといってもさまざまな色の糸が同時に織り込まれていたので、その長着はマントのあいだから、虹のようにきらきらと複雑な錯綜した輝きを見せていた。

高齢であるので、足通しの上から、足首近くまであるその長着をつけていたのだが、腰のところにはやはり黄金のサッシュがまかれ、そして胸にはやはり数々の勲章がつけられていた。白髪の額には、ケイロニア蜀王冠が燦然と重たげにのせられ、その中央にある輝く紅玉《ルアーの心臓》があまりにも巨大にひとびとの目を射た。もっともたいていの人々はまだ、つつましやかに目をふせ、こうべをたれて、膝の上にうなだれているままであった。アキレウスはその手に王錫をもち、いくぶん弱々しい足取りではあったが、しっかりと歩いて、誰にも、小姓たちにも手をひかれるようなぶざまなところは見せずに無事に玉座の、王座の椅子の前にたどりついた。

アキレウスがそこに立つと同時に、また銅鑼が鳴らされ、あいついで太鼓が打ち鳴らされた。それを合図に、人々はいっせいに礼をした。

「一同、おもてをあげよ」

アキレウスの声がいんいんとひびきわたると、貴顕淑女たちはゆっくりと身をおこし、立ち上がり、そしてケイロニアの栄誉と、皇帝のつつがなきをたたえていっせいに歓呼の声をほとばしらせた。

「マルーク・ケイロン！」

「マルーク・アキレウス！」

「マルーク・グイン！」

その三つの歓呼が、さしも広い大広間をゆるがすほどにひびきわたってゆく。

その余韻がようやく消えるのを待って、アキレウスは、ゆっくりと玉座に腰をおろした。すぐに小姓たちがうしろから、マントと皇帝の衣服の裾の乱れをととのえた。皇帝がうなづくと、グインが次におのれの椅子にかけ、これまた同じように小姓たちが駈け寄った。それにつづいて二人の皇女が椅子にかけると――マリニアは、乳母に抱かれてであったが――ようやく式典のはじまりであった。

アキレウスの「諸卿、椅子を用いられよ」ということばによって、十二選帝侯と十二神将、そして身分の高い貴族たちのうち、女性と老人たちだけが、そのうしろに用意してあった椅子にかけた。それ以下のものたちは、まだ椅子にかけることは許されてなかったし、かなり下の身分のものたちには、そもそも椅子そのものが用意されていなかったのだ。

今日は、このような式典であるので、宰相たるランゴバルド侯ハゾスも、おのれの席次に従って十二選帝侯の列のあいだにいるだけであった。このような式典の進行をつとめるのはすべて式典係の長、すなわち儀典長の役目であり、かなり高齢の儀典長は晴れの役目に、儀典長の正装と長いマントで、頬を紅潮させていた。

その儀典長のふれにより、まずはアキレウス大帝より、ケイロニアがつつがない新年を迎えたことをことほぐ祝詞が述べられた。それに続いて、グイン王も短いことばで新年のよろこびと祝いを述べた。

その次には、十二選帝侯を代表してアンテーヌ侯アウルス・フェロンが、それに続いて十二選帝侯を代表して長老ホルムシウス白象将軍が進み出て、皇帝家のひとびとに新年の祝いをのべ、ケイロニアの栄光とケイロニウス皇帝家の末永い繁栄を祈ることばを言上したが、それにつづいては、人々にとってはあまり面白くもないくだくだしい、やれ宰相ランゴバルド侯であるとか、やれサイロン市長であるとか、やれ貴婦人たちの最長老たる前女官長であるとかいったひとびとの祝辞が延々と続くのであった。

人々が——ことに立ったままですべての式典に参列していなくてはならぬ人々がいささか疲れを覚えはじめたころに、アキレウス帝のほうから合図があり、そしてようやく人々の待望の「御酒下され」となった。これは、サイロン市の市庁前大広場や、黒曜宮前の「大王広場」でも一般庶民あいてに行われているのと同じ、ケイロニアの新年のしきたりであったが、むろん黒曜宮の正式の祝典の場合には、下される酒も極上の発泡酒であったし——はちみつ酒を山の発泡水で割ったものである——サイロンの市庁前広場のように巨大な樽で用意されて、希望者にひしゃくで一杯づつ与えられる、などというものではなかったのは当然である。

たくさんの小姓と給仕たちが、合図もろとも、いっせいに盆の上にのせたたくさんの銀杯を人々に配って歩いた。これは恒例によって、そこになみなみとたたえられた下され酒を、ケイロニアの前途と今年一年の繁栄を祈念して飲み干したあとは、それぞれが持ち帰ってよい縁起物で、今年を象徴する動物——この場合は猫《ミャオ》であったが——をかたちどった持ち手がついている贅沢なものであった。

むろん、何千人という参列者全員に与えるのであるから、正直、選帝侯たちや神将たちなどきわめて高位の貴族に提供されるものと、かなり下のほうの人々に供されるものとでは、酒そのものは同じであったにせよ、銀杯についてはいささかその値段にはひらきもあったし、さらにこれはこの式典には参列できないような宮廷の下っ端たちにももれなく与えられるので、その場合はさらにいささかまじりもののある銀杯になりもしたが、それでもこれだけおびただしい人数に配られるのであるから、たいへんな金額であることは間違いなかった。それにこれは、神々の祝福を受けて作られているので、今年の無事を願う縁起物とみなされていたので、人々はそのよしあしにかかわらず、大切そうにおしいただいて、儀典長の合図によってもう一度、「マルーク・ケイロン！」の声を盛大に大広間にひびきわたらせ、それを合図にその酒を一気に飲み干してから、しずくをよく切って、たいへん大切そうにその足と把手つきの銀杯をかくしやふところにしまいこむのであった。これを毎年受けていること自体が、その貴族の、宮廷での地位や経歴そのものを語ることにもなるような、そのくらい由緒のある、これは儀式であったからである。

この「御酒下され」の儀式がすむと、人々はようやくぐっとくつろいだようすになった。だが、このあとはさらに、長老たちの祝辞や演説にもうしばらくのあいだ辛抱しなくてはならなかった。

わけてもなかなか大変だったのは、十二選帝侯の最長老であるアトキア侯の演説であった。アトキア侯は演説下手で、そのくせ演説好きで有名で、その演説ときたら、「終わるまでに、産み落とされた卵からひながかえって卵を生む」とまで、こっそりとささやかれていたからである。また、このようなときでないと人前で注目をあびる機会のない、ケイロニウス皇帝家の遠い親戚にしてもっとも年長者であるインス公爵、などという、もうそろそろ百歳を数えるのではないかというような「化石」が登場して、（まだ生きていたのか）という人々の驚愕の視線をあびながら、もごもごと祝辞をのべ、若い貴族たちには（あれはいったい誰だ？）といぶかしまれたりするのも、こういう式典のさいのおきまりであった。インス公爵はもともとは大貴族ではあったが、もうすでに三十年以上も昔にすべての現役を引退しておのれのささやかな領地にひき退き、このようなときでなければ決してサイロンにも、黒曜宮にもあらわれはしなかったからである。それがいったいどういう親戚であったのかさえ、そろそろアキレウス大帝本人でさえわからなくなりかけているくらい、遠いむかしのあやしい存在であった。おまけに、それと似たような、なにがし伯爵夫人、などという、「アキレウス陛下の父上のおそば仕えであった」腰のまがった魔女のごとき老婆までもまかり出て新年の賀をのべるのであった。

だがこれはアトキア侯の演説にくらべればずいぶんと我慢のしやすいものではあった。それに、人々は、「このあと」のことが気になって、そろそろ気もそぞろになりかけていた。このあと、式次第によれば、「アキレウス陛下より特別の発表」があり、それにひきつづいて恒例の昇進人事、転任人事などの発表がある、となっていたからである。

これはめったには見られなかったようなちょっとした逸脱であった。つね日頃であれば、このまま人事の発表にすすみ、そのあといったんここを解散してから、夕刻からのと、祝賀宴会にうつる、ということに決まっていたからである。さてこそ、何かあるか——人々が内心、おそろしく期待をかけ、あるいは不安を抱いてそわそわしていたとしても、まったく不思議はなかった。

# 第二話　君臨

# 1

ようやく、儀典長が、長々と続いて人々にしびれをきらせた、古老、長老たちの祝辞の洪水の終了を告げ、続いてアキレウス大帝による特別発表のある旨を告げた。人々が待っていたのはまさにこれであった。何かおこるとすれば、この異例の発表をおいてしかない。シルヴィア皇女がこの場に列席していないこと、それ以外にも、シルヴィア皇女のさまざまな不審な挙動をめぐる謎めいたうわさ——そしてササイドン伯爵の、何も説明されぬままでの長期に渡る不在。それらみなをもひっくるめて、人々は、ケイロニウス皇帝家に《何か》がおこりつつあることを、ひそかに感じていたからこそ、(いまに何かがおこりそうな……)不安と緊張とを、年末からずっと感じ続けていたのだ。

さっと固唾を呑んでいずまいをただす人々の前に、ゆっくりと、アキレウス大帝は玉座の椅子に座り直した。日頃の公式謁見では、ものの半ザンとかからずに退出するのが恒例になっている老帝である。すでに、大帝がこの祝典に臨んでいる時間は、その老体を人々が案じるほどに長時間になっていたが、帝の様子はそれほど辛そうではなかった。

「親愛なるケイロンの、わが忠節なる人々に、本日の祝い事をよき機会に、申し上げたきことがあり、特にこのように時間を頂戴することとあいなった」

大帝が、ゆっくりとした口調で、だがよくひびく声で話し始めたとき、大広間はしんとしずまりかえった。大帝のことばを万が一にも聞き損ねるまいと、人々はしわぶきさえひかえて、耳をかたむけた。

「本日はめでたくあらたなる年を迎えることとなったが、諸君には、かねがね余の健康ただならず衰え、かなり長いこと、病の床に伏していたことをご記憶のことと思う。——もとよりその病の主たる原因はわが最愛の息子たるケイロニア王グインが長きにわたり、消息を絶っていたことであった。それ以外には、卓越せる宮廷医師団の諸先生がたのお診立てにあずかっても、特に何か憂うべき疾病、持病があったというわけではない。ただただ、心労による食欲不振と、何にもまして高齢とが、余の体調不良の原因であったようだ。その、諸君をいたく心配させた病も、見てのとおり、わが子グインの無事の帰国を迎えて、すっかり軽減された……」

人々は、まだ、この話がいったいどこへゆきつくものか、わからぬままに、神妙に首を垂れていた。

だが、そこまでの短いことばのなかでも、二回もことさらのように「わが最愛の息子たる……」「わが子グイン……」と繰り返されたことは、人々の注意をひかずにはおかなかった。

大帝は語り続けた。

「だが、このように諸君の前に立ち、諸君のことほぎの挨拶を受けられるほどにも回復したからこそ、余には、おのれの体力と、そして何よりも気力精神力の基本的な弱りとが、ことごとく感じられてならぬものがあった。――端的に言おう。余は、もはや、ケイロニアの統治者たるの体力がない」

あっ――

というような、低い声が、うしろのほうの列を埋めた人々のあいだから洩れたが、互いに制しあったようにまたしずまった。選帝侯たちはぴくりとも動かなかった。

「かねてより、いずれはこのようなときがくると考えていた。だが、なかなかに機会を得ず、半端なままに光ヶ丘の隠居所をも活用しきれず、またグインの失踪のあいだはやむを得ず風ヶ丘に戻りおのが役目を果たさざるを得ぬこともあって、ずっとおのれの感じたとおりを諸氏に告げるを得なかった。だが、いまや、国はめでたくおさまり、そしてわが息子グインはこうしてわがかたわらにある。――いまこそ、諸卿諸嬢らに、わが長年の希望を告げてもよきときかと思う。——すなわち、われアキレウス・ケイロニウスはこの新年を期してケイロニア皇帝としての公的業務をすべてしりぞき、それをすべて、わが息子グインに譲り渡す、ということをだ！」

「……」

こんどは、広間全体が、ざわざわっと揺れた。

だが、それは、それほど激しい驚愕と衝撃、というわけではなかった。どちらにせよ、その意向は、かなり早くから——グインの失踪以前から、ケイロニウスはもらしていたのだし、それが、グインの失踪というはからざる出来事のために、かなり先延ばしになったとはいいながら、これは、その席につらなる人々にとっては、「いずれきたるべき宣言」が、ついにこの日、やってきた、ということにすぎなかったからだ。

とはいいながら、それゆえにこそむしろかえって、人々はおもてをあげられずにうなだれていた。それは、三十五年もの長きにわたって、ケイロニアの獅子心皇帝として、かれらに君臨し、ケイロニアの繁栄と平和の守り神としてかれらを統治したこの英明な皇帝の、長い統治がついに終わる、という宣言にほかならなかったのだから。

「ただし」

ゆっくりとアキレウスは付け足した。

「諸氏も知ってのとおり、グインはわが直系の息子ではなく——余にとりては、グインよりほかに息子はなく、息子というはひたすらグィンひとりと信頼し、愛しているが、直系でない、という事実のゆえにのみ、これほどすぐれた帝王の資質と人望とをそなえながら、グィンはわがあとをついでケイロニア皇帝となる資格をもたぬ。——それゆえ、余はグィンに《ケイロニア王、ケイロニア大元帥》という称号をあたえ、そのおろかしき慣例のなかであたうかぎり、グィンが余のあとつぎとしてケイロニアに君臨できる体勢をととのえた。同じ理由により、余はいま、おのれの望むところとはうらはらに、ケイロニア皇帝位より退位して、安穏な隠居暮らしに完全に移行するを得ぬ。……それゆえ、こののちは、余は『ケイロニア皇帝』に在位のまま、光ヶ丘の隠居所に完全に居をうつし、そこで心静かな晩年を楽しみたいと思う。むろん、ケイロニアに何か国難の勃発するときには、余にかなうことであれば力を貸すにやぶさかでないが、そのようなときにこそ、わが最愛の息子のすぐれた能力が力を発揮してくれようと、余は深く信頼している。——そして、あらためてここに、ケイロニア王グィンを文字どおりの、ケイロニアの最高施政者、唯一の統治者であることを宣言したいと思う」

おおっ——

また、人々は声にならぬどよめきを放って揺れた。それは、この話のなりゆきから人々が予測していたよりも、ずっと過激な、はっきりとした、「統治権の移行」の宣言であったからである。

だが、このような決定にさいしては、最大の拒否権や再審議の申し立ての権利をもつ、十二選帝侯の面々は、アンテーヌ侯以下、ただ黙って恭しくひかえているだけで、すでにあらかじめ、帝よりこの内定を聞かされて賛意を表明していることがうすうす察せられた。

グインのほうは、むろん、当然この話の展開をすべて承知していたことをはっきりと示すように、つつましやかに、いくぶんうつむき加減にその豹頭を正面にむけているだけである。

「彼はすでに、いくたびもわがケイロニアの危機を救い、武将としても、また外交においても、おおいに手腕を発揮してくれている。また、国内における人望とその行動力を見れば、余にまさる英明な君主としてケイロニアを預けるにもっともふさわしい人物であること、誰ひとりとして疑うものはなかろうことを、余は疑わぬ。――不幸にして、彼は余の直接の血のつながりある息子でこそない。だが、いま、余は、彼こそ、わが娘の婿であるからということではなく、神によりさずけられた、ただひとりの本当の息子である、ということを深く確信している」

さえぎるものもない沈黙と静寂のなかを、アキレウスの声だけがひろがっていった。

「それほどに余の彼に対する信頼と愛情とは深くあつい。諸君のうちもし万一にも、ケイロニア王グインにケイロニアの最高統治をゆだねることにいちるの不安なりとも抱くものがあればいままさにこの場で名乗り出よ。余がみずから、討論であれ、よし腕立てであれ、どのような手段であろうとも、グイン王の名誉を守るためにその相手を引き受けるであろう、と余はここで宣言しておく」

「………」

誰も、むろん、そのアキレウスの危惧に該当した、と思われるようなことのないよう、身じろぎさえもせぬようにしているようだった。

アキレウスは続けた。

「そしてまた、このほどあらたに決定した、ケイロニア皇帝家のいくつかの内実について、これをよいしおに諸君に申し上げておきたい。――グイン王の王妃、わが娘シルヴィアは、このめでたい席に欠席であることからもわかるとおり、ずっと余と同じくグインの失踪以来体調を崩していた。だが余と異なり、グインの帰還にもかかわらず、いまだに本復を見るを得ず、もしやしてなにやら重大な宿痾を内包しているかとも疑われている。それゆえ、このさい、気候も温暖にしてさまざまに緊張を強いることの少ないであろう光ヶ丘に、あらたにシルヴィアのための保養所をもうけ、シルヴィアには、そちらでゆっくりと徹底的に病を養ってもらうことに決定した。わが息子グインには、当面王妃とひきはなされて不便をかけることになるが、寛大なるわが息子はおそらくその不便にも堪え忍んでくれるであろう。――そしてまた」

「…………」

「わがむすめオクタヴィアの夫にして、わが最愛の孫娘マリニアの父親でもある、ササイドン伯爵マリウスは、このたび、事情あって、ケイロニア皇帝家の籍からはなれることとなった。すでに伯爵はケイロニアをはなれている。こののち、おそらくケイロニアに戻ることもなかなかに困難であろう。——それは彼自身の選んだ道であってみれば、余も娘と孫娘との心痛は案じられるが、かえってそれがかれらの幸せのためかと思い、その伯爵の決断をうべなう決意をした。それゆえ、マリウスどのは、ササイドン伯爵たることからも、本日かぎり自由になられる。新ササイドン伯爵を任命するときには、またあらためての人選が行われようが、当面、オクタヴィア皇女はこの別離の心労もだしがたく、やはり光ヶ丘にて余とともにマリニア皇女の養育に専心することを望んでいる。——グインには、すっかりこの黒曜宮もろともサイロン、そしてケイロニアを預けてしまう格好になるが、それについては、グインの大きな器量と人望、そしてグインを助ける十二選帝侯をはじめとする諸卿の協力とが、何よりもの力になってくれよう」

「…………」

人々は、なおも、ざわざわしはじめるのを必死にこらえていた。それはひたすら、この老皇帝に対する敬意のみからであった——本当は、ここで一気にぶちまけられた、本当のところはすでにひそひそとうわさにはされていたさまざまなケイロニウス皇帝家の内実について、取沙汰したくてたまらぬところであっただろう。だがそれはさすがにこの席でははばかられた。

「わがケイロニウス皇帝家は、不幸にして、いまだ直系の男子を得ず、いたって係累少なきが最大の弱点であるような一家である。わが弟ダリウスが謀反により誅せられてより、ケイロニウス皇帝家につながる縁者はまことに心細いかぎりの人数となった。しかも、そのなかに男子というはただ、もはやグイン一人を数えるのみ。——この上は、一刻も早くグインに男子出生を得て、ケイロニウス家の繁栄につながることを、余はひたすら望んでいる。——それはもとより、病に伏していつ王妃としての任務に再起することが可能になるかもわからぬシルヴィアには期待せぬ。余は、むしろグインが側女腹であろうとも、おおいに沢山の子を得、グインの凜々しくひいでた血筋をわがケイロニウス家に注入して、中興の接ぎ木の役割を果たしてくれることをひたすら望むものである」

こんどは、人々は、たまりかねたように大きく揺れた。

これは、この、あとになればなるほど大きな波紋を呼ぶことが確実なアキレウスの発言のなかでも、最ものちのち大議論のもとになりそうな発言であった。ケイロニアでは、ケイロニウス皇帝家の血筋、というものがきわめて重視され、それが長年にわたって、最大の問題とも、またさまざまなもめごとの種ともなってきたのである。だが、いまのアキレウスの発言は、まさにその長い慣習のまっただなかに、強烈な挑戦状を投げ込んだにも等しかった。

ケイロニウス皇帝の直系の血が流れていなくてもよい――と、アキレウスはそう断言したのも同然であったのだ。しかも、その云われた本人は豹頭の異形である。日頃は、いかにケイロニアきっての英雄として賞賛と信頼をあつめていようと、この異形が、どのように子孫に遺伝するものか、誰も知るものはないのだ。

これは、もめるたねになりそうだ――人々は、こっそりと、うつむいたまま、ちらちらと目くばせをかわしあった。だが、アキレウスはまだ語りおえていなかった。

「ここにお集まりの諸卿諸嬢らは、いずれもこのケイロニアのもっとも忠誠なる臣にして、最高の重鎮から忠実なる臣民にいたるまで、このアキレウスが深く信頼するかたがた。そのかたがたの前で、かりそめにも獅子心皇帝との名を諸君よりたまわったこのアキレウス・ケイロニウス、あらためてすべてのケイロニア臣民の諸君に伏してお願い申し上げる。――諸君には、何卒、余に見せて下さりし赤誠を、同じくわが最愛の息子グインにもたまわることのできるよう、お願いしたい。グインの決定はすべてわが決定、グインの意志はすべてわが意志とおぼしめして、こののち、余が退隠後にも、末永く、われに仕えると同じ忠誠とまことをもって、ケイロニア王グインに仕えていただきたい。むろんわれにそのようにされたが如く、グインに失政ありとお考えのときにはためらわず諫言なすもよし、またグインのように疑問あるときには、遠慮なくグインにその本意について問いただされるもよし。さりながら、いずれにもせよ、それをわが治世においてなされたと同じ信頼と真実とをもって、わが子グインの治世にも見せていただきたいと切実にお願い申し上げる。——グインは余の知る限りもっとも誠実にして、愚直なまでに廉潔高潔、そして武勇と知性をかねそなえた、ケイロニア統治者たるに最高の資格すべてを持った男と余は信じている。これまで余にたまわった諸氏の忠誠を、どうか、新しきケイロニアの最高統治者、ケイロニア王グインに向けていただけるよう、ケイロニア第六十四代皇帝アキレウス・ケイロニウス、命にかえてお願い申し上げる！」

「………」

激しく云いきった、アキレウスのその気迫にのまれるように——

満場を埋めた人々は、ただひたすら、茫然とうなだれていた。

これほどに明確に発せられた、突然のアキレウスの引退宣言もさることながら、いまこの場で、こうして、目の前で、大ケイロニアの最高統治者が交替し——いまだにアキレウスが皇帝の座にはとどまるとはいいながら、それは実質的にはすべての権限をアキレウスからグインに引き継ぐ、というその引継ぎの宣言にほかならなかったのだから——

——あらたな『グイン王の治世』へと転換してゆく、その、「歴史のかわりめ」にまさに立ち合っているのだ、という思いが、すべての人びとの胸を刺し貫いていた。それは、アンテーヌ侯ほどの重鎮から、二階の片隅から懸命にのびあがって下の広間を見ようとしている下小姓にいたるまで、ひとしなみにその胸を打っている、ケイロニアの忠実な臣下ならではの感慨であっただろう。

(ああ——さしも長きにわたった、獅子心皇帝アキレウス陛下の統治は、こうやって終わりをつげ、豹頭王グインの時代へと、世の中はうつりかわってゆくのだ……)

その思いにうたれ、人々のなかには、早くも滂沱の涙を流しているものさえあった。そこまではゆかずとも、目がしらをうるませているものは数限りもなかったであろう。ことに、アキレウスがいまだ若き帝王として、その父よりの冠を受けた戴冠式を記憶している年輩のものたちにとっては、それはおのれの時代が終わってゆく——と感じられるほどの衝撃でもあっただろう。

「新しきケイロニアの統治者、ケイロニア王グインに、われにたまいしと同じ忠誠を誓いくれる者は、この場にて、『マルーク・グイン！』の声をあげよ！」

さらに、アキレウスが追及した。だが、もはや、ひとびとはためらわなかった。

大勢の廷臣たちのなかには、あるいは、グインの統治に関して、多少の不安や疑惑を抱くものも、なくはなかったかもしれぬ。だが、アキレウスのいったとおり、これまでの数々の手柄と功績とにより、グインの人望はすでに絶大であったし、また彼が、黒竜将軍を経て、ケイロニア王・ケイロニア大元帥の名のもとに、アキレウス老帝の補佐となって、この何年かのあいだ、ケイロニアの繁栄と安泰のために尽くしてきたことについては、すでにひとびとはいやというほどわきまえていたし、また、グイン以外に、アキレウス退隠ののちのケイロニアをとりまとめてゆけるだけの器量をもつ存在が、ケイロニアに——皇帝家のみならず——いないことも、よくわかっていたのであった。むろん、「豹頭」というこの決定的な異形について、あやぶむものがなかったとはいえぬ。だが、それも、すでにアキレウスがそこまで強力に推すとあれば、やむを得ない程度の違和感に軽減されていた。いずれにせよ、ひとびとは、グインの豹頭にすでに見慣れてしまったのだ。

それゆえ、ひとびとはあまりためらうこともなく、いっせいに、すさまじいばかりの歓声をほとばしらせた。

「マルーク・グイン！」

「マルーク・ケイロン！」

「マルーク・グイン！」

その声は、高い天井にこだまし、反響して、さしもの黒曜の間をも地鳴りさせるかと思わせるほどのすさまじさで響き渡った。

「有難う」

アキレウスは、その声の残響がようやく消えてゆくのを待って、もう一度立ち上がっ

た。

すでに相当、この場にいること、長時間に及んでいる。老帝のしわ深いおもてには、かなり疲労の色が濃かったが、それでも、おのれのなすべき任務をなしとげずには、何があろうともあとにひかぬ、といった、決死の気迫が、老帝の全身にみなぎっていた。

「有難う。――諸君の忠誠のほど、お心根のほど、しかと見届けた。――これにてケイロニアは安泰……余の残余の人生もまた、心やすらかなるものになるであろう。むろん、いつなりと、余は光ヶ丘の隠居所をいでて、わが息子のため、いざとなれば、その一兵卒となりてでも、剣をとってたたかいにはせ参ずる熱意は失っておらぬつもりだ。――ならば、皆の者には異論なしと確認させてもらった。これにて、余はすべてを新しき統治者にひきつごう。正直、老齢の余はいささか疲れた。もう、この座にいることに、余の体力が耐え得ぬ。……こののちは、新年恒例の昇進・転任人事の発表であるが、それをケイロニア王の最初の任務とさせていただこう。余はこれにて失礼する。体調がゆるせば、また今宵の新年祝賀の宴の席において、しばしのあいだ、諸君と酒をくみかわすこととしよう。――されば、これにて余は退出する。グイン、あとを頼んだぞ。まずは、お前の挨拶からだ。――余はもう、それをきくわずかの間さえ、この席に耐えぬほどに疲労困憊してしまった。かくのごとき老齢の上に病人となりはてては、ケイロニアの獅子も、もはやその任にたえぬ。――だが、人々よ、案ずることなかれ。諸君には、ケイロンの老いたる獅子のかわりに、若くたけだけしき豹がいるのだ。——では諸君」

それは、アキレウスの、退出の合図であった。

いっせいに人々は立ち上がり、ひざまづいて、皇帝の退出に対する礼のかたちをとった。それは、となりの玉座にかけていたグインとても例外ではなかった。

低く膝をつき、その膝の上にこうべをたれた人々の前で、ゆらりとアキレウスはマントをひるがえした。小姓たちがさっと椅子の背をこえてマントをアキレウスの足元に流した。

「それでは、グイン。あとを頼んだぞ」

ゆっくりと云うと、アキレウスは、おのれの手に持っていた王錫をつと、グインの前に差し出した。

グインが顔をあおむけてそちらを見あげる。それへうなづきかけると、アキレウスは、先端に巨大な宝玉がつき、ぎっしりとルーンの神聖な護符が彫り込まれている黄金の王錫を、ケイロニア王にむかってさしのべた。グインはいずまいをただし、それを両手でおしいただくように受け取った。

「この王錫を手にするもの、ケイロニアのすべての王権を受け継ぐと知るべし」

ゆっくりと、アキレウスは重々しい声でとなえた。そして、王錫をおしいただいたままうなだれるグインにほほえみかけると、そのまま、紫のマントの裾をひるがえし、玉座の椅子と椅子のあいだをぬけて、奥に入っていった。

さっと垂れ幕があげられる。重々しい足音が、ゆるやかにその奥の回廊に消えてゆくのを、人々はじっと頭をたれたまま聞いていた。

アキレウスのうしろに侍していた二人の小姓たちが、アキレウスに続いて奥に入っていった。だが、かれらは、ややあってすぐに戻ってきた。かれらは二人で、アキレウスのまとっていた、紫に金の房飾りのついた「帝王のマント」をうやうやしく捧げ持っていた。

人々は、アキレウスが奥に入り、垂れ幕がおりると同時に、奇妙な嘆息を胸の奥からしぼり出しながら、ゆっくりといずまいをもとにもどしていた。グインは立ち上がったまま、もとの椅子には戻らずにいた。小姓たちは、そのグインのうしろにまわり、グインがかるく身をかがめてやると――そうせぬと、まったく届かなかったのだ――グインのまとっていた、黒びろうどに銀の房飾りつきのマントのひもをほどいて脱がせた。グインも協力して、ひもをひっぱり、するりとマントをたくましい肩からすべり落とす。

そのあとに、すばやく、小姓たちは、アキレウスのぬくもりもまだ残っているであろうことが察せられる、紫に金のマントをうちかけた。また、グインは、かるく身をかがめなくてはならなかった。

ひとりの小姓が前にまわって、いそいで、だがうやうやしくマントの結びひもを結んでやった。グインは身じろぎひとつせずにその奉仕を受けた。小姓たちが丁重に礼をして引き下がると、グインはその紫のマントをひるがえし、おのれがかけていた、ひとつ横手の竜を意匠にした椅子の前から、悠然と中央のもっとも巨大な、王冠を意匠とした椅子の前へ移動した。

「諸君」

グインの口から、重々しい声が放たれたとたん、人々はまたいっせいに頭を下げた。

「まずは、ご着席あれ。――わが敬愛する父、アキレウス・ケイロニウスよりのことば、快くお受け下さり、感謝にたえぬ。……こののち、恒例により、新年の人事の発表となるが、ただいまお聞きになられしとおりの事情により、ケイロニア宮廷、及びケイロニア軍についてもいささかの変革を余儀なくされること、ご了承ありたい。まずは、それについて、お話を申し上げよう。――ご着席の上、ゆるりとお聞きいただきたい」

## 2

（もう、すでに、堂々たる帝王の風格じゃな）

こっそりと、隣りに座っていた、ランゴバルド侯ハゾスに囁いたのは、十二選帝侯の最長老、アトキア侯ギランであった。

ハゾスは、いささか困ったように、おのれの義父のほうにちらりと目をやり、選帝侯としての序列からも、また娘婿という立場上も舅の私語をとがめるわけにはゆかなかったので、あいまいな笑顔をむけたが、本当は、新支配者の最初の挨拶をきくべく、しわぶきひとつなくしずまりかえった大広間のなかで、小声とはいえ、充分にあたりにきこえるような声で囁かれて、多少困惑していた。

だが、誰も気にしたものはいなかったであろう。人々は、こんどは、アキレウス帝に続くグイン王の最初のことばをひとことでもききのがすまいと、耳をそばだてていたのだ。

「ただいま、わが敬愛する父上よりたまいしおことばの数々は、まことに、わが身に余る光栄というべきものであった」

ゆっくりと、よくひびく、だが重々しい声でグインははじめた。そのうしろに堂々たる金色の王冠を彫り込んだ椅子の背が、まるでグインその人の後光そのもののように、あちこちからのあかりをうけてきらきらかに輝いている。アキレウスもこの巨大な玉座においてまったく見劣りのせぬ、堂々たる体軀の持ち主であったが、グインの巨軀はさらに堂々と、あたかもこの椅子が最初からグインひとりのために作られていたかのようにぴったりとその巨大な玉座におさまっていた。

「もとよりわれは外様の身、しかももとをただせば氏素性も知れぬといやしめられてもやむを得ぬ浪々の旅人としてサイロンを訪れた身の上だ。しかしながら、ケイロニア皇帝と、そしてケイロニア宮廷、さらにはケイロニアの人々すべては、つねにわれをかわらず手厚く遇してくれ、わが心を、ケイロニアに生まれ育った人々よりもなお、深く熱いケイロニアへの忠誠と愛情で満たすにいたった。――この異形、孤独の身としてケイロニアにたどりついたわれにはじめて安住の地、わがふるさと、わが祖国と呼ぶべき場所をくれたこの国への恩義を、たとえ何百回生まれかわるとも、われは決して忘れることはないであろう」

思わず、といったようすで、誰かが拍手をしようとし、また、誰かが小さな声で「マルーク・グイン！」と叫んだが、となりのものにひきとめられたように、拍手の音はたちまち立ち消えてしまった。人々は、グインのことばの邪魔をせぬようにと、あらためてこうべをたれて次のことばを待った。

グインは、トパーズ色の目を光らせて、ゆっくりと満場の貴紳淑女たちを見回した。それから、おだやかに先を続けた。

「父陛下のあまりにも勿体なき温情により、われははからずも、ケイロニアの統治者とよばれることとなった。だが、あくまでもわれは外様であることを忘れぬ。われは、父君のごとく、君臨し、統治はせぬ。われは、父陛下より、ケイロニアという神聖なる宝物をあずかり、管理し、なにごともなきよう見守る管理者としての任務をさずかったのだと考え、ケイロニアの民草の幸福と繁栄のみを第一と考えてゆきたい。外敵の侵入から守られ、飢餓や病や貧困に苦しむ者なく、おのれのわざを充足し自信をもって日々なしてゆけることこそ、ひとつの国の国びとのもっとも幸福なる状態であろう。——われは、ケイロニアのすべてのひとびとを、北ははるかベルデランドから南はパロ国境近きワルスタットまで、東は緑ゆたかなランゴバルド、西はノルン海に面したアンテーヌにいたるまで、平等にケイロニアの繁栄と安寧とを楽しめる日々を送れるよう、誓約したい。そのために、身を粉にしてはたらき、わが身のことはかえりみず、わがいのちをケイロニアの弥栄《いやさか》のために捧げることを、ここにあらためて誓いたい。——その誓いこそは、どのような神々にとはいわず、ケイロンのすべての民草にこそ捧げたいと思うものだ。——わが誓いを、ケイロンのすべての民の代表としてここにおられる諸君は、受け入れて下さるであろうか。——われは、諸君が代表するケイロニアそのものにむけて、この誓いをおこないたい。——わが魂は君がものにして、わが命もまた君に属するなり。もしわが忠誠の誓いに一抹の疑惑あらば、いつなりとこの剣を押し、わが命をとりたまえ——と！」

そして、グインは、すっくと立ち上がるなり、その場で腰の宝剣をぬき、そのきららかな、儀式用に刃をたてぬままの黄金づくりの剣を、さかさにおのれの胸にきっさきを向けて持って、満場を埋めた人々のほうにむかって差し出した。

わあっ——

人々が爆発した。

「マルーク・グイン！　マルーク・グイン！」

「忠誠を！　わが忠誠を、陛下に！」

「マルーク・ケイロン！　マルーク・グイン！」

口々に叫びながら、人々は、さすがに場所柄をわきまえて、玉座にむけて殺到しようとこそまではしなかったものの、それぞれの場所で総立ちになり、男たちはおのれの飾り剣を差し出して次々に剣の誓いをグインに届かせようと躍起になり——選帝侯と十二神将たちは、飛び出して、万一人々がたとえ熱狂してにせよ玉座に殺到したらいつなりとかれらの王を守れるようにすばやく二重の円をつくってグインを取り巻いて、玉座のまわりに詰めた。内側に選帝侯、外側に十二神将がさっと二重の円を作り上げたさまは、見るもみごとなもので、かれらが決してただ単に高位の貴族、重臣たちであるだけでなく、また、老齢のアンテーヌ侯やアトキア侯でさえも、ケイロニアの守護神たるべくたえず鍛えぬかれた現役の武官であるのだ、ということをまざまざと感じさせたのであった。

かれらはグインに背をむけ、真ん中――ということはグインの正面をあけたまま、選帝侯たちのほうが一段高い段上に立ち、誇らしげに、剣の誓いをおこなっている人々を見返していたが、かれらの興奮がとりあえず少し下火になった、と見ると、こんどはアンテーヌ侯の合図により、さっとグインに向き直り、そして、いっせいに二十四本の剣をそれぞれ腰から抜き取って、おのれの胸にむけ、剣の誓いを行なった。それもまた、まるで日頃からずっと訓練していたとしてもそうはみごとにそろうまいと思われるほど、もののみごとに揃った、派手な素晴しい眺めであった。

オクタヴィア皇女は、マリニア皇女をおのれの膝にひきとり、乳母をうしろに立たせたまま、目をみはってその眺めを見つめていたが、怯えたようすも、驚いたようすもなかった。その誇り高い顔は、この豹頭の義弟に向けられたとき、いかにも（私も、男だったら、剣の誓いをしますのに！）といいたげにほてって微笑んでいた。ただ、幼いマたにふれることのない大勢のひとびとの狂奮状態に怯えてはならぬと、ら彼女は乳母に合図して、マリニアを、さきほどアキレウス帝が退出した回廊から、さきに奥へと引っ込ませた。そして、そのあとは、つつましやかに、この場に残る唯一のケイロニウス皇帝家の皇女として、気品高く、ひかえめに微笑みながらすべてのなりゆきを眺めていた。

「有難う、諸君」

グインは剣をもとに戻し、両手を大きくひろげて人々にむかってさしのべた。そして、選帝侯たちの剣をおさめてくれ、と手のひらを上にむけて何回か振って示した。選帝侯たち、神将たちが丁重に剣を額のところにもちあげておしいただいてから、おのれの剣帯に戻す。

「有難う。——諸君のあつき忠誠の心、しかと受け取った。——そして、われのケイロンへの忠誠の心もまた、諸君のうちにしかと届いたであろうこと、決して疑わぬ。いま、あらたなきずながここに結ばれたとわれは信じる。これより、つねにわれはこの瞬間を心にいだき、この熱き思いを胸に刻みつけて、ケイロンのために粉骨砕身するであろう。——諸君、ご着席あれ」

人々が波のひいてゆくようにそれぞれの席に戻ってゆく。さいごに、十二神将、十二選帝侯たちが副官や小姓たちに先導されて壇からおり、それぞれの席につくまで、グインは玉座の前に突っ立ったまま、そのようすをじっと眺めていた。

ようやく、すべてのものが元通りに席につき、場内はしんとまた、ケイロニア王のその先のことばを待ってしずまりかえる。それをグインは、ゆっくりとうなづきながら見回した。

「ケイロニア王としてこのさき、わが祖国ケイロニアの繁栄と幸福のためにのみ邁進してゆくため、いささかの組織の変更、というよりも、新しき組織を作り上げ、あるいは既存の組織に多少の変更を加えることをわれはアキレウス陛下に提案し、そしてお許しを得た。——その変更について、これより諸君に発表申し上げる。恒例であれば、新年の人事発表を、宮内庁長官よりするところであるが、いろいろと新しきことどもがあるにつき、われの口より直接に発表させていただくことを、ご了承願いたい。——われの必要とする組織の変更が発表されたのち、恒例の人事発表にうつるさいには、慣例どおりに戻る予定である」

人々は、興味をそそられたようにおもてをなかばあげて、この豹頭の王を眺めた。

グインは、剣帯につけてあるかくし袋から、折り畳まれた書き物を一枚取り出した。それをおもむろにひろげ、読み上げるともなくことばを続ける。それは、だが、人々にとっては、それほどに衝撃的な内容とはいえなかった。

「ケイロニア大元帥として、これまでの長きにわたりケイロニアの安全をと認められているまでに完璧に守り通している、ケイロニアの武の組織にいささかの変更を加えることをお許し願いたい。――すなわち、これまでのケイロニアの守護は、諸君ご存じのとおり、十二神将ひきいる十二神将騎士団、及び選帝侯たちがそれぞれに所有する選帝侯騎士団、そしていくつかの専門的な騎士団によってかためられている。それ自体が世界に類例をみない素晴しい軍事組織として注目を受けているが、さらにいっそうの機動性を高めたい、というのが、われの、黒竜将軍、及びケイロニア大元帥として国を守る任務にあたってきた年月を通しての実感であった。むろん、それは、ただいまの軍事組織に不足があるというのではない。ただ、ひとつ云えることは、この組織の現在のありようには、国王ないし皇帝直属の騎士団というものが存在せぬ。――われは、その唯一の不備が気にかかってならなかったゆえ、それをおぎなうべく、諸君もすでにご存じのケイロニア王直属部隊たる《竜の歯部隊》を組織した。この《竜の歯部隊》にはわれは一度ならず、数知れぬ恩恵をこうむり、助けられた。――それゆえ、われは、この長所をさらに大きなものにしたいと考え、ここに、ケイロニア王直属としてわれの手足として動く、『ケイロニア王騎士団』を組織することを提案し、アキレウス皇帝陛下のお許しをも得た。――この騎士団は総勢、いまの計画では新兵、傭兵、各騎士団よりの志願兵をも含めて一万騎。現在一千を数える《竜の歯部隊》の精鋭は、これまでどおりガウス准将、昇進してガウス将軍の指揮のもと、われの諜報部隊としての働きを続ける。《竜の歯部隊》はケイロニア王騎士団のいわば一部でありつつもそれとは独立した立場を維持する特殊部隊として残すつもりである。――そして、ケイロニア王騎士団の団長として、げんざいの黒竜騎士団の長、トール将軍を抜擢し、あらたに『護王将軍』の地位を新設して任命する。そしてこれに国王騎士団一万をあずけるものとしたい」

十二神将の席にかけていたトール将軍は、黒竜の紋章を胸に打ったよろい姿で立ち上がり、丁重に、この仰せをうけたまわるしぐさをした。それも、あらかじめその内定を受けていたことが明らかな様子であった。

「この移動により、黒竜将軍の位置は空席となるが、この後任人事についてはのちほどほかの人事ともども、宮内庁長官より発表がなされることとなる。――そしてまた」

グインはゆっくりと場内を見回した。

「げんざい、ケイロニアのすべての国内外の政事は、こうして黒曜宮でおこなわれているわけだが、かねがねわれわれは、ケイロニアの経済活動の中心であるサイロン市と、黒曜宮とのあいだの距離がいたく気に懸かっていた。サイロンにいったん事あっても、その知らせが風ヶ丘の黒曜宮に届くまでに、事実上、最高度に急いで一ザンの時間がかかる。黒曜宮まで早馬がサイロンより到着するのは半ザンですもうが、黒曜宮はごらんのとおりきわめて広大である上、黒曜宮の政事の中心となるべき場はおおむね、黒曜宮のかなり奥まった部分にかたまっている。皇帝御座所も、またわれが現在頂戴している国王宮も、また、宰相ランゴバルド侯ハゾスが常駐する場所もともに、サイロンからかけつけた使者がさらに黒曜宮のなかを駆け抜けて到達するに、さらに半ザンを経なくてはならぬほど奥まった場所にある。——それに加え、伝統ある宮廷としては当然のことながら、使者はその奥の院に到着するまでのあいだに、きわめて何回もの念の入った身元調べや質疑応答、奥の院に入るための慎重な手続きを受けねばならぬ。——むろんこれは、皇帝や宰相ら重要な人々の安全を守るためにはかかせぬものでもあるわけだが、しかし、一朝ことあったさいにはきわめてまどろこしい、すみやかなる対応をさまたげるものであったことも確かである」

人々は、こうべを垂れることも忘れ、目を丸くしてグインのことばに聞き入っていた。それは、確かに、これまでケイロニアには吹いてこなかったような新しい風であった。かれらは、いまや、豹頭王の君臨により、確実にこの巨獣ケイロニアが変わろうとしていることを感じざるを得なかったのであった。

「それゆえ、われは、これより二年計画で、サイロン市内に離宮をもうけることを提案し、これまたアキレウス陛下のご快諾を得た——この離宮は、離宮とはいえ、すでにある西サイロン小離宮のような、皇帝陛下が市内を御巡幸されるさいの滞在所として作られたようなものではない。そうではなく、そこに実際に施政者が常駐し、サイロン市施政部と緻密な連絡をとり、ケイロニア総人口の実に四割近くをしめている大都市であるサイロン市民の安寧と繁栄とに目を配りつつ、いっそうすみやかな諸事万端への対応が可能になるようにするためのものだ。われは、これはまだ試案であり、こののち各方面と綿密な打合せを重ねなくてはならぬことだが、提案としては、われケイロニア王グインと、宰相ランゴバルド侯ハゾス、そしてその補佐役たちが交代制により、この政務をとる離宮と風ヶ丘の黒曜宮とに交互に滞在してはどうかと考えている。たえず、最高責任者として決断を下すことの可能な人間がサイロンの離宮と、黒曜宮の本営とに存在し、かつその両者の意志はたえずつきあわせられて一致していなくてはならぬ、というのがわれの考える理想のありようだ。――ただしこれは、宰相ランゴバルド侯よりはいささかの反対を頂いている」

グインはいくぶん愉快そうに笑い声をたてた。それは、緊張してうちつづく変革の話に耳をかたむけている人々に、いささかの息抜きをもたらす効果があった。

「宰相は、ケイロニア宰相たるもの、一刻として、ケイロニア王のかたわらをはなれるような体制をつくることは賛成できぬ、というのだ。――それについては、いま少しハゾスとさらに試案を詰めて研究する必要もある。また、確かに、宰相とわれがつねに同じ場所にあり、同時に動け、瞬時に相談しうることの長所をも考えるべきではある。――それゆえ、この交代制の考えはあくまでも試案にすぎぬが、いずれにもせよ、われは、もっともっと、黒曜宮を機能的に、そしてサイロンに近づくものにしなくてはならぬ、と考えている。——施政を直接に担当する政務機関が、首都とあるていど離れているのは、これまで世界各国に類例のないことではないが、そのなかでも黒曜宮とサイロン市との距離はかなり異例に近く大きい。たとえばパロのクリスタル・パレスなどでは、大門を開きさえすれば、市民たちのつどうアルカンドロス広場に押し出すことが出来る。本来サイロンは『七つの丘の都』と通称され、あまりにも地の利に恵まれていすぎたがために、かようの切り離しがおこなわれることとなった。だが、われは、ただいま発表した国王騎士団については、やはりサイロン市中に駐留して、外敵侵入やまたサイロン市に異変あるときには、可及的すみやかに出動できるような機動性をそなえてほしいと考えているし、また《竜の歯部隊》一千はつねにわれとともにあって、わが手足として動いてほしいとも願っている。——また、これは一朝一夕の改革としてはとうてい不可能なことだが、新設の国王騎士団のみならず、既存のすべての騎士団に対して、われは一つの点についてのみ、徹底的な改革をほどこしたいと願っている。それは、すなわち『情報伝達手段』についてである。こののちの世界での戦いはすべて、いかに速く情報をとりいれ、そしてそれをいかにすみやかにおのが軍勢のもっとも下にいたるまで伝達しうるか、が勝敗のカギを握ることとなろう。これは、旧態依然たる状態に満足しておらぬ、すべての中原の、いや、世界じゅうの国家がひそかに考えている改革であろうことをわれは疑わぬ。ことに、隣国でありつつも、いまだに友好条約整わぬゴーラ――現在ケイロニアは公的には、いまだこの国家を認めておらぬが、この国家などはイシュトヴァーン王により、旧ユラニア時代とは比較にならぬほどに情報網を整備され、情報にたずさわる部隊もふやされていることが、間諜により報告されている。これはすなわち、イシュトヴァーン王もまた、われと同じように考えている、ということを示すものであろう。――そしてまた、イシュトヴァーン・ゴーラが何を考え、何をたくらみ、次にいつ、どこにどのような侵略の手をのばすものか、についても、いまだ明らかにはされぬ。決して、この新興国家に対しては油断はならぬ。われはつねに、このえたいのしれぬ国家がどのような周辺諸国への侵攻を考えるか、目をはなしてはならぬ、と考えている。場合によってはその矛先がクムにむかうこともあろうし、またパロにむかうこともあろう。現在、ケイロニアは、パロとのあいだに和平条約を結んでいる。パロにことあれば、ケイロニアもまた、出兵せねばならぬ。それも考えにいれ、われは、こののちのケイロニアの武の最大の課題こそは、『情報』である、とかねがね考えていたものである」

その話は、半数ほどをしめる文官たちや貴婦人たち、また、あまり世界情勢に関心をもたぬものたちにとってはさして興味のない話題であったかもしれぬ。だが、武人たちはいずれも、おそろしく真剣な顔をして、うなづきながらこの話に耳をかたむけていた。イシュトヴァーン・ゴーラはその成立以来、つねにたえざる、ケイロニアのみならぬ中原諸国すべてにとっての脅威のみなもとであったからである。

「その情報網の整備についても、やはり、黒曜宮とサイロン市中との連絡を緊密にすることは不可欠であると思うし、また、それにさいしては、現在情報担当となっている飛燕騎士団にかなり大幅な組織の変更、あるいは人数の増減とあらたな情報伝達のための特殊集団の新設をも考えるべきであるとわれは思っている。――パロでは、ご存じのとおり、魔道士団を擁してある意味情報の把握、伝達は他を圧して速い。だが、またご存じのとおり、その魔道士団の存在は、パロがたびかさなるモンゴールの侵略や内乱により疲弊するにあたって、何の用もなさなかった。情報とは、ただ把握され伝達されればそれで事足るというものではないからだ。それについても、われはこのところずっと考えている。――だが、これはまだ、諸君の前で発表する段階の話ではない。いずれまた、それについても、われともども、情報にかかわる改革を担当してくれるものたちを集め、その叡智をかりたいとわれはせつに望んでいる。――こののち、さらに細かな点ではさまざまな改革がおこなわれるであろう。だが、基本的には、わがケイロニアのよき伝統を根本的にくつがえそうなどとは、われはまったく望まぬ。あくまでも、また、アキレウス陛下のご意志にそい、ないし背かぬ場合のみ、改革をおしすすめようと考えている。とりあえず、わが手足となって動く国王騎士団、そしてサイロン市中への離宮の建設、情報網の整備――この三点のみを、火急の提案として、われは関係諸卿、諸氏に発表したものであると思っていただきたい」

グインは、話がすんだ、という合図に、かるく頭をさげた。

「こののちは、恒例の人事発表となる。――いつもよりもさらに長時間、忍耐強くつきあっていただいたこと、恐縮にたえぬ。その分のお疲れは、今宵の祝賀新年会にて、存分にいやしていただきたい。これはまた、皇帝陛下ではなく、このケイロニア王グインが主宰する、最初の公的行事でもある。ぜひ、多数のご出席を望ましい。――長々とのご傾聴、深く感謝する」

なんとなく、気を呑まれたように、人々は、グインがどっしりと玉座に座るのを見守り、そして、多少めんくらったようすの拍手を送った。

べつだん、グインの申し出た改革案は、それほどに人々を仰天させるものでもなければ、またそれほどに奇抜なものでも、ケイロニアの風習に打撃を与えるものでもなかったのだが、それにもかかわらず、人々はいささか気を呑まれたのであった。それは、結局のところ、このように支配者みずからが先頭にたって、どんどんものごとを改革してゆく、というような気風は、いかに尚武、堅実のケイロニアといえど、これまでにほとんど見られなかったからでもあっただろう。

(なんだか……)

(な、なにやら……大変なことになったぞ……)

（これまでと同じつもりでいては、なかなか——目のまわるようなことになりそうだ……）

（今度は、うかつに旧態依然としてはいられない、ということか……）

グインの話しぶりもまた、きわめて事務的でもあれば、いささかそっけなくもあり、一応宮廷儀礼にかなおうとつとめてはいたけれども、やはり相当に支配者としてはあまりにも簡単明瞭であった。若いものたちはそれに感銘もうけ、快哉を叫びもしたが、年輩者たちはいささか、（国王としては、少々、かるがるしすぎるきらいがないではないかもしれぬ……）という危惧をも抱いたものも、なかったとは云えなかったかもしれない。

だが、基本的には、ひとびとはおとなしく立って国王の最初の発言に拍手を送ったのであった。ほとんどの人々は、本当の実権をもつ施政者としての最初の発言であるのだから、儀式ばった所信表明演説になるだろうと期待していたので、いきなりそのように組織の改革の話などが飛び出すとは、予想もしていなかったのである。だが、同時にそれは、（新風が吹きはじめてきた……）という思いをも、人々に否応なしに抱かせざるをえなかった。なんといっても、三十五年に及ぶアキレウス皇帝の治世はすでに安定し、ごく小さな、というよりも部分的な変化はあっても、大きな変革などというものは、ほとんどこの十年ばかりはことに、行われてはこなかったからである。

人々は、なんとなく茫然としたまま、玉座に悠然とかけ直した、豹頭の巨漢を見上げていた。いまや、ケイロニアに、本当に新しい何かがはじまろうとしているのだ、ということを、何度もその豹頭王のすがたを見直さなくては、人々は納得できないかに見えた。

# 3

続いて、いささか気のぬけたていで宮内庁長官のリンド伯爵が立ち上がり、あらかじめ用意されていた人事異動の発表をおこなった。その主たるものは、黒竜将軍から護王将軍へと抜擢されたトール将軍の後任にドラックス准将が昇進して千竜将軍となること、護民長官にグロス伯爵が任命されること、若いポーラン子爵がポーラン伯爵へと昇進し、黒曜宮近習頭に任命されること、などなどであった。

そのほかにもこまごまとした人事が発表されたが、それに関心を持っていたのはもう、その人事にかかわりのある部署のものたちだけであった。長い式典に人々も相当に疲れていたので、もう、早くこの式場からいったん控え室にひきとって、それぞれに、たったいま聞いたさまざまな仰天すべき事柄について、心おきなく仲間たちと取沙汰しながら、夜の祝典の宴までひとやすみしたい気持のほうがつのっていたのだ。場内の雰囲気はややだれたものになりつつあった。

十二神将の最長老、金狼将軍アルマリオンが、人事発表のさいごに立ち上がり、発言をこうて、「もはや、あまりの老齢ゆえ厳しい軍務に耐え得ず」とこの春かぎりの隠居を願い出たときには、そのいささか疲れた人々もちょっとざわめいた。だが、アルマリオン将軍がすでに、アキレウス大帝よりもさらに十歳も年長であることから、この申し出は遠からずおおやけにされるであろうことは、人々も予想していたので、それほど驚きをもって迎えられたわけではなかった。アルマリオン将軍は、おのれの後任に、将軍の信頼する部下にして、現在の千狼騎士団副団長である、アンテーヌ出身のランディウス准将を推薦し、「基本的には何も異論ないが、十二神将会議にも承認を得た上、正式の発表は後日に」という豹頭王の返答を得てうやうやしく引き下がった。

これでようやく終わりか、と人々は期待したが、まだそうではなかった。さいごのさいごに、発言を求める挙手をして立ち上がったのは、アトキア老侯ギランであり、まだ最前のとてつもなく長く退屈な老侯の演説が骨身にしみていた人々はいささかぎくっとした。だが、アトキア侯の発言は、これまた、予測はされていたが、人々がいささか意表をつかれたものであった。

「ただいまのアルマリオン将軍の御希望に力を得て、このギランも申し上げる。——ながらく、それこそ五十年の長きにわたって、アトキア侯としてケイロニア皇家にお仕え申し上げてきたが、このギラン、いまや八十歳になんなんとする老齢であり、アルマリオン将軍よりもさらに年長であります。このめでたいお席にきっかけを得て、ギランもまた、あまりにも老齢のこの身はすみやかにアトキア侯の職務をひき、領地でののどかな隠居生活を送ることにお許しをたまえるよう、ケイロニア王陛下にお願い申し上げたい。——ついては、あとめにはかねてよりわれに何か事ありしときにはアトキア侯を相続することがすでにアキレウス大帝にもご許可いただいている、わが長男マローンに新アトキア侯たるべきことをお許し願いたい」

ギランの発言の要旨はそれであった。これもまた、この二、三年のうちには、何があろうと遠からずおこるべき変化であることが、なみいる十二選帝侯の仲間たちにも、黒曜宮の廷臣たちにもすでに予測されていたので、人々は、ついにきたるべきものがきた、という感慨を持っただけであった。それに、長年にわたって、アトキア侯ギランは十二選帝侯中の最長老として黒曜宮に知られていたが、同時にその退屈な演説の信じがたい長さだの、犬自慢ばかりの温厚といえば温厚だが、退屈といえば退屈きわまりない人柄もよく知れ渡っていたので、ギランの隠退について、正直それほど惜しむものがあるわけでもなかった。

それに、ギランの長男、マローン伯爵はすでに二十五歳で、まだ若いとはいえ、そろそろ公的な任務に活躍すべき年齢になっているとみられていた。ギランは子沢山で、ランゴバルド侯ハゾスの妻となっている長女ネリアをかしらに、長男のマローン伯爵、次男のクラウス子爵の二人の男児をあいだにはさんで、なんとあと五人ものむすめに恵まれていたのであった。まだ十七歳の末っ子のクラウスなどは、なんと父親が六十代に入ってからの「恥かきっ子」だったのである。

グインはこのギランの希望に対して、いたって穏当にこの選帝侯長老のこれまでの功績を賞賛し、隠退を惜しみ、かたちばかりひきとめる挨拶をのべたが、同時にマローン伯爵がアトキア侯となることを黒曜宮及びケイロニウス皇帝家はよろこび迎えるであろう、ということばを添えて、老侯がひきとめられたことによろこんで「もうちょっと老体に鞭うって……」などと言い出さぬように気を付けていた。正直、アンテーヌ侯アウルスなどはまだそこまでの年齢ではなかったし、またきわめて頑健でもあれば有能でもあったから、老齢といってもさほど問題はなかったが、アトキア侯はときにいささか、老害、といってよいものをひきおこすことがないでもなく、若々しくやる気十分なマローンが新しいアトキア侯となることは、黒曜宮にとってもおおいに歓迎すべきことであったのである。本当は、アトキア侯家のほかにも、いくつか、そろそろ新風が入ればよいのに――とひとびとがひそかに思う選帝侯家はないわけではなかったが、とりあえず、まずはアトキア侯が若返るというのは、黒曜宮全体にとっての非常な朗報であった。

それゆえ、人々はいささか活気づいて、ギラン老侯がうながしてケイロニア王に挨拶させた新アトキア侯マローンに大きな拍手を送り、同時に老侯にもこれまでの労をねぎらっておしみない拍手を送った。それでようやく、長い長い新年祝賀の儀はすべて終了となり、王よりのねぎらいの短い挨拶があって、ひとびとは大広間から退出することをゆるされたのであった。もっとも、その前に、オクタヴィア皇女が退出し、そしてグィン王が退出するのを見送り、さらに十二選帝侯たちがゆったりと退出してゆくのを拍手をもって送らなくてはならなかったが。

しかし、この人事のいろいろは、グインの演説に加えてさらに、「ケイロニアにも新風が吹き始めた……」というひとびとの感慨をそそるものであったので、廊下からそれぞれの控え室や、場合によっては夜の宴席には列席しないものはもう黒曜宮を出てサイロンに戻るべく車寄せのほうへむかってゆきながら、口々にその話をせずにはいられなかった。そして、人々はそれぞれの仲間たちとこの祝典の話に興じながら、「これから先、豹頭王が統治するケイロニアがいったいどのように変貌してゆくのか」ということについて、期待と不安とのいりまじった思いを抱いていたのであった。シルヴィアのことは誰もあまり口にしようとしなかった。それは、このいかにも新風が吹き込んできた、という思いとはいささか相容れないものであったし、また、シルヴィアの病というのが本当はどのようなものなのか、いったいどういう病状であるのか、というようなことについて、知っているものは、誰ひとりとしていなかったのだ。

ただ、人々は、アキレウス大帝が、おおいに他の妾妃の腹によってでも、グインに子供を得てほしい、といったことをうわさし、あのとおりかぼそく痩せすぎたシルヴィアには、子供をなすことが不可能だということが明らかになったのではないか、とひそかにささやきあった。そうでなければ、万世一系を旨としているケイロニア皇帝家のげんざいの皇帝が、そのような発言をするわけはない、とも人々には思われたのである。シルヴィアが人々の目の前にまったくすがたをあらわさなくなってしまってから、もうずいぶんたっていた。なかには、グインがシルヴィアの夫であることを、アキレウスのことばでようやく今さらながらに思い出したものもいたくらいであった。

黒曜宮のいたるところは宴会までの時間をつぶす貴族たちや、おのれの仕事に戻ろうといそぐ文官たち、いったん正装をといてくつろごうという武官たちなどでいっぱいになった。夜の宴には諸外国の大使たち、使節たちも顔を出すであろう。また、そのうち、近いうちに、グイン王が、アキレウス大帝の退隠と、おのれのいわばケイロニアの統治者就任を正式に国際社会に告知しようと思うのならば、盛大なそのための宴がおこなわれざるを得ないであろう。

このしばらく、アキレウスの健康状態からもすっかりひっそりとしてしまっていた黒曜宮の社交界は、その見通しでにわかに活気づいてきたようであった。貴婦人たちもてんでに三々五々、よりつどっては、美々しく飾られた婦人室に入って用意された小さなしゃれた菓子をつまんだり、茶を飲んだりしながら、この見通しについて興奮して話し合った。

「もちろん、舞踏会もありますわね」

「それはもう、決まっていますわ。こういうことがあって、舞踏会がないなんてことは、ありえませんもの」

「じゃあ、いつごろになるのかしら。それによって、お衣裳の仕立てを急がせなくっちゃあ」

「それに、アトキア侯もかわられたのですから、そのお披露目もあるのじゃあなくって？」

「ああ、そうだわ。マローンさまがアトキア侯になられて、わたくし、嬉しいわ」

「本当に！　なんといっても、みめうるわしい若い殿方が宮廷ではぶりをきかせておられるのは、いいものだわ」

「こういっては失礼ですけれど、新アトキア侯は、お父様よりずっといい男ですものね、ほほほほほ」

「あら、奥様ったら」

「だってそうじゃありませんか。奥様もそうお思いになりませんの？　それは確かに、次男坊のほうが美男子なのは間違いないけれど、ご長男もなかなかのものだわ。《お犬様》よりもずいぶんとさっそうとしておいでになるわ。それにお優しいし」

「まあ、でも、アウルス侯ご自慢のアランさまのほうが、クラウス坊やよりやっぱり目鼻立ちは整っておいでになりますけれどね」

「あら、いやだ。でも、アラン子爵は選帝侯のあとつぎのなかでもぴかいちだとずっと評判だったじゃありませんか。それは、比べるほうが気の毒だわ——あのもっさりしたおじいさまに、よくあれだけの息子が二人も出来たものだと褒めてあげるべきだわ。まあ、奥様がお美しくておいでになるから、《お犬様》のところは」

「それでも、やっぱり、アランさまのほうが……」

「まあ、奥様は、アランさまが御贔屓でおいでになるのね。でもアランさまはまだ少年ですわよ。少年のうちは光り輝くような美少年だけれど、大人になってみると、さほどのこともない、っていうことも、ままあることですわよ。その点、マローン閣下はもうすっかり成人しておいでになるから、これ以上、みばがかわりようはないから、確かだわ」

「まあ、確かに背も高いし、うわさによればお父様よりはずいぶんおつむもいいらしいし、期待はもてますわね。それにまだ独身だし。——でも、誰と結婚なさるんでしょうねえ？」

「当分、宮廷じゅうはその話題でもちきりになるのじゃありませんこと？」

「そうですわねえ——お年頃があうというと……」

「アンテーヌ侯の末のお嬢様のナタリア姫とか……」

「あら、ナタリアさまではまだ若すぎるのじゃなくて？」

「じゃあ、ロンザニア侯の姫君？」

「エミリアさまね。でも正直いって、ロンザニア侯と、アトキア侯だと、お家柄が少しつりあわないわね」

「あら、でも選帝侯同士なんですから……」

「それより、将軍たちの姫君とか――いくらでもおいででしょうに……」

「意中のかたがもうおいでになるのかもしれませんわよ」

「まあ、そんなこと、ありえないわ」

「どうして」

「ええっ、だって、そうしたら――つまらないじゃないの！」

「まあ……」

宮廷すずめたちのさんざめきは、放っておけば際限もなく続いてゆきそうであった。だが、そのような浮いた話はご婦人方のサロンにまかせて、もっとケイロニアの行く末そのものを心にかける、身分の高い紳士たちのほうは、もっと深刻な話にそれぞれ、仲間うちで顔をよせあっていた。

「さきほどの、国王陛下のお話については、貴公いかが思われますな？」

「どの話ですか。どれもなかなか大変そうだが」

「それはもう、サイロン市内に政務をとる離宮を造って——という話に決まっておる。そもそも、国王騎士団といっても、これまでのところは近衛騎士団がその任務にあたっていたのだから——いますぐいくさがどこかの国あいてにはじまろうというわけじゃなし、陛下が、十二神将それぞれの権限が大きすぎる神将騎士団ではない、御自分の自由に手足のように動かせる軍隊が欲しいと思われるお気持はようく理解できますよ。しかしそれは、まあそれほど重大な問題じゃない。また、情報の伝達を重大視して軍隊組織を作り替えて——という話も、正直わしら文官にはあまり関係がない。いや、まったく関係がない、といってもよろしい。——しかし、これでもし、陛下とハゾス宰相が十日のうち半分なり、四日なり、サイロン市内に常駐されることになったり、あるいはサイロン市内に黒曜宮の出先機関が出来て、われわれ他の省庁の仕事にまでみなきびしく陛下御自身の特務機関が目を光らせるようなことになってしまうとしたら——ですな……」

「それはなかなかしんどいものがあるな」

「しんどいではすみませんぞ。——もし万一、いろいろな決定をすべからく陛下御自身に宰領を仰がずには、各省庁独自の判断では決定出来ない、ということになりでもしたら……」

「それは大変。そうなったら、なんというか……」

「陛下の権限があまりにも強くなりすぎる——決定権がすべて、陛下と宰相のみに集中する、ということになりかねませんぞ。そうは思われんか」

「それはなかなか……」

「軍勢も、いまは一万といっておられるが、どうせいったんそれがすべりだすと、どんどん増やしてゆかれるのではないかな。——それに応じてもし十二神将騎士団が半減してゆくようなことになると……」

「いや、まさかそれはないでしょうが」

「しかし、そのようなこともないとはいえない。もしそういう方向にむかってゆくとすると、どうなるかというと……」

「どうなりますかな」

「文武双方のすべての権力が、グイン陛下と、陛下とはツーカーの間柄のハゾス宰相にのみ集中するということになる。それは確かにアキレウス陛下も、そうやって力強くケイロニアを掌握してこられた支配者ではあるが、しかしそこまでは自分ひとりで何もかもなさろうとはされなんだ。やはり十二選帝侯会議であるとか、十二神将会議であるとかの決定をも、おおいに尊重され、それらのうしろだてを得て順次ものごとを穏当にすすめてゆかれたものだ。だが、このまままもしグイン陛下の改革が、あのような速度で突き進んでゆくことになりますと……」

「これは、なかなか、目のまわるようなことになりますな」

「それよりも先に、われわれのこれまでずっとやってきたようなやりかたでは、ものごとはまったく行えない、ということになるやもしれん」

「それは、困るな。しかし……」

「とりあえず、十二選帝侯会議は全面的にアキレウス陛下の決定を、ということはグィン陛下の政策を支持することに決めているのかな。それとも、いささかの――選帝侯会議内部での齟齬くらいはあるのかな。わしはそれを知りたいと思うが」

「きょう隠退を発表されたアトキア侯が、選帝侯会議のなかでは、一番の保守派でならしておりましたからな。また、よりによって一番いいときに――これはグィン陛下にとって、という意味だが、隠退されることが決まったものですな……」

「いや、それは当然、アキレウス陛下からなり、グィン陛下からなりの肩たたきがあったのじゃないかな。ご老体もそろそろのんびり過ごされてもいいのではないか、そろそろ息子さんに活躍の場を譲ってもよろしいのではないか、というような……」

「マローンどのはまだ若いから、当然、グィン陛下の無二の股肱となるんでしょうな」

「それはもちろん。第一、もしアトキア侯が慣例どおりに、自分の死によってはじめてアトキア侯が交替するであろう、という態度を貫いておられたら、ああみえてギランどのはお元気きわまりないし――なにせ六十二のときに奥方に子供を産ませるような剛の者ですからな――マローンどのはいったい何歳になったらアトキア侯を継げるのか、わかったものじゃあなかったはずだ。もしも、この交替が、アキレウス陛下とグイン陛下からの肩叩きだったら、マローンどのにとっては、それこそグイン陛下こそ、自分がまだ若いうちに華々しい舞台で活躍出来るようあとおしをしてくれた大恩人だろう。当然、マローン選帝侯としては、ハゾス宰相につぐぐらいの、グイン陛下の忠臣となることが予想されるでしょう」

「もともとアンテーヌ侯は大のグイン陛下びいきだ。ということは――」

「ローデス侯はアキレウス陛下と一心同体といってもいいくらいだし、ワルスタット侯はハゾスどのの無二の親友だから当然ハゾス派だし――十二選帝侯会議のおもだった顔ぶれはすべて、グイン陛下の股肱でかためられてしまう、ということになりましょうな」

「もしそこまで考えまわして、グイン陛下が、アキレウス陛下を動かしてアトキア侯を息子に交替させるよう、策動したのだとすると、あの豹頭め、なかなか隅に置けませんな」

「隅に置けぬどころか……ありゃあ、武人らしい武張ったふうはしているが、なかなか知略のほうでもおろそかには出来ぬ人物だとわしは踏んでおるよ」

「しかし、人物であればあるほど、そこに権力があまりにも集中するということになると……これはいささか、問題ですな」

「しかしいまやグイン陛下の人望はうなぎのぼりで、頂点に達した感さえある。いまうかうかと黒曜宮のなかでグイン陛下の陰口など云おうものなら、決闘をでも申し込まれかねまじい。ましてやそれを、グイン陛下いのちのそれ、ゼノン将軍にでも聞かれようものならな」

「ううっ、ぶるぶるぶる。──なんだか、そう考えると、なかなかにグイン陛下というのはくせものでありますなあ」

「くせもののだんであろうことか。──こののちも末永くずっと、グイン陛下がそのおそるべき力をケイロニアの繁栄と幸福のためだけに使っていって下さるならば、それはそれで、ケイロニアの体制がどのようにかわるとしても、それも結果よければすべてよしというものだが、もし万一にも、グイン陛下が、おのれの私利私欲のためにそのおそるべき力をふりむけてしまわれるようなことがあれば──」

「まさか、そんなことはありますまいが。あのかたはきわめて高潔にして廉直なおかただ」

「もちろん、もちろん。だからこそわれわれも、喜んで『マルーク・グイン!』を唱和したわけですからな。しかし、人間というものは変わるものだ。もし万一にも、そのようなことがあったりしたら……」

「どうなりますと？」

「ケイロニアは、中原のみならず、地上すべての国家にとって、最悪の脅威になってしまうことさえ、ありうるだろう、というのさ」

「まさか。ばかばかしい」

「もちろん、そうであることが望ましい――ばかばかしい、といってすませられることが、な。しかし、もとより、ケイロニアは沢山の小国家、小民族が寄り集まって作り上げ、それをまとめるために万世一系のケイロニウス皇帝家が中心となっていった、という成立の由来をもつ集合国家――そこに、あまりに強大にして実行力をもつ、人望も知略も武勇もあまりに完璧な支配者が出てくる、などということになると……」

「なんだか、ご老体きょうはしきりと不吉な予言をなさいますな。こんなめでた日だというのに」

「いや、もちろん、そんなことにはならなければいいのだが、ということでいっているわけだが。――いや、おそらく、あまりにもグイン陛下が――なんといったらいいのだろうな、やり手でおありになりすぎるから……その証拠を一気に今日、目の前で見せられて、それでいささか、老婆心にかられておるのかもしれんな。わしの場合は、老爺心とでもいうのかな、ふはははは」

「何をいわれることやら」

「むろん、グイン陛下の傑出した統率力のもとに、ケイロニアがこののち、ずっと末永く——アキレウス大帝統治下のケイロニアよりもさえ、平和で、繁栄して、安定した最高の時代を築くことになる、という可能性だって、おおいにあるのだし、いや、むしろ、そのほうが大きいかもしれぬ。その場合には、まったくめでたしめでたしということになるわけだ。だが、これで……ウーム、これで……」

「何が、そのように気になられるので」

「グイン陛下がもし、本当にアキレウス陛下の血をひくお世継ぎの長男であられさえすれば——べつだん、わしとても、そんなに疑心暗鬼にかられたり、不安になったりすることはないだろうと思うのだが……」

「シッ、たったいま、あちらの廊下の角を、小姓に手をひかれたロベルト侯と、それにワルスタット侯が連れ立ってこちらにまわってこられるのが目のはしに入りましたぞ。あのかたがたにご老体がそんな話をしておられるところが、小耳にでも入ろうものなら、おお大変なことになりそうだ」

「なんといっても——」

老文官は、だが、頑固に、声を低めながらも言い張った。どうしても、それだけは、云わずにはおれぬ、という心境であるかのようだった。

「ほかのことはともかく——すべてともかくとして——本当に、陛下は素晴しいおかただ、ということを認めるについてには、まったくわしもやぶさかではないよ。だが、ほかのことすべてはともかくとして、あのかたは――」

「もう、たいがいにこの話は……また、おいおいに、他の誰にもきかれぬような、われわれの机の片隅ででも……」

「あのかたは、豹頭だからな。――豹頭異形、しかもどこからきたとも、氏素性も知れぬ風来坊だったおかただ。大帝陛下があれほどに御信頼あそばされるのであるから、わしだって、あえてひとりだけ反対はせぬよ。しかし、わしは、あのかたが一介の傭兵としてダルシウス将軍に連れられ、はじめて登城したときのこともよく覚えている。なんと、このような存在がこの世にいるものかと誰もが目をむいて騒いだものだ。――あれから十年もたたぬうちに、その傭兵がもはや、大帝が最愛の我が子と呼ばれる、このケイロニアの国王となりおおせている。それを思うと、わしゃ、めまいがするような気がしてならんのだよ。年のせいとも、気のせいともいうがいい。――こんなことは、長いケイロニアの歴史にあったためしはないのだ。不吉だ――といってはいかぬなら、あまりにも、異例だ、異例だ！　その異例が、いまによくない種子とならねばいいのだがと、わしは思っているだけなのだよ！」

# 4

豹頭王の人気のあまりのすさまじさと、そしてその疾風怒濤ともいうべきすばやい改革への最初の動きに、いささか気を呑まれたケイロニアの廷臣たちのなかには、同様の危惧や不安を感じるものは、必ずしもかの老文官ばかりではなかったかもしれないし、その数もまた、決して少ないとはいえなかったかもしれぬ。

だが、いずれにもせよ、ものごとが大きく変わってゆこうとするときには、それに取り残されてしまう、時代にもものごとの動きにもついてゆきそびれる老人や、守旧派が出てしまう、ということは、どこの、どのような変化に関してもあることであったし、まぬがれがたいことでもあった。若者たちは変化を好む。また、変化こそは、かれらにとっては、いよいよかれらの時代が到来する、というきざしでもあれば、おのれのたのむ力、いまだ老人たちにおさえつけられてあらわすことを得ぬ若々しい力をようやく発揮することの出来るかもしれぬ好機でもあったのだ。

グインの実際の年齢を知っているものは、当人をも含めて誰ひとりいなかったのだが、しかし、その態度物腰や、またアキレウス大帝の《息子》としての経歴、肌の色つやなどから、グインは、誰にも、決して「うら若い」とこそは云えぬが、まだ決して中年、壮年には達しておらぬ、まさに男ざかりにさしかかりつつある偉丈夫、というように受け取られていた。

アキレウス大帝の統治がきわめて長かったゆえに、最初はやはりうら若く初々しい青年であったアキレウス帝が、中年となり、壮年となり、そしてやがて老齢となってゆく過程を、たいていの人々は、そのどこかから――年輩のものたちはその最初から――じっくりとつきあいながら自分たちも年齢を重ねてゆくことになったのであった。

それはそれで、さまざまな感慨をも誘うことでもあれば、おのれ自身の人生にかさねて、いっそうアキレウス帝に親しみを抱かせる理由でもあったが、しかし三十五年にもわたる長い統治となってみれば、やはりそこにはいささかの停滞や沈滞、よどみが発生することは避けられぬ。ことに、そのアキレウス帝の治世のあいだ、ケイロニアは帝の統治よろしきを得て、巨大な外敵とのきびしい戦さを経験することもなく、また恐しい疾病や飢饉などの内憂に打ちのめされることもなかった。むろん長い年月のあいだには、凶作の年もあれば、かのユラニアとのたたかい、またサルデス国境でのこぜりあいなどもありはしたのだが、それらの害はほとんどサイロン市には及ばず、何回かの遠征に出ていった兵士たちも、運悪く死傷するものはいてもその数はきわめて少なかった。それゆえ、強国ケイロニアは長年の平和に馴れ、また安寧と、何も強震のような変化がおこらぬことに馴れていたのである。このアキレウス帝の治世のあいだ、もっともケイロニアをゆるがしたのは、皇后マライアと、皇弟ダリウス大公による、アキレウス帝謀殺、帝位のっとりの陰謀だったのであった。

だが、その陰謀を未然に防いだのがほかならぬグインであったということもきわめて有名な話であったが、それ以上に、グインに期待をかけた若者たち、いまだ若さを失わぬ壮年までのものたちにとっての「ケイロニア王グイン」の最大の魅力とは、その《未知数》そのものであった。

すでにケイロニウス皇帝家には、このさき世継となるべき男児の出生が、グインの血を入れずしては望み得ないことも、誰もがわきまえている。そして、アキレウス帝が、グインを認め、そのグインを、おのれの「実子」として、万世一系の幹に接ぎ木しようと望んでいるのだ、ということも、アキレウス自身のことばにより、あまりにも明白となった。もしも、もっと違う国柄であったり、あるいはケイロニアでも事情さえ異なっていれば――誰かひとりでも、直系の血をひく男児が存在してさえいれば、グインの豹頭は、いくらなんでもあまりに異形――ということになったかもしれぬ。だが、すでに、もしもグインとシルヴィアのあいだに子が得られない場合には、どちらにせよ妾腹で半分しか正当の血とはいわれぬオクタヴィアも、マリウスと別れたからには、このままの状態では、マリニア以外の子を得ることが可能とは当然思われぬ。そのままで放置しておけば、由緒正しいケイロニウス皇帝家はなしくずしに滅び去って、消滅せざるを得なくなってしまうのだ——それもまた、ケイロニアの全臣民が、もっとも危惧しているところであった。

もっとも、そうなると誰もが、（もし、シルヴィア王妃に子をなすことが不可能であるのならば、いっそシルヴィア王妃とは離別し、夫と離別して独身に戻ったオクタヴィア皇女をあらためてグイン王がめとるならば……）という可能性については考えざるを得ぬ。もしも、グインと、妾腹とはいえアキレウスによって正式に承認されたアキレウスの息女であるには間違いないオクタヴィアとのあいだに男児が出生すれば、それはおそらく、きわめて立派な、大ケイロニアの次代皇帝たる資格をそなえた快男児になるに違いない——と、誰もがひそかにそう感じていた。グインの武勇とみごとな体格と、王者の風格をそなえたその態度物腰。そしてオクタヴィアもまた立派な体格と素晴しい美貌、そして黒曜宮じゅうに慕われる淑徳と気品とをそなえている。

（これほどに、ふさわしい王と王妃はおられぬのではないかと思うのですがな……）

（さよう、こう申しては何ですが、確かにシルヴィアさまでは、グイン陛下の王妃はふさわしくないばかりか、やはりあの貧相な体格では、とうていよいお子を得ることは望めないでしょうしな……）

（大帝陛下は妾腹にても、と強調されましたが、そのあとただちに続けてササイドン伯爵との離別のお話をされた、ということには、大きな意味があるのではございませんかな……）

（そうであっても、ちっとも、われわれは気にいたしませんが）

（いや、むしろ、これよりも似合いの夫婦はない、といってもいいのではないかと）

（ただ、まあ、オクタヴィア姫にせよ、あれだけ貞淑で貞操堅固なおかたゆえ、死別ならまだしも、生存している夫と別れて、いくらもたたぬうちにその義弟と――というのは、おそらく、かなり難色を示されましょうが……）

（いや、なにも、いますぐという話ではなくともよい。一年、二年、しかるべく時間をあけてでもいいのですからな）

（ケイロニアのためなのだし）

（さよう、すべては、ケイロニアのためでありますし）

新年の祝宴の開始を前にして、服装もそれにふさわしい華やかな盛装にあらため、また三々五々、今度は盛大な祝宴の行われる、黄金宮の《日光の間》へと貴紳淑女らは、ぞろりぞろりと集結してくる。

ただいま、ケイロニアでは、パロではもうとっくにすたれてしまったが、いっときはクリスタルで一世を風靡した衣裳のデザイナー、サルビア・ドミナの時ならぬちょっとしたブームが貴婦人たちのあいだでまきおこっていたのであった。サルビア・ドミナはもうかなりの老齢になっていたが、内乱のうちつづくパロに見切りをつけ、クリスタル・パレスが大混乱をきわめはじめるよりずっと前にクリスタルの店を引き払って、サイロンへと亡命してきていたのである。最初のうちは、質実剛健なケイロニア気質と、華麗で高価なこの有名衣裳家のドレスとではまったく相容れないと思われていたが、サルビア・ドミナがほんの少々ケイロニアむけに方向転換したせいもあって、この一年ばかりのあいだに爆発的な人気を呼び、いまや、サルビア・ドミナのドレスをまとわなくてはすたりものになってしまう、というほどに、ケイロニアの老若の貴婦人たちはサルビア・ドミナの店で衣裳を作ることを夢見るようになっていたのであった。

いささか方向転換がなされたといっても、それでもむろん、土台がパロ文化であるから、サルビア・ドミナの衣裳はやはりパロ風であり、ことに分厚い生地を何枚も重ねるような、北国系のケイロニアの民族衣装とはまるっきり見かけが異なっている。また、パロの女性はほっそりとして骨格も華奢だけれども、ケイロニアの女性たちは基本的に大柄で骨格もがっしりしているのだが、そこはそれ長年のベテランであるサルビア・ドミナはぬけめなく、そのケイロニア女性の大柄さ、骨格のたくましさとしっかりとした体つきを生かすような色あいやデザインをあみだしていたので、ケイロニア宮廷を飾る生きた花々も、以前にくらべると、ずいぶんとぶこつさを減じて、いかにも華麗に、はなやかに変わってきつつあったのであった。たったひとりのデザイナーの亡命で、それほどに変貌してしまうものか、と驚くほどであったが、これは、サルビア・ドミナの成功を見て、もともとサイロンで商売をしていたドレスメーカーたちもみな右へならえをして、サルビア・ドミナふう、ひいてはパロふうの衣裳を作りはじめ、サルビア・ドミナの店のものはなかなかに高価であったが、模倣者たちのものはさほどではないものもあったから、全体として、ケイロニア宮廷の風俗は、この一年ばかりのあいだに、ずいぶんと——ただし女性に関してのみではあったが、パロ風に寄ってきていた、といってもよかったのである。

そんなわけで、次々と黄金宮に集まってくる貴婦人、姫君たちはみな、サルビア・ドミナの店で衣裳を新調したものは見るからに誇らしげに最新ファッションを身にまとい、透けるうすぎぬをなめらかなシルクの上にかさねてひらひらとたなびくようなスカートのシルエットだの、ふうわりとふくらませた袖とむきだしの肩に、腰のうしろにまたふっくらとしたシルクの大きな花がつけられているような最新流行のドレスだのをひけらかしていたし、そこまではゆとりのなかった姫君たちも、なんとかして多少はパロふうのシルエットのドレスを作らせて、胴体の部分はほっそりとし、そして袖やマントや裾がふわふわと波打って泡立つレースや透けるやわらかな布地につつまれたものをまとっていた。

むろん、年老いた婦人たちや、身分のきわめて高い、たとえば選帝侯夫人たちなど、また若くても、家庭が保守的であったり、きびしい母親がくっついている姫君などは、昔どおりの、分厚い布地を用いて、びろうどの胴着に、錦の上スカートと、無地のサテンの下スカートをかさねばきする、といった、ごわつく衣裳を着込んでいた。しかし老齢の女性たちならばまだしも、若い娘の場合には、やはり、からだのラインもあらわで、やわらかなふわふわした、色合いも美しい絹やレースを多用したパロふうのドレスと、これらのケイロニアふうのドレスとを比較してみた場合、どちらがむすめらしい華やぎややわらかさ、色気といったものをひきたててくれるかは、気の毒なくらい明らかであった。それゆえ、一回こうした大きな顔見世行事だの、舞踏会だのがかさなるたびごとに、ケイロニア宮廷の社交界は、どんどん音たててパロふうの風俗のほうへと、なびいてゆきつつあったのだ。だが、おかしなことに、そのおかげで、かつては質実剛健を旨として、その分いささか野暮ったい、というそしりはまぬかれなかったケイロニア宮廷の花々も、しだいに洗練された、あでやかな、そしてたおやかではかなげな風情をそなえはじめていたのもまた、確かなことであった。

宮廷楽士たちがずっと演奏しつづけている「ケイロニア・ワルツ」の流麗なしらべにのせて、それらの貴婦人たち、姫君たちは、妍を競いながら、さやさやときぬずれの音をたてて、すでに祝宴の用意がととのっている「日光の間」に吸いこまれていった。そのあとから、これはいずれもかなり華やかな盛装に身をかためた貴族たち、武官たち、文官たちが続いた。選帝侯たちや、将軍たちのような位の高い人々は、祝宴の最初からではなく、みながすでに宴の間に到着して、酒杯を手にして待ち受けているなかに、華麗な行列を作って、小姓や子弟たちをもひきつれてくりこんでくるのが恒例である。そして、それらが到着したあとに、さいごに皇帝——この場合は国王であったが——が登場して、そして宴のはじまりが告げられるのだ。

何にせよ、しかし、この新年の宴は、ケイロニア宮廷にとってはひさかたぶりの大きな祝宴であった。そして、それは、はからずも新年をことほぐという、本来の目的だけではなく、アキレウス大帝の退隠と、そしてグイン王の統治のはじまり、というきわめて大きな出来事の祝いともなったのであるから、いやが上にも盛り上がることが予想された。ここに招待されているのは、さきに大広間の新年の祝賀の儀で集まったよりかなり少なく、そこに集まったものたちの、身分の高い順に五分の一くらいの人数であったが、それだけに、それぞれに供の者や家族や小姓、女官たちをともなっているので、全部の人数のほうは祝賀の儀の半分くらいにもなり、いっぽう日光の間のほうはさきの大広間よりはかなり狭いので、ぎゅうぎゅうづめといったありさまで、それだけでもいやが上にもあたりはにぎわっていた。

きらびやかな衣裳に身をつつんだ貴紳淑女が次々とその名をふれ係に呼び上げられて、

頰を誇らしげにほてらせながら宴の間の奥へと通ってゆくのは、見るもみごとな眺めであった。そして、かれらが広間におさまると、こんどは次々と十二神将、十二選帝侯たちの名が呼び上げられ、粛々とまた、このケイロニアの護国の神々たちがつどうてくる。それはさながら天上の饗宴のはじまりかとも思わせるものがあった。この宴のありさまをみれば、まさにケイロニアの栄華はここにきわまりつつある、と誰しもが感にたえて云ったであろう。

広間のなかにはすでに、盛大な祝宴の準備が出来上がっていた。広間のぐるりに、壁際にそって長い卓子が並べられ、そこにさまざまなかるい酒肴だの、さらに軽い焼き菓子や木の実類、はちみつ漬けの果物だの、乾果、切りわけたパイだのそれぞれに違う風味をまぶしてねじって焼いたパン菓子だのといったものが所狭しと大皿に盛られて並んでいたが、それはただのほんの箸休めのようなものだった。

広間のいたるところに、小さな丸いテーブルと、その周囲にいくつもの椅子がおかれていたが、その椅子はもっぱら身分の高いものと老人と、そして貴婦人のためであった。このような宴席で、椅子に腰をかけるというのは、ケイロニアでは、壮年以下の男性にとっては非常にみっともないこととみなされていたのだ。ましてや、若い武官などがうかうか、このようなところで椅子に腰掛けたりしようものなら、一生、物笑いの種にされかねなかった。そして、そのテーブルにも、まんなかにしゃれた銀の器が出されて、そこに同じように、珍味酒肴のたぐいが山と盛られていた。

広間の奥は黒曜の間と同じく数段高くなった玉座になっており、王のための椅子がどっしりと置かれていたが、今日は、そのほかにはひとつも椅子が出されておらず、この宴にずっと出席するケイロニア皇帝家の人間はグイン王だけであることが察せられた。おそらくアキレウス大帝は、宴の途中で姿をあらわし、祝辞のみをのべてそのままた退席するのだろうと思われた。だが人々はそれをそんなに意外にも何にも思わなかった――早くも、かれらは、グイン王さえいればとりあえずは、ケイロニアの心臓はちゃんと存在している、と考えることに馴れはじめていたのだ。

酒肴や珍味を盛り上げた卓子のあいだに、もっと大きなテーブルが用意され、そこはそのうしろに料理人がずっと控えていて、巨大な銀の器に、もっと手のこんだ、もっとあたたかい料理を盛ったものを、所望するものにとりわけてやるようになっていた。さらにだが、時間がくると、人々の大きな歓声をあびながら、巨大なブタの丸焼き《ゴロン》だの、おそろしく巨大な盆にケイロニアの森をイメージして飾りつけられた、さまざまな野鳥の焼いたものと、果物や野菜の大盆だのが運び込まれてきて、ふんだんにとりわけられるのであった。

酒は、広間の何ヶ所かに、美しい女神が酒壺をささえている彫刻が机の上にたてられており、それに近づいてゆきさえすれば、その下で待ちかまえている給仕人から、たくさんある酒壺や瓶のなかから好みの酒を、好みの割合で注いでもらうことが出来た。ケイロニアの人々は、ご婦人方であっても酒が強く、また寒さしのぎにぐいぐいと飲む習慣があったので、酒はきわめてふんだんに用意されていた。

それは、このしばらくなかったくらい盛大な祝宴であったし、それにもろもろの事情があいまって、黒曜宮の宮廷びとの心をとても浮き立たせる、華やかなうたげであった。この宴に出席したものは誰もが、心から、「ケイロニアの栄華」を感じ取ってよろこぶことが出来たし、どこにもかしこにも、その輝かしい繁栄と栄光の証拠がみちみちているように思われた。

その最大のあかしは、やがて満場の客たちの怒濤のような歓呼の声をあびて、国王の正装で登場した、グイン王自身であった。このたぐいまれな豹頭の英雄の君臨のもとで、ケイロニアがいっそうの栄華と繁栄とをほしいままにするだろう、ということを、疑うものはいなかった。いや、一抹の不安だの、また若干の反対や疑惑があったとしたところで、その怒濤のような歓声の下にはあっけなく押し殺されて、はねとばされてしまったことだろう。

グイン王は、目にもあざやかな紫のびろうどの——だがさきほどの第一礼装のそれとは違う、このような宴席用の、地模様が華麗に浮かび上がって、宝石がえりもとにちりばめてあるマントをまとい、それにぴったりとあった、銀の胴着とやはり宝玉をちりばめた剣帯と、黒びろうどの足通しと長靴とをつけて姿をあらわした。その豹頭の額には、日宝冠にかわって、略王冠がかぶせられており、そのまんなかにあるケイロニアの紋章がきらきらと、宴席の無数の燭台のあかりをうけて輝き渡っていた。堂々たるその長身、みごとな巨軀が数段高い玉座の上に、背景となる、ケイロニア創世のさまを描いたタペストリを背にして立つと、それはまさに神話さながらの光景であり、誰もがうっとりと見上げ、見とれずにはいられなかった。その異形の豹頭さえも、そこにあってはまことにつきづきしく——むしろ、「そうなくてはならぬ」というようにさえ見えたのである。その豹頭こそが、逆に、ケイロニアの神話そのものが具現したすがたのように見えて、人々は、まさしくこの豹頭王こそが、ケイロニアの永遠の繁栄のいしずえを築き上げてくれるものと喝采をあらたにしたのであった。

そのかたわらにつきしたがうべき、王妃シルヴィアの姿も、また、それにかわる皇族のすがたもないこと——グインが、孤独にひとりきりで巨大な玉座に立っていることも、いまはむしろ、そのグインのみごとな雄姿をいっそうはえさせ、ひきたてるための孤独であるようにさえ思われた。人々はグインの名をよび、ふたたび、みたび、「マルーク・グイン！」を叫び、そして、ゆきわたった祝杯をたかだかとあげて、心の底から「マルーク・ケイロン！」を叫ぶのであった。

玉座にたつグインのもとには、ひっきりなしに、新支配者への祝辞をのべにくるものたちがひきもきらず、それへグィンは底知れぬ忍耐と体力をもって、鷹揚にうなづきながら受け止めていた。ランゴバルド侯ハゾスはそのグィンの疲れを案じたように、そっと玉座の後ろ側にまわりこんで、グィンにしか聞こえぬように声をかけた。

「お疲れではございませんか。何か、召し上がりものを持たせましょうか」

「いや、よい」

グィンはちょうどそのとき挨拶していた美しい貴婦人、アルバン伯爵夫人に愛想よくうなづきかけてから、ハゾスに肩ごしに答えた。

「このような席では、俺が何か食うというのもおかしなものだろう。まだ腹は減っておらぬ。案じずとも大丈夫だ」

「あちらのほうは……万事、はからっておりますので……ご心配になりませぬように」

「ああ、すまぬな。――おお、これはアトキア侯」

「このたびは、息子の相続をお許し願いまして」

アトキア老侯は、おそらくアトキア侯として出る正式の宴席としてはこれが最後になるであろう、この祝宴で、おおいに張り切って「息子をよろしく」と誰かれなしに挨拶してまわっていたが、国王の前に出ると頬をほてらせながら、若い新アトキア侯をおのれのうしろから押し出すようにして、二人でふかぶかと頭をさげた。

「こののちは、それがし、領地にひきこもりがちになり、なかなかお目にかかる折りもなくなってしまうかと存じますが——何分、それがしにかわりまして、息子をよしなにお引き立て下さいますよう。——おお、ハゾス、そなたからもお願いしてくださらぬか」

「それはもう」

ハゾスはいくぶん苦笑を押し隠しながら、義父にむかって丁重にうなづきかけてみせた。

「義父上がサイロンにおいでにならぬときでも、このわたくしが義兄として、マローンどののうしろだてとなりますよ。それゆえ、義父上は何ひとつ御心配はいりませぬ」

「それに、もう、私とても、子供ではございませんから」

日頃、子供扱いばかりされることへの鬱憤をもらすかのように、マローンがちょっと頰をふくらせた。マローンはハゾスよりは少しだけ背が低かったが、なかなかようすのよい、優しい顔立ちの青年で、いかにも育ちのよい、おっとりと大切に育てられた大貴族のあととり息子、というふうであった。

「父上は、まるで私がはじめて社交界にデビューした姫君ででもあるかのように、いろいろなかたにいまさららしく私を紹介しては、よろしく頼むと頭をさげてばかりおられるのですよ、義兄上」

マローンは心やすだてに、ハゾスを見上げてちょっとまた不平をもらした。確かに二十五歳にもなっておれば、これまでも一応宮廷での任務にもついているものを、あらためてそのように挨拶ばかりさせられるのは、マローンにしてみれば不本意に違いなかった。

「老侯がアトキアに引っ込むまで、なかなか義弟も気が休まりそうもありませんな」

まだあちこちまわる気らしく、気の進まぬげなマローンを引っ張って、国王に礼をして人波のなかに分け入ってゆくご老体を見送りながら、ハゾスは苦笑をもらした。が、すぐにまた、ちょっと挨拶の客のとぎれたすきに囁いた。

「明日早朝、あちらは光ヶ丘にとりあえず出立させます。——私の考えではまだ光ヶ丘では近すぎると思うのですが……それはおいおいに……それから、例の男は、とりあえず地下牢に幽閉しますが、女官たちは私の決定にて、処刑いたします。よろしいでしょうな」

「………」

黙って、グインはかすかに豹頭をうなづかせた。大広間にみちみちている祝祭と繁栄をきわめた歓喜とはうらはらに、一瞬、グインの目は、おのれの個人的な苦悩に深くかげったようであった。

# 第三話　僭王の野望

# 1

新都、イシュタール。

そこでは、たえず、建設の槌音が響き続けている。この都がバルヴィナの跡地に建設が最初に企画されてから、もう早いもので二年ほどにもなる。すべての企画の施主であるゴーラ王イシュトヴァーンの建設計画は、きわめて大がかりなものであった上、なかなかに斬新でもあれば画期的なものでもあった。それゆえ、この計画どおりにすべての建物が完成し、イシュタールが世界に通用する大都市として稼働しはじめるには、十年という時間が必要ではないか、とさえ、はじめのうち、見積もられたものだ。

まだ、それだけの時間はたっていない。だが、すでに、建設の終わった部分の建物はすべて、フルに稼働しはじめている。イシュトヴァーンは、建設計画に厳密な優先順位をつけ、最初に『イシュトヴァーン・パレス』と名付けたおのれの居城となるべき区画を、次にその周辺にめぐらした武将たち、その部下たちの居住地域を、そして都市としての機能をそなえた一般の地域を——というように建設を開始した。だが、建設作業を進めてゆくためには、建設に従事する労働者たちのすまいや、その衣食に必要なものを売る商人たち、その商人たちのすまい、店舗なども当然必要になるし、そうやって長期間の工事が続いていれば、そのあたりにやってきて住み着く人数はしだいに増えてくる。

イシュトヴァーン王が最初に建設計画で思い描いていたのは、どこからどこまで完璧に整備され、貧民街や、都市をひどく猥雑にみせる小さな家々などのない、素晴らしく管理された、上下水道も完備し、みごとに役割別に整えられた超近代都市のすがたであったが、最終的にはそちらにむけて完成してゆくにせよ、いまだ工事途上の現在では、確かに王の居城やその周辺、おもだった建物などはみな美しくそれなりに豪華な白亜のすがたを見せてはいたものの、その外側、ことに都市の市門の外などには、びっしりといつのまにか貧民たちの小さな小屋がけが出来、あちこちから食い詰めて流れこんできた零細労働者たちが日々の暮らしをおこなうようになり、むろんもともとバルヴィナに住んでいたものたちはいったんは立ち退かされたものの、またひそやかに舞い戻りはじめ、いつしかに、イシュタールもまた、イシュトヴァーンの期待していた「超未来都市」のかわりに、どちらかといえばありふれた、そのかわり住み心地のよいごたごたと猥雑な平凡な小都市の様相を呈しはじめていた。

それは、イシュトヴァーンにしてみれば不本意なことでもあり、いずれイシュタール全都が理想どおりのかたちで完成したあかつきには、彼の夢見ていた《理想の都》をけがす不届きなゴミとして、すべて取り払って、場合によっては焼き尽くしてしまってやるぞ、という考えも、ひそかにイシュトヴァーンのなかにはあったのだが、しかし、いまのところは、それらの貧民たちが働き手としていてくれるからこそ、イシュタールの建設が続けられるのだ、ということはさしものイシュトヴァーンにもわかっていたし、また、そうやって小屋がけする貧しい労働者たちが暮らしてゆくためには、そこに天秤棒で食い物から酒からかついで売り歩く貧しい小あきんどやら、むしろの上にわずかばかりのぼろや手縫いのクツなどをひろげて商う露天商やらがいて、市が立って、生活必需品が人々の手に入り、そうやってそこに《生活》がはびこってゆかないわけにはゆかないのだ、ということは、むしろ、イシュトヴァーンのほうがよくわかっていた。彼は、もとをただせばヴァラキアの港町チチアの貧しい少年であったからである。

同時に、そうした「生活」がはじまれば、当然娯楽を求める人々もあらわれる。飲み屋が営業をはじめ、女たちをおいている店が繁盛し、そのうちには、あいまい宿や女郎屋が店を出し始める——のも、都市が成立してゆく、ごく自然なことわりである。

イシュタールのおもだった部分には、イシュトヴァーンの看視の目がよくゆきとどいていたので、そうした廓などは成立する余地がなかった。イシュトヴァーンの考えでは、そういう遊びを求めるものはそれほど遠くもないアルセイスにゆけばいいのであり、おのれの名を冠したイシュタールはもっと清潔で、清浄で、高雅な都であらまほしかった。そだが、イシュタールの「外側」まではイシュトヴァーンの看視の目も届かなかった。それゆえ、そこには貧民窟といっていいような貧しい小さな町も生まれていたし、そこに住まうその日暮らしのものたち相手のさまざまな商いの店も沢山できていたし、また、さらに貧しくて汚らしい遊廓も出来てしまって、イシュトヴァーンの望んだような立派な近代都市とはまったくうらはらな様相を呈していた。しかし、イシュタールの外郭部がそのようになればなるほど、イシュトヴァーンはやっきになって、せめて市門の内側だけは清らかに、自分の最初に夢見たとおりの機能的で近代的な都市にしておこうとしたので、いまや、少しづつではあったが、イシュタールは、城門の内側と、外側とで、まるでまったく違った都市のようなありさまを見せはじめていた。いずれはこのままゆけば、それは「外イシュタール」と「内イシュタール」とか、「上イシュタールと下イシュタール」などといった、便宜上の名をつけられ、そうして結局はさまざまな大都市がみなそうなっていたように、それらすべてを包括して発展する大きな都市へと変貌をとげてゆくことは明らかであった。

とはいうものの、それこそその城門の内側、ことに「イシュトヴァーン・パレス」の内部は、イシュトヴァーンが最初にあらんかぎりの情熱を傾けたとおりの、機能的で近代的な立派な建築が続いており、どこもかしこもまだ、真新しいとはいえないまでも、風雪にそれほど汚されてもいなかったので、新しさを残していて、綺麗であった。ことに建物の内部はまだ充分にぴかぴかであったので、イシュトヴァーンは、この宮殿のなかを歩き回っていると、（これを、俺が、おのれ一人の力で作り上げたんだ！）という誇りで、胸が一杯になるのであった。

その、イシュトヴァーン・パレスそのものも、まだすべての区画が完成したわけではないので、今日も、その外側のほうからは、建設の槌音が響いている。この槌音は、イシュタールそのものの象徴ともいえるものであり、イシュタールの町では、どこを歩いていても、聞こえてくるものであった。

バルヴィナはもともとはごく小さな田舎町であり、ゴーラ皇帝家の最後の末裔であるサウル老皇帝が、年ふりた家臣たちとひっそりと暮らしていた古い城があるだけのさびれた町であったが、いまや、そこには、アルセイスからの、そしてさらにゴーラ各地へとむかう街道も同時に切り開かれ、もはやかつてのおもかげは探そうとてもない。イシュトヴァーンはイシュタールを建設するにあたり、基調をすべて白と灰色の濃淡にするように建築家に要望したので、ことにイシュトヴァーン・パレスの周辺はどこもかしこも白く、いかにも「白亜の殿堂」といったおもむきをあたえる。いずれ、イシュトヴァーン・パレスが「白日宮」の渾名で呼ばれるようになるだろう、というのが、イシュトヴァーンの期待であった。もっとも、内装のほうは、白は汚れが目立つからというので、けっこうさまざまな色が使われている。すべてが、数年前に新しく決められ、作りはじめられた「帝都」であるから、長い年月を経て自然に熟成してきた、という落ち着きはどこにもなく、何もかもが、よそから持ってこられ、うつし植えられたぎこちなさ、真新しさ、不自然さをはらんでいたものが、ようやく、それでも二年の年月を経て、少しづつ落ち着いてきはじめたところだ。

その、イシュトヴァーン・パレスの奥まった一画――これもおのれの要望で、大きな池を作らせ、そこにいろいろな淡水魚、ことに鱗の美しい虹色をしている、観賞用でもあればなかなかにうまくもあるカリラ魚をたくさん放たせ、噴水もしつらえさせた「ニンフの池」のほとりに、若きゴーラの王、イシュトヴァーンは立って、魚どもを観賞しているように見えた。

このところ、さしも腰の落ち着かなかったイシュトヴァーンも、モンゴール内乱をどうにか取りしずめ、ドリアン公子をモンゴール大公に、というカメロンの提案を受け入れて、このしばらくはいたって平穏にイシュタールに落ち着いていた。というよりも、そうするほかなかった、と云うべきかもしれない。モンゴールの辺境、ルードの森で、突然あらわれたグインと戦い、そして重傷を負った彼は、そうとは当人は強情我慢ゆえ認めたがらなかったであろうがほうほうのていで、イシュタールへの帰還を果したのであった。内乱がひんぴんと起きていたモンゴール国内では、イシュトヴァーンが重傷を負ったと知るや、その暗殺計画が澎湃とおこってきて、長いこと滞在すればとうてい生きのびることは不可能だろう、というほどの勢いであったのだ。

それと知ってイシュトヴァーンはそうそうに、重傷の身をおしてイシュタールへの帰還を決行し、なんとか無事にのりきって、イシュタールへたどりついたのだった。そのあとは、しばらくはこの無茶のためにまた容態が悪化してしまったので、じりじりしながらも傷を養う療養の日々を送るしか出来なかったし、それはだが、とかくせっかちなイシュトヴァーンには、結果的にはよいいましめとなったようだった。

本当は、まだとてもそんな長旅など出来はしないような状態で、しかも、暗殺を逃れるためとはいいながら、健康なものでさえ悲鳴をあげるような強行軍でモンゴールを脱出し、イシュタールへ戻ってきたのだ。傷が破れてしまうことはかろうじてまぬかれたが、いかに生来頑健なイシュトヴァーンとはいえ、まだ若く、そしてよく鍛えてある、ということがなかったら、生命があやぶまれるところであった。イシュタールに帰ってきてほっとしたこともあっただろうが、イシュトヴァーンは高熱を出し、それもあって、しばらくはうんうん唸って寝ているばかりで、ようやく帰り着いたイシュタールの建設の進み具合を眺めて喜んだりすることも出来なかった。

だが、もともと若くたくましいからだである。いったん快方に向かいはじめると、回復は早かった。それに、イシュトヴァーンもさすがにいささか懲りたらしく、カメロンが選んだ医者の命令にもおとなしくしたがい、栄養のあるものを食べ、おとなしく寝ていて、よくなってくるとからだの回復をはやめるために軽い運動をしたりと、珍しくも模範的な病人をおとなしく勤めあげていた。

それになんといっても、おのれの最愛のイシュタールの都に戻ってきた、ということは、イシュトヴァーンにとっても、何よりも嬉しいことであったに違いない。もうよほどのことがないかぎり、暗殺計画を恐れる必要はなかったし、それ以上に、ここにいれば、カメロンが毎日見舞に顔を出して話相手もつとめてくれるし、食べたいもの、飲みたいものも云いたい放題であった――むろん酒はまだ厳禁であったが、イシュトヴァーンも、さすがに懲りたようで、あれだけの酒びたりであった彼が、「酒をよこせ」とはついぞ云わなかった。

それに、だんだんよくなってくれば、カメロンやマルコや、ほかの腹心たちと相談して、このゴーラにゴーラについてだの、イシュタールについてだの、やることはいくらでもある。まだ体はちゃんと動かせないまでも、寝台に寝たままでも、さまざまな決めごとが持ち込まれ、それは、イシュトヴァーンにとっては、「ふたたび、おのれがもっとも重要人物であり、何もかもものごとの決定権を持っている」場所に戻ってきたのだ、ということをここちよい実感を与えたので、以前なら面倒くさがって「お前が適当にやっておけ」といってすませてしまったような決めごとにまで、イシュトヴァーンはいやがらずに真面目に書類に目を通したり説明させたりし、それについてよく聞き、カメロンやマルコや専門家の意見をもきいて、決定を下すのを、むしろ楽しみにしているようであった。もっとも、回復期に入ると、寝ているほかはすることがなくて、からだはどんどん元気を取りもどしてきて、イシュトヴァーンとしては、かなり暇をもてあましていたのだ。

しかし、彼が、一段「統治者」としての自覚を加えるにいたった、というのも、まったく本当であった。それについては、カメロンもマルコももろ手をあげて喜んでいたのであった。今度こそ、イシュトヴァーンが、本気で「よいゴーラ王」に——少なくとも「本当の統治者としてのゴーラ王」になろうとしている、ということが、感じられたからである。ゴーラの王を自らとなえてから、幾久しく、彼は「ゴーラの僭王」の名によって、つまりは「自ら僭称する偽王」と呼ばれてきたのだから、それは、ゴーラという王国の行く末を本気でうれえるものたちにとっては、非常な朗報であった。

ひとつには、イシュトヴァーンが、辺境での思いがけないグインとの再会によって大きくゆさぶられ、グインのもつ「王者の力」のようなものについて、深く感じるところがあった、ということもあったであろう。また、モンゴールの内乱のなりゆきに手を焼いたりしているうちに、統治することと、いたずらに力によって征服することとの違い、といったものをつくづくと考えることもあったのだろう。そういっては何だがイシュトヴァーンとても決してただのばかではない。むしろ、本来そのなかにはきわめて聡明な部分を持っているはずなのだ、というのは、カメロンがひそかにマルコに云ったことであったが。

「あいつは、それはああいう育ちをしているからいろいろとクセの強すぎる部分だってあろうがな。しかし根本的には、頭はいいし、情だってないわけじゃないと俺はずっと思っていたんだ。――でなけりゃ、あとつぎにしたいなんて、このカメロンが思いやしねえよ」

「それは、そうですねえ。――いや、陛下については、私などは、むしろ情が強すぎるのが弱点になられる部分もあるんじゃないかと思うこともありますよ」

「ああ、確かにな」

「そのせいで、いろいろと難しい立場になられることもおありだと思うんですが。しかし今回はそこからもひと皮むけてこられてるみたいで……」

「自分から、旧モンゴール国民の不満をしずめるためにドリアンをモンゴール大公にすえ、マルス伯爵をうしろだてにする、と言い出してくれたときには、俺は、なんだかこいつはここしばらくのイシュトとは別人じゃないかと思ったもんだ」

カメロンがそう云うのもムリはなかった。それまでのイシュトヴァーンはとにかくひたすら酒に溺れ、面倒ごとはすべて宰相たるカメロンにまかせ、ちょっとでも耳にさわるようなことばには耳をかそうとするかわりに怒鳴りつけ、酔って荒れ狂っては小姓どもに当たり散らして恐れられる——というふうだったからである。

だがそれも、結局のところはゴーラが思うように中原諸国に認められぬことへの苛立ちや怒り、またゴーラの統治——というかモンゴール問題が思ったようにゆかぬことへのもどかしさなどが根底にあったに違いなく、もともと確かに酒に溺れる悪癖はあったに違いないが、モンゴール問題がうまくゆきだしてからは、そのように大酒をくらって荒れることもめっきりとなくなっていた。もっとも、以前のように大酒を飲めなくなった最大の理由は、グインにつけられた傷がまだ完治はしておらぬので、酒を飲むと血行がよくなって、傷がうずきだして痛い、というのが一番だったのだ。イシュトヴァーンはつねにおのれの健康や耐久力や頑健さに自信をもっていたので、負傷のためにそれが思うままにならぬ状態にひどく苛立っていて、一刻も早く完全にもとの自分に戻りたくてならなかった。その思いのほうが——それに加えて、ムリして酒を飲むと傷が痛い、ということを、いかな強情我慢のイシュトヴァーンといえたびかさなって学習せざるを得なかったので、酒に対する渇望よりも、禁忌のほうがずっと強くなっていたのである。

このところ、イシュトヴァーンは、まだからだが完全にはもとに復しておらぬことに微妙に苛立ってはいたものの、酒がその苛立ちをあおりたてることもないので、いたっておとなしく、その上にからだがそれでも、ちょっと前にくらべるとずいぶんといたみもなくなり、いろいろな動作が自由になってきたことで気をよくしてもいたので、機嫌は決して悪くなかった。以前のイシュタール宮廷では、イシュトヴァーン王の機嫌を損じることを人々は小さな小姓からそれこそ重臣にいたるまで何よりもおそれて、そればかりに汲々としていたが、そのおそれもずいぶんとやわらげられてきたので、イシュトヴァーン・パレス全体の雰囲気が、以前よりもずっと柔らかな、和やかなものになりつつあったのだった。

それに加えて、このしばらく――数日のイシュトヴァーンはひどく機嫌がいい。それもそのはずで、イシュトヴァーンにとってはいわば宿望ともいえた、ケイロニアからの正式に和平通商条約を求める書簡が、使者の手によって運ばれてきたのだ。ケイロニア皇帝ではなく、ケイロニア宰相ランゴバルド侯ハゾスの名による、さまざまな条件を探るための最初の簡単な打診の書簡ではあったが、それはイシュトヴァーンにとっては、長年夢みてきたところのものだった。それは、何よりも、いまや中原で最大の強国として自他共に認めているケイロニアが、少なくとも宰相という最高権威者のレベルで、いよいよイシュトヴァーン・ゴーラを正式に「中原列強」の一国と認めて、対等の交流、交際を求める段階に入ってきた、という証明だったからである。

それは、ハゾスがパロ滞在中に、ヴァレリウスやリンダ女王と話し合って考えた、いわば苦肉の策の「ゴーラ対策」であったのだが、どのような理由から出てきたものであれ、それはイシュトヴァーンにとっては、夢見てきたけれども実際にはもっと長いあいだ得られないだろう、と考えていたような成果だった。イシュトヴァーンにせよ、おのれの現在ただいままでの所業は、とうてい、中原列強諸国には受け入れられがたいものだ、ということは、わかっていなくはなかったからである。

「だけど、どうしろってんだ――こちとらは、いわばまったく新しく出てきた新興勢力じゃねえか」

その知らせが到着する前に、ちょうどイシュトヴァーンは、酒を飲むかわりに習慣になった、珍しい苦いキタイのお茶をアリサに淹れさせて、それを飲みながら、夜、もろもろの報告にやってきたマルコに愚痴っていたものであった。

「とてつもねえ辺境ならともかく、中原のまっただなかなんてものは、大昔からいる貴族ども、王族どもがことこまかに分割統治しちまっていて、新しく出てきた者を入れてくれる余地なんざ、まるでありゃしねえ。――モンゴールだってそもそもの最初は、まったくのへんぴな辺境の土地で、誰も欲しがりゃしねえから、っていうことで、若い騎士のヴラドが願い出ておのれの領地にしたっていうじゃあねえか。――けど、そのあと、モンゴールが開拓されて、なかなか立派な大公国になったら、クムもユラニアも最初のうちはあれこれ難くせをつけて、モンゴールがあくまで一格下だ、という扱いをしてきたと聞いてるぞ。そのくせして、ユラニアなんて国は、もうてめえだけじゃとうていまともにやってゆけねえくらい、金もなけりゃ、武力もなんもねえ、疲れはてた老いぼれどもと、しょうもねえあのメスどもしかいなかったんだ。古いだけがとりえ、なんていう王家だの大公家なんてものは、とっととくたばって、新しいイキのいい支配者に場所を譲ってくれたほうが、どれだけ国民だって助かるか知れねえんだよ。——だのに、さいごのさいごまで、そういう奴等ほど、権力にしがみつきやがってさ、見苦しいこった。——それで、てめえんとこがうまくおさまってて、これ以上中原に波風が立たないでほしい、っていう古株どもは、新しい勢力が出てくるなんてことを、ばかみたいに嫌いやがる。だが、そうやって新しい血を入れないことにゃ、本当にユラニアなんざ、どうにもならなかったんだぜ。そうだろうが、マルコ。——だのに、奴等は、まるで俺が切り取り強盗みたいにいう……その最大の理由っていうのは、俺がもともと、生まれついての貴族様じゃなかったから、っていうだけなんだぜ！」

確かに、イシュトヴァーンのいうことばにも、一理がないわけではなかった。確かに中原の古い国々は長すぎる歴史のなかで、新鮮な血を導入することもままならず、疲弊してもいれば、また伝統にがんじがらめになって行き詰まっている国もあったからである。そのなかで、うまく治まっている国といえばやはりケイロニアをもって筆頭とするだろう。

それゆえにこそ、ケイロニアに認められる、というのは、ゴーラにとっては、中原そのものに認められる、ということに相当していた。

ケイロニアとても、かつては新興の、北方の蛮族どもの小部族が寄り集まってでっち上げた国家として、古い古い歴史をもつユラニアやパロからおとしめられていたこともないわけではなかったのだ。しかしそのパロやユラニアはいまや、疲弊しきっている、というよりも、ユラニアなどはもはや消滅してしまったし、パロもまた、いまや国としての格好をかろうじて保っているにすぎぬ、風前の灯のようなありさまになっている。確かに、ユラニアはともかく、パロなどは、「青い血」のおきて、すなわち新しい血を入れるかわりにどんどんパロ王家の純血度を高めてゆこうとするかたくなな態度のために、王家そのものが衰弱していったことはいなめなかった。

それだけにだが、イシュトヴァーンにとっては、ケイロニアからのこの申し入れは非常な達成感と喜びとをもたらした。もっとも、それと同時に報告された、「今後、ケイロニア王グインがパロ女王リンダの公式のうしろだてとしてたつことを決定した」という、ケイロニア、パロ両国の名においての正式の声明については、イシュトヴァーンは相当に複雑な顔をしたが。

だが、どちらにせよ、ケイロニアはパロと旧ユラニア双方の隣国であったし、そしてパロとは、直接に友好条約は結んでいなかったにせよ、長年、きわめて友好的な、同時に不干渉の関係を保ってきたのだった。まもなく、引き続いて第六十四代ケイロニア皇帝アキレウス・ケイロニウスが、皇帝位には残ったままで、事実上の隠居状態となって光ヶ丘の離宮に引き揚げることとなり、そのかわりに、その義理の息子ケイロニア王グインが、アキレウス皇帝よりすべての実権を預けられて、ケイロニアの実質上の支配者となることになった、という知らせが届いて、それでイシュトヴァーン・パレスの中核部一同はとりあえずもろもろの展開に納得したのであった。

「グイン王はもともと、アキレウス大帝の意志にそむいてユラニア遠征を敢行したり、それは大帝を説得してであったにせよパロ内乱の援軍に向かったりと、これまでのケイロニアの『他国内政不干渉主義』を貫いてきたアキレウス帝とはかなり違う考えを持っているように私には思われます」

カメロンは、その知らせがきた翌朝の謁見の時間に——そのような仕事も、イシュトヴァーンは多少、以前よりまじめに引き受けるようになったのだ——そのように解説して、イシュトヴァーンにいささかイヤな顔をされた。

「従って、こののち、グイン王のやり方がケイロニアに浸透してくるにつれて、ケイロニア、という存在が、これまでの、アキレウス時代とはかなり大幅に異なるものになってくることが予想されますね。——少なくともケイロニアのかの有名な内政不干渉主義はパロ女王のうしろだてとなる、というこのケイロニア王の宣言により、大幅にくつがえされたと思ってよいわけです。――それが、どの程度まで実際の行動につながるかは、このさき慎重に様子を見てみないとわかりませんがね」

## 2

それらのことどもを、あれこれと思い返しているのだろうか。

イシュトヴァーンは、かなり長いこと、「ニンフの池」のほとりに立ったまま、動かずに池を眺めていた。

池のカリラ魚たちに、そんなに興味をひかれている、というわけでもなかろう。公務をはなれて、のんびりと用もなくくつろげる時間であるから、珍しく――といっても負傷してからは、からだに負担をかけないために、そうしていることが多いのだが、ゆったりとしたトーガを一着に及んで、腰まわりを結ぶサッシュもゆるめに、傷をしめつけないようにしめ、冷えると痛み出すというので、上から袖なしの長い茶色のびろうどの上着を羽織っている。黒い長い髪の毛を背中に流して、ふと思いついたように小姓を呼んで「魚の餌をもってこい」と命じ、持ってこさせたからからにかわかした穀物のかけらを、気まぐれに池のカリラ魚どもにばらまいてやっている。

カリラ魚は大騒ぎで、時ならぬ御馳走の布施にあずかろうと集まってきたので、池水はしだいに沸騰しているかのようなありさまを見せ始めてきた。それが面白いのだろう、イシュトヴァーンは笑いながら、なおもばらばらと魚の上に餌をばらまいてやっている。

こちらに近づいてきた宰相カメロンは、「陛下はニンフの池のほとりにおいでになります」とだけ教えられて、あたふたとやってきたので、このすがたを、ニンフの池に通じる回廊のはずれで目にしたとたん、なんとなくぎくっとして足をとめた。

(なんだか……)

別人になったようだ――そう、瞬間的に思ったのは、なんとも奇妙な連想であった。黒い、長い髪の毛を背中にまとめもせずに垂らし、うす色のゆったりとしたトーガをまとって、金糸のふちどりをほどこした袖なしの長い上着を着た、そのすがたを遠くから見た瞬間、ふいに、カメロンは、まったくこれまでイシュトヴァーンにちょっとでも似たところがあろうなどとは、夢さら思わなかったひとのすがたを連想したのである。

(ナリス公に――いや、ナリス王か……似ている……)

もともと端正な顔立ちに、スカールとのたたかいで与えられた傷もずいぶん癒えて目立たなくなってきた。浅黒く、その上日に灼けた肌が、このしばらく、療養のためにずっと室内にばかりいて、いくぶん日焼けの色もさめてきたので、白く見えるものか。それとも、その、いわばナリスのもっとも好んでいた象徴的ともいえるいでたちと、偶然似たような格好をしていたからか。

といって、カメロンは、それほどアルド・ナリスについて、よく知っていたり、生前その謦咳に親しく接していた、というわけでもない。むしろ、そうしたナリスの様子をカメロンが知ったのは、諸国に出回る、各国王族の近況やそのおもざしなどを絵姿にして売りものにする似顔絵描きのおかげが大きい。

他国の王族や高名な武将などについて、なかなか直接にその顔を見たり姿のようすを知る機会もないこの時代のこと、人々は、そうした似顔絵や肖像画を求めてきて、それで雲上びとたちの様子を知ろうとするのである。むろん、カメロンのような立場のものにとっては、一般の人々が好奇心からそうした似顔絵や肖像画や、その下に面白おかしい物語を書き加えた絵物語を求めるのとはまったく違い、外交官としてそれらの国にいって、それらの人々と会ったり、またそれらのものたちの人相風体を見覚えておくことが、さまざまな機会に必要となるから、ということにすぎない。

カメロンの記憶のなかにあるナリスは、輝くような白い鎧と長い白いマントをつけた、モンゴール占領時のパロの武将としての勇姿であったが、一般的に流通しているクリスタル大公、パロ聖王アルド・ナリスの肖像画は、まさしく、白い絹のトーガにゆったりとサッシュを結び、黒か紫のびろうどの袖なしの、ふちに刺繍をほどこした長い上着をつけ、額に《王家の環》の宝玉を輝かせて長い黒髪を背中に垂らした、優雅な貴族のすがただ。そのあとは、その姿のまま、巨大な寝台に埋もれるようにして寝ている、自由に動くことも出来ぬすがたを描いた似顔絵も多くなったのだが。

（さしものイシュトも、病後とあって、いささか典雅になったということか）

少し、おのれの錯覚に苦笑しながら、カメロンは小姓に取り次がせて到着を告げた。

「ああ、カメロン」

イシュトヴァーンは残った餌をみなカリラ魚に気前よく撒いてしまうと、手をぱんぱんとかるくはたいて、ひらりと長衣のすそをひるがえしてこちらにやってくる。もう、その足取りは、病後といっても、ずいぶん軽くなってきている。カメロンは、それをまず口にした。

「だいぶ、軽い足取りで歩かれるようにおなりになりましたな」

「ああ。ずいぶん、痛まねえようになってきた。それでもまだ、あんまり長いこと同じ姿勢をしてたり、腹に力のかかるような格好をすると、あとが痛くてな」

そう云いながらも、イシュトヴァーンは、ものの一ヶ月ほど前とは比べ物にならぬような速度で、長い脚を動かしてさっさと歩いている。居間に戻るつもりらしい。

「あまり、御無理をなさいませんように」

「ムリなんざ、しねえさ。けど、こうやってうだうだしてると、際限なくからだがなまっちまいそうで、どうも心配でな」

「おからだを鍛えるにはまだいささか早いように思われますが。まずは、完全に治されてから、ゆっくりと体力の回復にかかられても遅くはございますまい。そうでないと、かえって途中でまた傷を痛めてしまいますと」

「それは、ちょっと心配してるんだ。だから、ちゃんと、ムリはしねえようにしてるさ。心配するな」

ことばをかわしながら、居間に戻ってゆくと、イシュトヴァーンは、小姓に二人のために茶を運ばせてから、また呼ぶまでのあいだ、人払いをしろ、と横柄に命じた。

「お呼びがありましたので、急ぎ参上いたしましたが、何か急ぎのご用件がおありでございましたか」

「もう、いいよ、カメロン。もう、二人だけなんだから」

相変わらず、イシュトヴァーンは、カメロンが「公的な口」をきくのがどうしても苦手のようだ。

「ちょっと、相談してえことがあったんで、呼んだんだ。急ぎってほどでもねえが、ほっとくと、お前は相変わらず朝から晩まで忙しい忙しいってバタバタしてるから、つかまえどきもねえからな。こちとらはずっとヒマしてるっていうのに」

「そうでもないさ。以前よりは、ずいぶんイシュトがいろいろ見てくれるおかげで、多少こちらも楽になってはきた」

カメロンはちょっと肩の力をぬいて、椅子に腰をおろした。また何か、イシュトヴァーンが無理難題をもちかけてくるのではないか――とほんのちょっと、心配していたのだが、イシュトヴァーンの口調からして、それほど何か大変な問題でもなさそうだ、とわかって、ほっとしたのである。そうでなくとも、カメロンには肩にかかる重荷がたくさんありすぎるほどあるのだ。

「それに、俺もちょっと報告というか、相談したいことがあったので、ちょうどよかった――かな」

「そうか。そっちの話、あとでもいいか」

「それはもちろん、陛下の御意のままに」

「またそういう――二人のときには、そういう言い方をするのはよせよ」

イシュトヴァーンはちょっとにがい顔をした。だが、次のことばはびっくりするほど単刀直入だった。

「なあ、ちょっと聞くけど、いま、うちの――ゴーラの財政状態てのは、どうなってる」

「ああ?」

カメロンはちょっとびっくりして椅子のなかで思わず身を起こした。イシュトヴァーンはそのカメロンをじろりと見やった。

「前に、お前、俺が戻ってきたときに云ってたじゃねえか。いまはもう、どっかに遠征だの、軍勢を派遣したくとも出来ねえくらい、こないだの俺のモンゴール遠征でさいごの国庫金をはたいちまったから、もううちは貧乏なんだ、ってな。あれは、どうなった。それっきりか」

「まあ、その後——いろいろ穀類の収穫だの、多少税の入ってくることがあったから、あのときほどひどいことはないのは確かだが」

カメロンは、この話がどの方面に落ち着くのか、まったくわからなかったので、ごく慎重に答えた。

「しかし、むろん——そう一朝一夕に解決するような問題ではないからな。ひとつの国家の財政というと、そうそう簡単にたて直せたり、よくなったりするような規模じゃあない。……まあ、もちろん、イシュトが帰ってきてくれて、その後は特に、こういってはは何だが大きな出金があるわけではないので、だいぶたてなおしの方向にむかってはきたよ。しかし、一気にゆとりが出るところまではまだ——ムリだろうな、当分。まあ、来年の春夏あたりまでくれば、ガティの収穫もあるし、いろいろもろもろ税金も動き出すから、多少好転するが、もし万一にも今年の秋あたりに天候不順でもあろうものなら、それが見込めなくなる。そうなるとちょっとちょっとだな——今年の春夏の収穫だけでは、まだなかなか、左うちわで安泰というところまではゆかないと思うぞ」

「ウーム……そうか」

イシュトヴァーンは、カメロンのことばをきいて、何かしきりと考えこむようすに見える。


カメロンは気になった。

「なんでだ、イシュト？　なんで急にそんなことが気になる？」

「なんでって、俺はゴーラ王だぞ。おのれの国の財政状態、国庫の状態をいつも把握してるのは、大事なことなんじゃねえのか？」

「そ、それはもちろんそのとおりだが、しかしこれまでは、お前は、あまりそういうことに興味はないように見えたから……」

「ああ、まあな。俺はいつも、お前に、これこれでどこそこに何人連れてゆくからよろしく頼むぞ、っていうばかりだったからな。確かに、俺はそういう意味でも、ずいぶんといい加減な王だったと思うよ。――というより、王様ってものについて、俺はたぶんけっこうな考え違いをしてたんだろう。俺の頭のなかじゃ、王ってものは、いつも兵を率いていくさをしてて、日常に戻ったらすべてを宰相なり、役人どもにまかせてのんべんだらりと酒を飲んで宴会でもしてればいいという、そういうもんだったからさ。――だが、このごろになってかなり考えが変わってきた。王ってものこそ、最高権力者であり、施政者なんだから、国の全体のもろもろについて、一番よく知ってなくちゃいけねえんだし、一番、なんというんだろうな、その国について責任をとれなくちゃいけねえんだな、っていうことだな」

「お前が、そんなことを云うようになるとはなあ！」

　思わず、カメロンは感慨の溜息を洩らした。

「それをきいただけでも、俺は、ヴァラキアからここにやってきた甲斐があるといいたくなるが――しかし、せっかくお前がそういうふうに思ってくれたときに、あまりいい返事が出来なくて残念なことだ」

「ってのは、ゴーラの財政状態があんまりかんばしくない、ってことが、だな？」

「ああ」

　カメロンはちょっと肩をすくめた。

「まあ、かんばしくない、という程度ですんでいるんだから、お前がモンゴール遠征に出かけていたあいだよりはずいぶん楽になったというべきだろう。そのあいだに俺は、このあいだ報告したように、二つほど新税をもうけて、当然いささか抵抗にあいはしたが、旧ユラニアの商人たちのギルドから多少の金をひきだすのに成功したし、また、旧ユラニア大公家の財産について、いろいろ調べて、まだ多少こちらが知らなかった財源があったこともわかったので、それで当座の赤字は相当まかなうことができた。だが、そういう程度の穴埋めでは、たかが知れている。やはり、もうちょっと大規模に国家としての財源が確立されていないとな――まあ、とりあえずは、来年の収穫が順調なら、それでまずはまわって、それからその好調な収穫が何年か続いてくれていれば、少しずつゴーラの経済状態も安定してくるだろうが……そのあいだに何か大きな出金の必要が出てきたり、凶作に見舞われたりすることがなければ、ということだがね。——しかし、その間はかなりの綱渡りということになるだろうな。とかく、凶作などというものは、何年かにいっぺんは確実に襲ってくるものだし……」

「かったるいな」

イシュトヴァーンは不満そうにつぶやいた。

「え。何だって」

「なあ、カメロン。俺はそういうことをこれまで何にも知らずにきた。——個人じゃあなくて、国家ってものが、手っ取り早く金をもうけようってとき、それは、どうやってやるんだ」

「どうやってって、それはまあ——新しい産業をおこすなり、一番手っ取り早くは、やはり新しい税をかけることだろうが、あまりそれをやりすぎると今度は国民から、不満が出てきて国がおさまらなくなる。——あるいは、まあ……」

カメロンはちょっと口をつぐんだ。

イシュトヴァーンは面白そうにそのカメロンを見た。それから、わかっているぞ、というように付け足した。

「よその国を侵略して、その国を手にいれ、領土をひろげるか、だろ」

「おい、イシュト」

「いま、何もそんなことをしようなんて云っちゃいねえから、安心しろよ」

イシュトヴァーンは座っていた長椅子の上に、足を行儀悪く長々と伸ばし直しながらからかうように云う。

「お前が心配してたのは――俺がこんなことを聞いたのは、ゴーラの金の状態を聞いたのは、俺がまた新しい侵略戦争をたくらんでるんじゃねえかと心配になったからだろ。――大丈夫だよ。まだ傷だってこんな状態なんだし、それに、戻ってきたときあれだけさんざん、金がねえんだ、もう当分遠征どころじゃねえんだ、遠征があったって、兵隊に食わせる兵糧を買う金もねえし、武器を揃える金もねえし、って吹き込まれりゃ、さしもの俺も、ああ、金がねえんだなあ、って思うさ。――ただ、あまりにお前が金がねえ、金がねえって嘆くからさ……なんとかならねえもんかと思っただけだよ」

「ウーム」

カメロンは唸っておのれの髭を撫でた。

「ならばいいが……」

「だが、本当いうと、べつだん、正式に遠征すりゃ馬鹿金がかかるかもしれねえが、山賊の流儀でやりゃ、金もかからねえし、逆にどんどんもうかるのにな、って思わねえでもねえけどな。――兵糧なんざ、その土地土地、いったさきざきでぶんどりゃいいんだし、裕福な都市を陥落させたら、その都市の財産は全部こちらのものになるわけだろ。そうすりゃ、その時点でもう、遠征のために金を持ってゆくかわりに、そのさきでたっぷりと収穫があるってもんだろう」

「馬鹿いっちゃいけない、イシュト。それはそれこそ、切り取り強盗の仕儀というもんだ。そういうことをしているかぎりは、いつまでたってもゴーラはちゃんと中原列強のなかの立派な国家とは認めてもらえないということになるんだ」

「だけど、モンゴールは、パロに攻め込んだじゃねえか。しかも奇襲をかけて」

「それだから、モンゴールは中原列強から非難をあびて、さまざまな国際常識をくつがえしたとか、やはり新興の野蛮国だとか、いろいろと批判が集中した揚句に、沿海州諸国にいたるまでが連合軍に参加してモンゴールを討ったわけだよ。いまの中原はもう、そういう新興勢力が力にまかせて領土をひろげようとする動きを何よりも警戒している段階に入っている。もしいまゴーラが同じような動きに出たとしたら、今度はクムとケイロニアが共同で兵を出して、中原の平和のために、と称して押さえ込みにかかるだろう。――少なくとも中原の国々に関する限りは、もういまゴーラの存在を黙認してくれているのが、精一杯の妥協だ、と思わなくてはなるまい。いまはもう、力あるものがどんどん勢力をのばしてゆく、戦国時代じゃあないんだ」

「と、いうことだよな。ち」

イシュトヴァーンは肩をすくめた。

「面白くねえ時代になったもんだぜ。――ってことは、だが、もし、ゴーラがこの上なんとかして金を得たい、領土を拡げたい、っていうことになったら、中原じゃねえ、辺境だの、南方だの――草原だの、まだそういうぎちぎちに混み合ってねえあたりへのびてゆかなくちゃならねえ、ってことだよな」

「モンゴールも最初はそう思ったから辺境のほうへ開拓の手をのばしてゆき、それからついにケス河をこえてノスフェラスへと進出したわけだろう」

カメロンは云った。

「だが、結局のところ、そうした辺境や、ましてや砂漠地帯などというものは、ひとが住めなかったり、ろくな収穫も得ることは不可能だったりするから、放置されているのだ、ということが立証されただけだっただろう。それで、モンゴールもノスフェラスから手をひいたわけだろうしな。あまりにも払う犠牲も大きすぎたんだろうし。――それで、結局、やはり中原のなかで強引に風穴をあけようということになったんだろう。あのパロ奇襲については、沿海州会議のなかでもいろいろな意見があったが、おおむねみなそういうあたりに落ち着いていたものだ」

「俺はヴラド大公の気持のほうがよくわかるけどな、こうなってみるとな」

イシュトヴァーンは首をふった。

「まして、モンゴールは、もともとが一部をのぞいてあまりゆたかでねえ地方だから、開拓してもいい、とヴラド騎士が許されたような土地柄だったからな。たぶん、内情もけっこう苦しかったんだろう。俺もしばらくモンゴールの辺境地方にいってたから、よくわかる。ありゃあ、なかなかとんでもねえところだ。――ルードの森なんざ、たとえどれだけ開拓民をつぎこんでも、開拓資金を投入しても、たぶんそれに見合うような回収は絶対出来ねえだろうからな。あの化け物だらけの大森林を切り開いて、ひとの住めるような開墾された土地にして、しかも都市まで作り上げるまでにするには、おそらくモンゴールなんざ、十回くらい破産しても追いつかねえだろうよ」

「まあ、そうだろうな――イシュト」

カメロンはまた多少用心深く云った。またしても、この話が、どこに落ち着くのかについて、若干の不安がきざしてきたのである。

「何を考えてるんだ？　まさか、もう、イシュタールに戻ってきて、退屈したからどこかにゆきたくてうずうずして仕方がない、なんていうことじゃあないんだろうな」

「そういうわけじゃねえさ。ただ、俺はずっと考えてたんだ。このあと、ゴーラを金持ちにして、俺がやりたいことをやれるようにするには、いったいどうしたらいいんだろう、ってな」

「やりたいこと……」

カメロンはちょっとひそかに眉をしかめた。が、イシュトヴァーンにその気配をけどられぬように気を付けていた。

「お前のやりたいこと、っていうのは、一体何なんだ？　イシュト」

「さあ、何なんだろうな」

イシュトヴァーンは、相当いい加減に聞こえる返答をしたが、それでいて、その顔は妙に真面目そうだった。

「俺は、実はそれを考えてたんだよ。——ずっと、このしばらく、まともに兵隊どもの訓練も出来ねえし、馬に乗ったりも出来ねえからさ。寝椅子にばかり横になっていると、おのずといろんなことを考えちまうんだ。——でもって、俺は、いったい、ゴーラ王になって、何をしてえんだろうな、とずーっと考えてた。……そもそも、お前も知ってるとおり、俺は、とにかく王になってやる！　と思ってたのは、リンダと約束したからだ。王になってお前を迎えにくる、ってな。——ばかげた、若いころ、というかガキのころのはかない夢さ。だけどあのころは真剣だった。お互い、な。——だけどその夢はもうとっくになくなっちまった。リンダは三年待っててくれ、という約束なんかころりと忘れてナリスさまと結婚したし、俺だってそもそも王になるために、アムネリスと結婚した。——だけど、王になって、それからどうしようって思ってたわけじゃねえ。俺はただ、リンダを迎えにゆきたい、としか思ってなかったし、それにまあ、俺の例の予言もあったさ。俺の生まれたときのな」

「手に玉石を握ってたから、いずれこの子は王になるだろうととりあげばばあが予言した、というやつだな」

「ああ。その玉石もかかわりのあった女にやっちまったけどな。――けど、それでたぶん、俺はじっさいに王になれる、なんて思ってなかったんだと思うし――そもそも、王って何なのか、どういうもんなのか、ちっとも理解もしてなかったと思うよ。カメロン」

「ああ……」

いくぶん、驚きながら、カメロンは云った。だが、一方では、このしばらく、ずっとあまり打ち解けて話をするひまもなかったあいだに、イシュトヴァーンの内面に何が起こりつつあったのか、それを詳細に知る、かっこうの機会だ、とひそかに考えて、ひと膝乗り出したいような気持でいた。

「それで……」

「ああ。それで、俺は王になったし、ゴーラの国もたてた。乗っ取ったといわれようが、僭王だといわれようが、どういう方法ででも、ただのチチアの悪ガキのててなし子が、この若さで一国の王となったんだ。我ながら、たいしたもんだと思うさ。――そのことにつっちゃ、ほんとに、たいしたもんだと思う。――だが、それで、これまでのあいだ、俺はなんだかがむしゃらに突っ走ってきたけどさ――みなが王様、国王陛下だのって呼んでくれるから、ああ、俺は王なんだなと思ってたけど、じっさいには、どうも、ちっとも、てめえが王なんだ、ということは、実感もなかったんだろうな、って思ってさ」

「というと……」

「俺は、ただ、てめえが思うように動かせる兵隊が大勢いるのとか、お前が出してくれる国庫金がふんだんにあるとか、そういうことしか眼中になかったからさ。――偉い将軍と、王とどこがどう違うのかもどうでもよかったし、そもそも、ユラニアをゴーラという国に作り替えてしまったこと、バルヴィナにこのイシュタールを建てたこと、どれも、ただがむしゃらにやってきたばっかりで――モンゴールについては特に、まあなりゆきでいろんなことになっちまって、なんでああみんな怒って俺を裁こうとしたり、反乱を起こしたりするんだろうと、不思議でしょうがなかったんだ。じっさいのところ」

イシュトヴァーンは多少困ったように笑った。

# 3

「不思議って——それは、イシュト……」

「云うなって。お前の云いたいことはわかってんだ。無茶をするなよ、ちゃんと世の中の常識に従え、もう山賊のかしらなわけじゃねえんだ……そういうことだろうが。そんなこたあよくわかってるさ。だがモンゴールで裁判にかけられそうになったことなんざ、俺にとっちゃ、大昔のそれこそ傭兵のときにしでかしたことで、そのときにゃ、俺はモンゴール大公の旦那になるなんざ、夢にも思ってなかったもんだ。そりゃもし、そんなことがわかってたら、あんなばかげたふるまいはしなかっただろうよ——あいつらが俺の裏切り行為だといって騒ぎ立てたような、な」

イシュトヴァーンは唇をとがらせた。

「そんときには確かに俺はモンゴールの傭兵あがりじゃああったが、スタフォロス城でとっ捕まってもうとっくに傭兵なんざ、クビになってたんだ。だから、ノスフェラスで何をした、かにをしたって云われたってな、そのときには、俺はもう、モンゴールの兵士でもなんでもなかったんだぞ。だから、そんなのは裏切り行為でもなんでもないだろうが。――それを何年もたってからほじくり出してきて、いまさららしく非難されたって――」

「そりゃまあ……お前からみりゃ、そうかもしれんが、あちらには、またあちらの言い分もあるだろうしな」

「それもわかるけど、でもユラニアの連中は俺がゴーラの王になることをちゃんと認めてくれたぜ。いろいろやったっていわれたら、もしかしたらノスフェラスで俺がモンゴールに対してやったことより、ユラニアに対してやったことのほうが大変だったかもしれねえと思うんだが。……だからまあ、なんというかな、結果よければすべてよしっていうもんじゃねえのか、世の中ってのは」

「まあ……なあ……」

「でも、ま、いいや。そんな話をしようと思ったわけじゃねえんだ」

イシュトヴァーンは一瞬、ちょっとうんざりしたような顔を見せたが、すぐに自分で思い返したらしく、また元気のいい笑顔をみせた。

「俺がしようとしてたのは――だからな、俺は王になって、何をしようと思ってたのか、俺はいま、ゴーラ王として、いったい何をしたいと思ってるのか、っていう、そういう話だったんだ。――俺はこのところ、ずっとそれについて考えてたんだ」

「おお。それで、結局、自分は何をしたいんだ、何をしたかったんだという、答えは出たのか、イシュト」

「出たといえば出たし、出なかったといえば出なかったな」

イシュトヴァーンは妙に気をもたせる答え方をした。

「というと……」

「俺はだから、王になって何をしたかったのかといえば、さっき云ったとおりさ。俺は、リンダを迎えにゆきたかったんだ。それだけだよ——俺はリンダにふさわしい身分になるためだけに、それに予言されていたから、というだけの理由で王になりたいと思った。いまにして思えばそんなのはばかげてる。だけど、ヤーンの神はそうは思わなかったんだろうな。結局首尾よく、とんとん拍子に俺は王になっちまった。あんまり、早く王になるまでのぼりつめすぎて、自分で、そのことをちゃんと考えてるヒマもなかったよ。とにかく、なんだか津波にでも押し流されるみたいに、目の前に出てきたやっつけなきゃならねえ敵をやっつけたり、やらなきゃならねえことをやっつけたりしてるばかりだったからな」

「……………」

「だから本当のところ、俺は、モンゴールの右府将軍になったのと、ゴーラの王になったのと、どっちも似たようなもんだとしか思ってなかったんだと思うよ。俺にとっては、大勢の兵隊が俺の思いどおりに動かせる、ってことだけが魅力だった。そしてまた、いくさがあって、出てって、たたかって、勝って、功績をたてる――それだけが、俺の本当にやりたいことだったのかもしれねえな」

「ウーム……」

「だってしょうがねえじゃねえか。俺はそれ以外、なんも知らねえで過ごしてきた傭兵だぜ。俺には、戦場でかせぐしか、能がねえんだから。なんたって俺は三つのときから、戦場かせぎをやって食ってきたんだ。どうやって生きのびるか、どうやって勝つか、どうやって戦場でもうけるか――俺が詳しかったのはそういうことだけなんだからさ。だから、俺が一番面食らったのは、やっぱり『平和』ってもんだったと思うね。平和とか、文化とか、外交とかな」

「ウウーム……」

「とにかく戦ってさえいりゃ、俺は満足なんだけどな。――けど、ようやく、どうも王様ってものはそれだけじゃいけねえらしい、なんもねえときでも、次に戦争がはじまるまでじっと待って、酒でも飲んでりゃいいってわけじゃなくて、そのあいだもなんかかっか、つまらねえ書類を見たり、下らねえ訴訟の訴えごとをきいたり、なんだかんだ《お仕事》をしなくちゃならねえらしいってことがわかってきた。そんなもの、およそ、したかねえんだけどな」

イシュト。お前でなくとも、そんなものをもともと好いてるものはそういるとは思えな……」

「そんなことねえって」

イシュトヴァーンは陽気にカメロンのことばをさえぎった。

「あんたはああいうことを好いてるんだとばかり、俺は思ってたぜ、悪いけどな。けど、そうじゃなかったんだったらこれは失礼いたしました、だ。けど、あんたはまあ、もともとが軍人だから、そういうのが好きでなくてもな、けっこう好きなやつってのは一杯いるんじゃねえかって気が、俺はするよ。だってみんな、そうとでもしてなきゃ、やることがねえんだろう」

「……」

「ま、それもどうでもいいや。そういうのが好きなやつは、そういうことをして一生を送ってりゃいいんだし、戦うのが好きな奴は戦って楽しく一生を送ってりゃいいんだ。――実際問題として、困っちまうのは、俺は本当はとにかく兵を率いて戦いにさえ出てりゃ、御機嫌なんだけどなあ、ってことだよ」

「それはまあ――しかし、ずいぶんと、物騒な御機嫌もあったもんだ」

「どうしてだよ。だって、そういうときだけじゃねえか。ああ、生きてる！　って感じるのはさ。昔は、それでも、ひまなときや休みの日には、廓の女どもと遊んだり、酒をあびるほどくらったり、子分どもと楽しくやったりしてたもんだよ。けど、王様になっちまってからはどうだよ。そういう俺流のお楽しみってやつも、一切がっさいなくなっちまったじゃねえか。俺が廓にでも出てゆこうもんなら、お前らがよってたかって大騒ぎしてなじるだろうし――第一、アルセイスのどこに廓があるかさえ、俺は考えてみたら、知っちゃいねえんだし、そもそもイシュタールには、俺のゆけるような遊廓さえありゃしねえや。ま、こないだ聞いたとこじゃ、もっと柄のわるい、流れ者だの貧乏人だのを相手にするようなとこはいくつかあるらしいけどな。そういうとこも面白えかもしれないけど、いまの俺がゆくわけにゃゆかねえじゃねえか。お前らがもし、出してくれたとしてもだよ。――酒もこんな傷を負ったから飲めなくなっちまったし、どうもこのごろは、あまり飲みたいっていう気にもならねえし。――子分どもったって、以前の山賊どもみたいな連中はみんな、結局いなくなっちまったし……といって、ゴーラで俺が集めて鍛えたヤンチャ共はみんな一応職業軍人で、おまけにみんな将軍様だの隊長様だの、若えくせに役づきになっちまって、みんなそれぞれの子分だの部下だの小姓だの近習だのって連中に見張られてて、なかなか一緒に遊べやしねえ。――遠征にでも出てきゃ、それなりに楽しく遊べることもないわけじゃねえんだけどなあ」

イシュトヴァーンは深い溜息をついた。

「あ、あ、なんだか知らねえけど、偉くなるにつれてどんどんどんどん、世の中が面白くなってゆくんだよ。だから、酒でも飲まなくちゃやりきれねえと思ってたんだが、その酒さえも思うように飲めねえからだになっちまってさ。なんのなんのと思ってまだずいぶん飲もうとしてみたんだが、どうもいけねえ。腹の傷が、酒がまわるとたまらねえくらいズキズキしだして、どうにも飲めたもんじゃねえのさ、これが。さしもの俺も降参だったぜ」

「それでも飲んではみたってわけだ。無茶なことを」

「しょうがねえじゃねえか。これで酒のひとつさえ飲めねえんだったら、俺は破裂しちまうってくらい、鬱屈してたときだってあったんだから」

不平そうにイシュトヴァーンは云った。

「けど、とにかく、それももうどうやら俺はまだ当分、傷がすっかりよくなるまでは飲むにも飲めねえんだな、ってことがようくわかってさ。そうなるともう、こりゃ、俺の一番苦手なことのひとつだったはずだが、《考える》くらいしか、やることがねえんだ。本なんて読めねえし、話し相手らしいものもまともにゃいねえし。――ま、旅のあいだはそれでも、傷もいてえし、必死で逃げまくってなきゃいけねえし、それなりにドキドキもしたから、けっこう退屈しなかったけどな。退屈するひまもなかったんだ。だけどこっちに戻ってきてからは――」

また、イシュトヴァーンは不平そうに肩をすくめてみせた。

「お前は忙しい、忙しいってなんだかやたらめったら忙しがって、なかなか夜にでもならなくちゃよりつきもしねえしさ。マルコもなんだかこっちにきたらなんだかんだあるみたいだし。ウー・リーはあっちにおいてきちまったし、ほかの奴等は面白くはあってもみんなガキで、酒でも飲んで奴等の馬鹿話きくのは面白くても、しんみりと茶飲み話をするような相手じゃねえし」

「そりゃ、そうだろう」

「夜はまだいいんだけどな。昼間のあいだが、ヒマで、ヒマでさ」

イシュトヴァーンは本当に根っからうんざりした、というような声を出した。

「だから、ずーっと、俺は考えてたんだ。――これから、どうしてくれようか、とだな」

「………」

いささか、ぎくりとして、カメロンはイシュトヴァーンを見つめた。

イシュトヴァーンはそのカメロンを見返してニヤリとした。

「なんだよ。何を、びびった顔をしてんだ。俺が、これからどうしようか、といったら、そんなに心配なのか。さっき、云ったじゃねえか。やみくもにまわりを侵略したり、いくさをはじめたりしようなんて思っちゃいねえから、安心しろよ、ってさ。俺だって、もう、そこまで無茶じゃねえ。――まして、ケイロニアから例のお使いがやってきただろう。あれについちゃ、ずいぶんと俺もいろいろ感じるところもあったんだ。……俺も、ずいぶんと、大人になったんだぜ」

「……」

いささか疑わしげにイシュトヴァーンを眺めるカメロンに、イシュトヴァーンはやや獰猛に歯をむきだして笑ってみせた。

「信じてねえんだな。だけど、子供だって三年たちゃ三つになるっていうもんだ。だから、俺は、お前の希望にしたがって、ドリアンをモンゴール大公につけ、マルス伯爵に恩赦を与え――いろんなことをみんな、モンゴールに関する限りはお前がすすめるとおりに運んだじゃねえか」

「そうしたら、モンゴールの内乱は嘘のようにおさまっただろうが、イシュト」

思わず、カメロンは云った。

「まだ、ドリアン王子はモンゴールにはいってないが、そういうことになった、というふれを出しただけで、もうモンゴールの内乱はみごとにおさまったじゃないか」

「まあ、な。そりゃそのとおりだ」

イシュトヴァーンは認めた。

「ありゃあ、まことにてきめんだったな。特にマルス伯爵の恩赦がきいたみたいだった。あれは、お前のいうとおりだったぜ、カメロン。そうすりゃ、モンゴールはおさまるだろう——兵隊を連れて乗り込んで、力づくで鎮圧するよりはるかに早くおさまる、ってお前は云ったよな。まさにそのとおりだった。あれにゃ、なかなかかぶとを脱いだぜ」

「そう云ってもらえると……」

カメロンは首をふった。

「だが、とにかく、ドリアン王子がもうちょっとだけでも大きくなってからでなくては、それこそただの、文字どおりの傀儡の大公になってしまうからな。そうなると、マルス伯爵が事実上のモンゴールの支配者ということになる。——もうちょっと、ゴーラ側の体制が確立されてこないと、そうなったらおそらく、逆の効果がおきてきて、だったらマルス伯爵のもとでモンゴールが独立して、もとのモンゴール大公国を取り戻したい、という動きは必ず出てきてしまうだろう。——マルス伯爵とて、牢獄から出された当初こそ多少は恩義に感じるかもしれないが、もともとがやはり、不当な監禁だと感じていたんだろうからな」

「なんだかもう、そろそろ、面倒くさくなってきて、モンゴールはマルスにやってもいい、っていう気もしてきたよ」

イシュトヴァーンは云った。

「というか、ドリアンに、だな。でもまあ、ドリアンが自分でモンゴール大公として統治出来るようになるにゃ、まだ最低十六年はかかるだろうからな」

「いや、まあ、あと二十年、だろう」

「そんなに長いこと、ゴーラが無事にあるかどうかだってわかりゃしねえんだから」

「おい、イシュト」

「いや、冗談じゃなくさ。だから、俺は、ずっといろいろ考えてたんだ」

「だから、何を」

「なあ、カメロン」

「………」

「そんな、不安そうな顔をするなって。——なあ、パロに、使者を出すわけにはゆかねえのかな」

「使者?」

「ああ」

「何の使者だ」

「何のって」

イシュトヴァーンはちょっとずるそうな笑顔をみせた。いくぶん、はにかんでいるようでさえある。

「リンダ女王に求婚する使者だよ。ゴーラ王イシュトヴァーンが、パロのリンダ女王に結婚を申し込む使者さ」

カメロンはあまりにも予想外のことばをきいたので、仰天して椅子からころがりおちそうになった。

「なんだって」

「イシュト、お前、それはいったい何を」

「だってそうだろう。俺は女房をなくしてひとり身のゴーラ王で、リンダは亭主に死なれてひとり身のパロの女王だぜ。そしてどちらも年齢もちょうどよく、以前には恋仲だったこともある間柄だ。その話が、両方が、やもめと未亡人になったから再燃したって、ちっとも不思議はねえじゃねえか」

「そ、そりゃまあそうかもしれないが、しかしそんなばかな」

「なんで、そんな、ばかな、なんだよ。いや、もちろん、俺はこないだパロで一回リンダに断られたしな、それにゴーラそのものが、中原諸国から、まともな国じゃねえように扱われてたのも事実だ。だが、今回のこのケイロニアからの使者で、少なくともケイロニアはゴーラのことを、対等につきあってもいい、まともな国だ、と認めようとしてる、っていう意味なんだろう、これは。——だったら、そのケイロニアがうしろだてになってるパロだって、同じように考えてるってことだとみなしていいんだろう。だからさ」

「しかし、イシュト、それは」

「むろん、まだ御亭主が亡くなってからいくらもたたないんだし、それにパロの女王たるものが、別の国の王と結婚したら、パロが存続できない、ということで、断られてしまう可能性のほうがずっとでかいさ。だが、だめもとで――こないだ俺がリンダに声をかけたのは、いってみればまったくの、個人的な過去のつながりだけからのことだった。だが今度はそうじゃなく、国家対国家として、対等の立場でちゃんと正式に使者をたてて申し込むんだ。もし万一、断られたとしても、少なくとも、それをきっかけにして、パロにもゴーラ王国というものを、正当に――中原のまともな国家のひとつとして、対等につきあう相手として認めさせることは出来るんじゃないかと思うんだな」

「……………」

カメロンは考えこんだ。

そのカメロンを、ちょっと面白そうにイシュトヴァーンは眺めた。

「まあ、俺も、なまじ以前のひっかかりがあるから、なおのこと、リンダが承知するたあ思っちゃいねえさ。それに、どういうわけか、あの女は、俺があいつの亭主の死に責任がある、と誤解してるフシがあるからな。だが、そんなのは――」

一瞬、ちょっとイシュトヴァーンは口ごもった。

「俺のせいでもなんでもありゃしねえ。どちらにせよ、あの人は病人で、もう余命はそんなに残ってなかったんだ。たまたま、俺が引き回したみたいな格好になっちまったから、ちょっとそれを早めちまったかもしれねえが、もう、それほど遠からぬうちに、どっちにせよもう、そういうことにはなったはずだと誰もが知ってたはずだ。――俺はあの人を大切に扱ったし、まったく乱暴になんかしやしなかった。それに俺は――そんなふうに、ちょっと引っ張り回したらそれで死んじまうほどあの人が弱ってたなんて、夢にも知らなかったんだ」

「………」

カメロンは複雑な表情でイシュトヴァーンを見やった。

だが、カメロン本人は、アルド・ナリスの死亡した状況について、それほど詳しく知っているというわけでもなかったので、それについては、イシュトヴァーンの云っていることばが正しいとも、正しくないとも、なんとも判断することは出来なかった。

「だが、そこはそれ、以前はお互いに憎からず思ってた同士のことなんだ。きっと、もうちょっと時間をかけて話し合えばわかりあえる。――いますぐには、そりゃまあパロの将来のこととかなんだかんだあって、なかなかそういう気持になれなくとも、根気よく説得すればきっとリンダも昔の気持を取り戻してくれる。――なんたって、俺たちは、あんなに好きあっていたんだからな！――そうともさ、俺たちは、初恋の恋人どうしだったんだ」

「しかし、それは昔のことで――」

カメロンは口ごもりながら云った。

「いまとなってはお互いにずいぶん立場だって違うわけだし……それに、そういうことを突然……その、思いつく、というのは……いささか、俺には、そのう、奇妙に思われるんだが、それは、つまり——お前が、いまになってまた、リンダ女王に対する愛情に目覚めた、という……ことだと思ったらいいのか？」

「バカだなあ！　カメロン」

イシュトヴァーンはいくぶん妖しい、だが妙に上調子な明るい笑顔になるなり、カメロンの背中をかなり強く叩いた。

「お前には、俺がどうしてこういうことを云いだしたか、わからねえのか」

「って——イシュト……」

「いま、パロはもう、それこそ国としてはどうにもならねえようなどんづまりにまで追いつめられているんじゃねえか。経済状態も、ゴーラなんてもんじゃねえ、ゴーラが実に裕福な国にみえるくらいひどく追いつめられているし、軍隊も、宮廷も、とにかくどこからどこまで荒廃しきって、リンダ女王は必死にそれをなんとかとりとめて復興に向かおうとしてはいるが、国としての格好もつけられねえようなありさまになってるという。——だからこそ、ケイロニアがいろいろ軍事援助だの、物質面での援助だのをしてさ。それでかろうじて、なんとか国家としてもたせてるような、そんな明日のねえ状況なんだろう。そりゃ、ゴーラは、まだ中原列強からもまともに国家として認知されてねえような若い国家で、俺もいろいろと風評をたてられちゃいるさ。だがリンダは、本当の俺を知ってる。その上に、はっきりいって、何をどうそしられようと、いまのゴーラの軍事力は――カネのほうはいささかおぼつかねえにせよ、軍事力だけは、そりゃまあケイロニアには負けるだろうが、ほかのたいていの国にゃ、負けやしねえぜ。俺があれだけ鍛えたんだからな。それに、そもそもカネが苦しくなったのだって、結局は、俺が軍事のほうに注ぎ込んだせいなんだし」

「イシュト。お前、何を考えて――」

「いまの世の中、秩序だ、なんだっていって、切り取り強盗だの、侵略戦争だのを仕掛けたら、非難されて、まわりじゅうが結託して叩きつぶしにかかるんだろ。だから、俺は考えたんだ。じゃあ、だったら、そうやって、強引に切り取り強盗を仕掛けるんでなきゃあいいんだろう。ちゃんと紳士的に国盗りをするんだったら、それはどこからも非難されるいわれはねえんだろう――要するに、皮一枚、上に紳士の皮をかぶってさえいりゃ、したいことが出来るんだろう――」

「おい。イシュト、ちょっと待て。お前のいうことは、それは……つまり」

「パロを手に入れてやろうじゃねえかってのさ」

イシュトヴァーンは、ついに、すべての本性をあらわにしたかのように、妖しくにやりと笑った。

カメロンは、なんとなく、魅入られたような表情になりながら、そのイシュトヴァーンを茫然と見つめた。

「イシュト——」

「俺は、ずーっと考えてたんだ。酒も飲めねえで、つまらなくたれこめてるあいだじゅう、カネもねえし、ちょっと兵を動かしゃたちまちあちこちから文句をいわれたり、にらまれたり、叩かれたりする窮屈な御時世だし、そのなかで、どうやって、領土を拡大してってやったらいいのか、ってな。——カネがねえのだって、新しい領土を手にいれさえ出来りゃ、ちゃんと解決するさ、そうだろう？　もしパロがいまんとこはゴーラよりもずっととっちらかってて、カネがなくて、破産しかけてたって、それでもあそこはもともとは肥沃な土地だし、文化の中心でもあったんだ。俺が手を貸してやって、情勢を安定させてやりさえすりゃあ、たぶん、一年一年どんどん状態はよくなるぜ。モンゴールだって、ドリアンが大きくなっていって、ちゃんとモンゴール大公としてつとめられるようになるころには、充分に落ち着きを取り戻してるだろうし、俺がやみくもに戦争をおっぱじめて兵隊を動かしたり、大量にカネを使うような軽率なことさえしなけりゃあ、ゴーラだって、来年は今年より楽になり、再来年は来年よりもたぶん楽になるはずだろ？　そうすりゃ——パロがゴーラに併合され、モンゴールはもとより内乱も平定されてゴーラの植民地としての落ち着きを取り戻し——そうなりゃ、ゴーラ連合王国は、中原で文字どおり、一番でかい国になれる——そうなりゃ、いずれは、グイン率いるケイロニアとだって、正面きって激突するだけの武力と、国力と、財力をそなえた、本当の大国にだってなれるってもんだ。そうじゃねえか！」

## 4

「なんだって……」

　しばらく、カメロンは、うまく口がきけなかった。

　仰天した、というよりも、むしろ、打ちのめされてしまったのである。なんと答えてよいかわからなくなってしまったように、いくぶん茫然としながら、イシュトヴァーンをただ見つめているカメロンを、イシュトヴァーンはじれったそうに黒い光る目で見つめ返した。

「なに、そんなにびっくりしてんだよ。――俺のいったことが、そんなに意外だったのか？　俺は、真剣に、考えて考え抜いて、ゴーラのためにどうするのが一番いいかを考えたんじゃねえか。ゴーラ王国というものが、この先、発展し、繁栄し、そしてずっと幾久しく安泰にこの中原でやってゆけるために、どうなるのが一番いいのか、ってさ。見ろよ、俺、ちゃんといいゴーラ国王になろうとしてるじゃねえか――そうは思わねえか？」

「それは――しかし……」

気の毒なカメロンは、まだ、何といっていいか、よくわからぬていだった。

「しかし、イシュト――」

「なんだよ。何がそんなに問題なんだ？　俺がパロに、リンダ女王との結婚を申し込むってのが、そんなにとてつもねえ、非常識なことだってのか？　そりゃパロは中原で一番古い王国かもしれねえが、それをいったらゴーラだって、俺の作ったイシュトヴァーン・ゴーラこそうら若い、まだ出来て二、三歳の赤ん坊な国家かもしれねえが、本来のゴーラてのは、ユラニアより、クムより古い、中原最初の帝国だったんだぜ。そのあとをついだと考えれば、ゴーラだってちゃんとれっきとした由緒正しい歴史ある中原の王国だ。そしてまた、ようやくケイロニアがゴーラを認めてくれたからには、いっそう中原のなかでおのれの地位を確立するために、パロとの神聖な婚姻のきずなを結びたい、とゴーラ王たる俺が思ったところで、何の不思議がある？　しかも、くどいようだがリンダってのはもともと俺の彼女で、俺は、彼女を王妃に迎えたいがためにこそ、王になったんだ、というのにさ！」

「それは――それはそうかもしれないが、しかしそれは昔のことで……いまのリンダ女王にとっては、もうお前とよりを戻すってことは……」

「なんだ、お前が心配してるのは、リンダの気持か」

イシュトヴァーンはばかにしたように云った。

「それなら、心配いらねえよ、カメロン。俺はあの女のこたあ、よく知ってるんだ。ちょっとばかり、確かに突っ張っちゃあいるが、内心はそりゃ、女らしい、可愛らしいとこのある娘なんだぜ。だから、もしいま俺の申し出を断るとしても、それはひたすら、照れだのはにかみだの、それからまた、俺が王になって迎えにくるといいながら、そのための手段とはいえアムネリスと結婚しちまったことか——また、おのれが俺を待っていられずにナリスと結婚しちまった申し訳なさとか……すねたり、ためらったり、そういう駆け引きだけに決まってるのさ。そんな、女特有の駆け引きなんてものには、まどわされるこのイシュトヴァーン様じゃねえ。この俺が直接パロに出向いていって、押しに押して、口説きに口説いて、みごとにリンダに承知させてみせるさ。リンダだって、女の身ひとつ、ましてあの若い娘の細腕ひとつでパロの聖女王なんていう、重たい責任を引き受けてるのは本当はしんどくて辛いに決まっているんだ。それにこういっちゃ何だが、そのリンダの実際の差配がまずいから、というか女王としてはやっぱり不向きだからこそ、どんなに彼女が一生懸命にやっちゃいても、なかなかパロはもとの繁栄を取り戻すことが出来ねえんだろう。——やっぱり、国家をおさめ、守り、安定させるってのは、男の仕事さ。そりゃ中にはすげえ女丈夫ってのもいて、男まさりの支配者になったりするかもしれねえが、リンダっ娘《こ》ってのは、そんなタイプじゃねえんだ。見かけは一見お転婆でも、気が強くても、なかみは女らしくて、可愛らしい、そういう娘なんだ。俺はよく知ってるんだ。つきあってたんだからな」

「しかし、いま現在、確かクムのタリク大公も、そのうちリンダ女王に結婚を申し込むのじゃないかという噂もあり、それに……」

「だからさ！　だから、とっとと早くことを運んじまわねえと、それこそタリクみたいな馬鹿野郎にかっさらわれてたまるものかってことじゃねえか」

イシュトヴァーンは気負いこんで云った。

「俺はタリクのやつの命を助けたことだってあるが、あんな奴、軟弱なだけの、屁みてえな野郎だぜ。リンダはあんな奴、何の興味もねえさ。第一クムはもう安定した政権がずっと続いてる。いっときは親父が死んで、兄弟どうしで血で血を洗う争いになって大騒ぎだったが――それにまんまとひとを巻き添えくわせてくれたもんだが、いまは生き延びたタリクひとりでとにかくうまくいってんだろう。いまさら、パロを併合しようなんて野望をもつ理由はねえじゃねえか。もともと、古い国で、領土だって広く、金だってあって、何もかもうまくいってんだろうからさ」

「それは……そうかもしれないが、しかし……」

「何を、おたおたしてんだ、カメロン」

おかしそうに、イシュトヴァーンは、カメロンを見た。

「まるで、俺がなんかすげえとてつもねえ侵略の陰謀を打ち明けたみたいな面をしてやがるが、俺のいってるのは何ひとつ、間違ったことのねえ、きわめて合――合法的なことばかりだぜ。俺はひとり身で、リンダもひとり身だ。しかも昔、婚約だってかわした間柄だ。俺は約束どおり王になった。そのあいだにどちらもよんどころない成り行きで結婚しちまったが、それももう終わってる。だからこそ、いまこそ、俺たちは一緒になるべきなんだ。それが、サリアの女神も、ヤーンも喜ぶ正しい結果だ、っていうことなんだ。そうじゃねえのか」

「それは……だが……」

「いったい、あんたが、何をそんなに困ったり焦ったりしてんだか、さっぱりわからねえな」

イシュトヴァーンは肩をすくめた。

「俺は、侵略の軍勢なんか率いねえで、ごく少数の、まあ千か二千くらいの精鋭だけをめかしこませて引き連れて、俺もたっぷりめかしこんでパロへ御訪問するつもりだぜ。最初は公式訪問、ケイロニアにゴーラを認めていただいたので、君主として、挨拶まわりの諸国への顔見世の第一番に、ってことにしといてもいい。はなっから、そういう申し込みをして乗り込むと、相手も警戒するだろうからな。――だが、ともかくそうやって少人数で威風堂々と公式訪問する分には、二万三万の軍勢で遠征するよりゃずいぶんと経費もかからねえだろう。それに……」

「……」

「とにかく、会って、二人で何回か話してさえいりゃあ――そういう機会さえ作れりゃあ、俺は確実に、あの娘の気持ちを、遠い昔に引き戻す自信はあるよ。なんのかのといったって、あの娘は俺が好きだったんだ。俺もあの娘が好きだった――ナリスさまのことは、そりゃ、ずっと幼いころから親の、というより王家の伝統で決められた結婚相手みたいなものだったんだから、しょうがねえわな。だがあのときにもし俺がすでにゴーラ王だったら、あの人の手に渡しちゃいねえ。――なあに、確実に、あの娘は、以前のことを思い出すさ。そうして、俺のもとに落ちてくる。もしどうあっても落ちなけりゃ、それはそのときのことさ。多少の実力行使はまあ、しょうがねえかもしれねえが――そう、うなっちまえば、そりゃもう、うぶなむすめほど、最初は怒ったり相手をうらんだりしても、本心じゃあ、決して肌をかさねた相手を憎くは思わねえもんだ。俺はわかってんだ、女のことは、何もかも」

「おい、イシュト」

さすがに、カメロンは顔色をかえた。

「もしお前が、そういうつもりでパロにゆくんだとしたら、ひとつ間違えば――もしも、リンダ聖女王にそのような無礼をはたらこうなんどとしたら、あちらにだって魔道師宰相ヴァレリウスだの、女王の身辺を守る聖騎士侯だの、騎士たちだのもいるんだ。場合によっちゃ、お前はその場で殺されてしまいかねないところだぞ。それがわかって云ってるのか」

「ばか、そんな、ドジはふまねえよ」

イシュトヴァーンはいささか傲慢な笑いを浮かべた。

「まずはちゃんとリンダ当人を《落とす》のさ。それから、じんわりと料理にかかる——まかせとけ。リンダ本人さえ、ちゃんとまた恋に落ちてれば、そんな魔道師宰相だの、聖騎士侯だのをそもそも自分の私室のそばに近づけるもんか。恋を語るのはいくら女王だって私室のなかに決まってるからな。それに、力づくで手ごめにするわけじゃなく、相手が恋におちて、相手から身をまかせてくるなら、ちっともかまわねえわけじゃねえか。そうだろう」

「そりゃ——そうだが、しかし、無茶苦茶だ。それは、無茶苦茶だぞ、イシュト」

「なんでだよ」

心外そうにイシュトヴァーンは頬をふくらせた。

「お前が俺がまた、侵略戦争をはじめたがってんじゃねえか、って心配してるから、まったく侵略でも戦争でもねえ、領土の拡大のしかたを考えてやってんだぜ。——といってはなっからパロを併合しようなんていう本心をちらつかせてかかったら、そりゃ相手だって警戒するだろう。だが結婚してしまえば――それで、パロ女王はゴーラ王の奥方だ、ということになりゃ、それでいいじゃねえか。妻の持ち物は夫のもの、いずれはパロはゴーラのものになる、というわけだ。モンゴールと同じようにな」

「……………」

カメロンは、一瞬、なんともいいようのない微妙な表情をみせて、黙り込んでいた。

そのカメロンを、イシュトヴァーンは、なんとなく挑むような、不敵なようでいて、それでいて妙にようすをうかがうような目つきで見た。

「それも気に入らねえのか。俺が、ゴーラのためにといろいろ考え、ああでもねえこうでもねえと考えることは、結句、みんなお前の気には入らねえのか。――だったら、お前が思ってることは、いまのこのゴーラの狭っくるしい領土を後生大事と守って、そこでの限られた収穫から税金をしぼりとり、限られた人的資源、物的資源を倹約しながらしょぼしょぼとやりくりして、そうやってつつましくこの国を運営してゆければいい、っていうことだけなのか。――モンゴールだって、もし俺がちゃんと――なんていうんだろう、俺がちゃんとその実りを摘み取ってやれなかったら、何のために存在してるのか、わからねえことになるんだぜ。モンゴールのやつらなんてのはマルス伯以下、みんな、ただただ自分のこれまでやってきたとおりのしょぼい暮らしさえ、続けてゆければそれでいいという、何の野心も根性も向上心もない連中だ。あんな辺境で、あんな貧しい土地で、すっかり満足し——それもともとは若くて野心あるヴラド大公が、いろんな犠牲を払ってあそこまで切り開いた国だったはずなのに、もうそんなことは、このわずかの時間ですっかり忘れ、ずっと何百年このかた、ああしてあの貧しい暮らしを守ってきたんだ、と信じ込んでいやがる。——何をいってんだか、本当の五十年前には、モンゴールなんてまだまだ国家としてまともに成立もしてなくて、いまのゴーラと同じように、クムやユラニアにバカにされながら、せっせと開拓を続けてたんだぜ。ルードの密林だの、北方の辺境だのをさ。だが、ヴラド大公は、必ずその心のなかで（今に見ろ）と思ってたに違いねえんだ」

「……」

「俺はヴラド大公の気持がよくわかる。大公はとにかく、強く、でかく、なりたかったんだ。そうして、クムにもユラニアにも、バカにされねえ国に、モンゴールを成長させてやりたかったに違いねえ。だからこそ、弱っちくて、まともな武力も持ってねえくせに、文化だの伝統だのって偉そうにしてるパロにかぶりついてその肉をくらってでかくなってやる、と考えたんだ。——それは確かに無謀だったかもしれねえが、いっときは成功しかかったんだし——少なくともそのおかげで中原には新しい風が吹いた。だがもっとも、俺はヴラド大公になる気はないよ。俺はあんなにドジじゃねえ。あんなに目立つ奇襲をかまして、中原じゅうを敵にまわすほど、バカじゃねえからな。——だが、もしあそこでヴラドがくたばっちまってなかったら、おそらく、もうちょっとは、パロは占領され、モンゴールはうるおい——ものごとはモンゴールに有利なように変わっていっただろうな。ヴラドがまだ少し生きてりゃ、たぶん、もっと抜け目なくパロをおのがものにしておいただろうよ。——そうだ、それに、ヴラドもパロを占領するやいなや、アムネリス公女とナリス公を無理矢理結婚させて、パロの正式の王権を手に入れようとした。誰だってやることさ——誰だって考えつくことさ。だが、誰もが出来ることじゃねえ。アムネリスはナリスさまに出し抜かれたが、俺はリンダに俺を出し抜かせたりしねえ。それどころか、俺は今度こそしっかりとリンダをつかまえてやるんだ。俺は——俺はそのために王になったんだからな！」

「それじゃ——それじゃイシュト」

カメロンの声は、いくぶん頼りなげにふるえていた。

「それじゃあ、イシュト、お前は……リンダ女王を妻に迎えたい、それだけのためにパロに食い込もうというのか。それとも、反対に——パロが欲しいから、リンダ女王をめとりたい、というのか。どっちが本当なんだ」

「どっちも本当さ。だけど、リンダがもし、パロの女王でなかったなら、たとえば誰か男がパロの国王に立っていて、リンダがただのナリス陛下の未亡人としてひっそりと暮らしてるんだったら、そりゃまあ、結婚を申し込みにいったところでしょうがねえ、とは思っただろうな。俺は——俺はゴーラをでっかくしたいんだ。とにかく、とにかく、でかくしたいんだ」

「でかく——って、そんなふうにやみくもに領土をひろげて、ゴーラを大きな国にして——どうしようというんだ。もしもゴーラの内実が、それに見合うだけのしっかりした屋台骨がなかったら、でかくすればするほど足元は危うくなるだろう。ただひたすら、領土をふやし、でかくしたい、というのがお前の、ゴーラ王国に対する思いなのか」

「足元なんか危うくするもんか。俺がでっかく、というのは、強く、ってのもともなってる。俺は、ゴーラを、この世で一番でかく、強く、大きな、そして一番繁栄してる、輝いてる国にしたいんだ！」

イシュトヴァーンは、なんとなく、酒に酔い痴れてでもいるかのような、あやしい輝きに目をほとんどうるませながら叫んだ。頬が紅潮し、このところめったに見られなかったような、ほとんど恍惚としたような興奮の表情が、イシュトヴァーンのおもてに浮かんでいた。カメロンはいささか戦慄しながらそれを見つめた。

「そう、そして、ゴーラの民が、ゴーラの国民である、ということを、最大の祝福だと思い——地上のどの国の国民であるよりも、ゴーラの国民でよかった、と思えるような、さ！　ゆたかで、清潔で、平和で、安全で、何もかも俺の手中できっちりと制御されていて——俺の目からみても、この国の国民ほど幸せな連中なんか、他のどの国にだっていねえだろう、と思えるような国さ。心から喜んで、ゴーラ王国万歳、と唱えられるような——誰も不幸にならねえような、そこにいればなんだって手に入り、どんな夢だってかなう、と皆が思って、よそからどんどん俺を慕ってやってくるような国。——そいつが、俺の理想なんだと思うよ。道路は整備され、悪党どもはみんな退治され、食べ物も着るものもなんでも店に積み上げられてあふれていて、子供たちは笑いながら清潔な服装でかけまわり、水もきれいで夜になってもあかりが消えることのないような国……それが、世界一でかい王国だ、ということになったとき、世界中の人々は、それが文字通り奇蹟の王国だと思うだろう。これまでに、この中原の歴史に存在したためしのねえような、生き生きした国——繁栄と平和と強さと夢をひとつにしたような国。素晴しいだろう？　それが俺の作った国なんだ。俺はイシュタールを作ってみて、ああ、俺がしたかったのはそういうことかとはじめて思ったんだよ。俺は……」

イシュトヴァーンはふしぎな、ひどく瞑想的な、夢見るような表情を浮かべていた。

「俺は、イシュタールが大好きだ。——これまでに俺のしてきたことは、どれもこれもろくでもねえことばかりで——俺は、壊すばっかりで、何にも作ってこなかったんだ、っていう気がしている。どこにいっても、俺のやることなすことは騒ぎをひきおこしてさ——俺はずっと《災いを呼ぶ男》と呼ばれてきて、俺のせいで城が焼け落ちたり、国がつぶれたり、戦さは負けたり——それだってすげえ話だろう。それこそまさに、俺が特別な、本当に特別な人間だ、ということのあかしだと思うだろう。思わねえか？　それほど特別なら、だが、そんな、悪の側、黒い側、負の側だけじゃなく、正義の側、白い側、正しい側にだって、特別な存在になれるはずだよ。その証拠がイシュタールだ。まだ出来て間もねえが、この都はほんとにどこからどこまで美しい。輝くように白くて、輝くように清潔だ。いつもいつも、大勢の掃除人夫によって、毎日朝に晩に掃除されてるから、とても綺麗で、水だって、下水の水だって飲めるくらいに清潔だ。どこもかしこもきれいにされていて、どこにも俺の生まれ育ったあの汚らしいチチアみたいな不潔なところはねえ。——まあ待てよ、カメロン、お前のいいたいことは知ってるよ。最近、イシュタールの外側に、汚らしい貧民どもが居着いた話はとっくに知ってるし、視察にもゆこうと思ってるんだ。だが、そんなもの、いつでも、俺が指一本こうして鳴らせばただちに焼き払って、どぶに捨ててしまえる。また、そうすべきなんだ。ああいうやつらこそが、だんだんだんだん、真っ白な綺麗なイシュタールの内側にまで、かびみたいに入り込んできて、繁殖して、どんな真っ白で綺麗なところをでも汚らしくしちまうんだからな。——だが、イシュタールはまだ綺麗だ。このさきも、ずっと綺麗でいなくちゃいけねえ、と俺は望んでる。イシュタールを作ってみて、俺はほんとに嬉しかった。他のどんなものより、俺はイシュタールが大事になった。ゴーラなんて、まだ出来上がったばかりの国で、それがどこまで俺の国だ、という実感だって持てやしねえくらいだが、イシュタールは違う。これは、俺がいなけりゃ、生まれなかったんだ。イシュタールは、俺が設計し、俺が考え、俺が作り、俺が存在させた。俺がいなけりゃ、ここはまだ、汚らしい古いバルヴィナのまんまだ。そう思うと、俺は胸のなかに、限りない満足と誇りがふくれあがってくるのを感じるよ。これは俺のものなんだ——どこからどこまで、俺が存在しろ、と命じて存在させた、俺の作品、俺の——そう、俺の子どもなんだ。あんな、ドリアンなんていう餓鬼よりはるかに、俺が手がけて生み出した、俺の子供そのものなんだ！　だから、俺はイシュタールが可愛い。イシュタールのためならなんでもしてやりたい。イシュタールを汚したり、おとしめるやつはただじゃおかねえ。——いや、それ以上に……」

イシュトヴァーンの目が、あやしく、酔ったようにくるめいた。

「俺は——俺は、世界中をイシュタールにしてやりたいんだ！」

「イシュト——！」

「そんな、びっくりしたような声を出すこたあねえ。——王になって、何をしてえのか、といっただろう。俺は、世界中を、イシュタールと同じような、俺の作品にしたいんだ。どこからどこまで、俺の心にかなった——最低限、俺が見てイヤだと思わねえような、俺にとって満足のゆく、俺の子供とは云わねえまでも、俺の手がちゃんとかかってる、俺のものだと感じられる、俺の名前がちゃんと書いてある場所——この世界じゅうが、

『イシュトヴァーン』の名前で埋め尽くされたら——そのときこそ、世界は、俺の名前を知るだろう——とことん、知らざるを得ないだろう。そうして、《ゴーラ王イシュトヴァーン》の名前は、もう決して、どんな片隅に暮らすどんなちっぽけな貧民でさえ、知らぬものはないだろう。だがまた、どんな強国の王でさえ、その名を無視することは出来ねえだろう。すべてのものが、その名をきくとうたれたようにひれふし、おののく——《ゴーラ王イシュトヴァーン》の名が、そういう意味をもつようになったとき、ユラニアだけじゃなく、モンゴールも、パロも——いずれはクムも……《イシュトヴァーン》の名を冠されたものになる。そうして……」

奇妙な、正気の彼方にさまよい出た人のような目つきで、イシュトヴァーンは宙をにらみすえた。

「いつか——いつか、俺は、必ず……ケイロニアを屈服させてやる。——今日、傲慢にもおごりたかぶって……その長い歴史と圧倒的な武力で、まるでとてつもない恩恵を下してくれるかのように、『ゴーラを認めてやるぞ』と使者を寄越した、そのケイロニアが、逆に、『ゴーラ王イシュトヴァーン陛下のお慈悲をたまわりたい』とひれふして使者を送ってくるように——俺を何回となく傷つけ、捨て、俺にこんな深傷をおわせ、屈辱を与えたケイロニア王グイン、そのグインの口から、じかに——俺は、云わせてやる。『ゴーラ王イシュトヴァーン陛下、情け深き陛下の慈悲により、ケイロニアの存続をお許し願いたい』とな！——そのとき、俺は云ってやる。ああ、いいとも——ただし、ケイロニアはあくまでもゴーラの属国となることを前提としてだ。ゴーラ領ケイロニア——その名を受け入れるならば、お前をまだ、ケイロニア王のままにしておいてやる、この豹頭の化け物め……とだ！」

「………」

カメロンは、茫然としたまま、声も出なかった。

いったい、イシュトヴァーンの心のなかで、ずっとおとなしく引きこもっていたあいだにどのような狂気が進行していたのか、と疑うばかりに、まじまじとイシュトヴァーンを見つめ、しだいにその目のなかには、かすかな絶望と、そして悲哀の色が浮かび上がってくる。だが、イシュトヴァーンは、そのカメロンを、恐しく強い光を浮かべた目で、まるで叩きつぶそうとするかのようににらみかえした。

「なんて目で見てるんだ、カメロン」

彼は強い調子で云った。

「俺は、頭が変になったわけでもなけりゃ、気が狂ったわけでもねえぜ。なにかにとっつかれたわけでもねえ。ただ、お前だからというんで、俺は本当の——日頃は決してそのへんのつまらねえやつらになんかのぞかせねえ、俺の本当の気持を教えてやっただけじゃねえか。むろん、いますぐ、世界一の強国ケイロニアに突っかかってゆくほど俺だってむこうみずでも、バカでもねえさ。その前に、まずはパロだ。そしてモンゴールだ。

――それを食って、じわじわと地力をあげて、それからクム――そうして、気が付いたら、ケイロニアは、おのれ以外の全部の国が、ゴーラのものとなりかわり、おのれが中原で孤立している最後の独立国であることに気付くだろうさ。それまで、十年かかろうと、二十年かかろうと――俺はしぶとくゴーラ王国を拡大しつづける。この中原全部をイシュタールにするためにな。そいつが、この俺の――ゴーラ王イシュトヴァーンの、王になった究極の理由なんだ！」

# 第四話　狂瀾の予兆

# 1

「イシュト――」

カメロンは、すっかり打ちひしがれてしまったような――それでいながら、奇妙に魅惑され、眩惑されてしまったような、茫然とした表情でイシュトヴァーンを見つめたまま、やっとつぶやいた。

「お前は――そんなことを考えてたのか。……お前は、まだ、何ひとつあきらめたわけじゃなかったのか……」

「諦めるわけがねえだろう」

イシュトヴァーンはむしろばかにしたように軒昂と答えた。その黒い目が、妖しい満足感と昂揚感にきらめいた。

「このイシュトヴァーンさまに、諦める、なんていう言葉があるわきゃねえんだ。それじゃ何か、カメロン。お前は、俺がゴーラに——イシュタールに戻ってきて、すっかりしばらく酒も飲まねえし、大人しくしてるから、俺がすっかり飼い慣らされちまっただろうと、たかをくくってたのか。俺が中原の列強諸国とやらのしきたりにしたがい、ケイロニアから条約を結ぶ使者がきたのを大喜びして列強に尻尾をふり、中原のなかの一番新参者の座をあけてもらって、狂喜してそれにとびついて満足する、そんななさけねえ野郎だとでも思ってたのか。——そんな、トートの矢もついてねえような奴がおこがましくもゴーラ国王を平然と名乗ってるだろうと、お前は本気で思ってたのか。ええ、カメロン？」

「それは——そ、それは……」

「お前は、少なくともお前だけは、もうちょっとは俺ってものを——ゴーラのイシュトヴァーンてものを、理解してるだろうと俺は思ってたんだが、それは間違いだったようだな。……買いかぶりだったか。俺は変わらねえ——いや、表面は変わってくかもしれねえが、それどころか、どんどんどんどん変わるかもしれねえが、本当の、根っこの俺は決して変わらねえ。そこんとこが変わっちまったら俺はもう暴れん坊のイシュトでもねえ、《紅の傭兵》でもねえ。——俺がもし飼い慣らされちまったら、それはもう俺じゃあねえんだ。そうして俺は、いつまでたっても、永久にチチアの王子、誰のいうこともきかねえ、ご意見無用の暴れん坊の、ヴァラキアのイシュトヴァーンなんだ！」

「……」

まことに勇ましく言い放たれたこのことばは、カメロンの胸を奇妙に突き刺したようだった。

カメロンは、しばらく、黙り込んで、イシュトヴァーンを見つめていた。その、このしばらくでいくぶん老いのきざしが目立つようになってきたひきしまった顔の奥に、どのような感慨が去就していたものかは、カメロンでなければ、知るものとてもなかったのだが。

「だが、そうだからといって、いつまでもただのバカでいるわけにもいかねえ。そうだろ」

その、カメロンの複雑すぎる胸中を知るすべも――あるいはかまう気もなく、イシュトヴァーンはある意味虹のように勝手すぎる気炎を噴き上げていた。

「そりゃ、俺だってオトナになるんだ。経験から学びもするし、いろいろ小知恵だってつく。――いまの中原で、何のうしろだてもなく王の血統をひいてもいねえこの俺が、王座につき、古い古いゴーラ帝国の新しい王を名乗るってのがどういうことなのか、それに対してまわりの国々がどのように反応し、どうやってつぶしにかかるか、そのくらい、もうとっくにわかってるさ。だからこそ――だからこそ、このまんまだったら、いつまでたってもゴーラは決して中原で認められたり、のしあがったりは出来っこねえんだ、ってことが、ようくわかってきたんだ。そうだろう」

「それは……まあ——そうかもしれんな……」

「決まってるさ。奴らはとにかく、はなっからゴーラを認めるつもりなんざあこれっぽっちもねえ。だが、だからっててめえらの軍隊をわざわざ出して、叩きつぶすほどの手間をかける必要もねえと思ってやがったんだろう。おそらくは、放っときゃ、そのうち、俺がバカをやらかして、勝手につぶれるだろうと——モンゴールの反乱でどじを打って、モンゴールの反対勢力にぶっつぶされるだろう、と踏んでやがったんだろうな。俺には、きゃつらの考えなんざ、手にとるようにわかるんだ。……そして、そのおもわくどおりにだけは決してなってやるもんか——俺のすべての意地にかけてもな、とそうずっと思ってきたんだ」

「しかし——それは……」

「だが、なんとかゴーラがもしこのあと十年生き残れたとしたら、そのときにゃ、このままにはしておかねえぞ——必ず、きゃつらに、ゴーラとイシュトヴァーンを軽んじたことを後悔させてやる、そう思ってたさ。だがな」

イシュトヴァーンは、まるでカメロンがその、ゴーラを軽んじようとする中原列強の代表者ででもあるかのように、するどい目でにらんだ。

「きゃつらはもっとずる賢いんだ。長年、そうやって生きながらえてきた国家なんてものはな――きゃつらは、ずっと、素知らぬ顔をしてこっちを無視しながら、その実、ゴーラがこの先どのくらいでつぶれるか、それとも案外長持ちしそうか、生き残れそうか、ってことを、看視してやがったんだな。だから、今回、ケイロニアが使者を寄越しやがったんだ。結局ケイロニアが一番するどく見てたってことさ。――だが、それだって、まだまだ、ゴーラがちゃんと生き延びて中原の新しい大国になるだろうなんてことはおそらく、ケイロニアの宰相だろうが、重臣どもだろうが、信じちゃいねえ。まだまだ、よちよち歩きをしはじめたばかりのゴーラの足元はおぼつかねえと思ってるんだろうさ。だが、ケイロニアはおそらく、クムだの、草原諸国だの、沿海州の国々なんかよりも、ずっと用心深いんだ。また、だからこそ、ケイロニアはこの中原いちばんの強大国として、これまでやってこれたのに違いない。またもちろん、ケイロニアにはグインがいるからな。グインは俺についちゃ、誰よりもよく知ってるはずだ。そのグインが情報を流すんだから、ケイロニアはどこよりも俺について関心が高いにちがいない。このさき、ゴーラ王イシュトヴァーンが、それが率いるゴーラがどういう存在になってゆくか――どのくらい中原でノシてゆく国になれそうか、それについて、一番正確なところを知りたがってるんだ。……だから、こうして使者をよこしたんだ。他の国家にさきがけてな」

「イシュト――」

「今回の使者はケイロニア宰相ハゾスの名における、通商・和平条約の可能性の打診だけだが、そのさいごに、もしも条約が締結できる可能性があれば、一度ケイロニアより正式の使者をイシュタールにさしむけたい、というくだりがあったのを覚えてるだろう。つまりは、ああやって、ケイロニアは、正式にこちらに外交官を送り込んでくると同時に、こちらの内実を存分にさぐりたいんだろうよ。それによって、また、どういう条約になるか、どのくらい不平等になるのか、平等条約になるのか、それをはかりたいんだろう。そうしてまた、まだどこの宮廷でもちゃんとは知らねえ、ゴーラ王イシュトヴァーンの本性や正体や考えていることを探りだしてやると、そんなふうに考えていやがるんだろうよ。いや、もちろん、グインが俺を傷つけたことも、それ以前のずっと昔のいろんないきさつについても、さんざんケイロニアの重臣どもに吹いちゃあいるんだろうけどな。もっとも……」

イシュトヴァーンのまなざしがふっとかげった。

「この傷についちゃ——」

イシュトヴァーンは手をおのれの脇腹にあてた。

「俺はいまだになんとなく、得心のゆかねえ気持がしてることがいくつもあってな。それこそ、こちらこそ、ケイロニアに乗り込んでいって、その謎をすべてといてやりてえ、と思うくらいだ。——ひとつに、まずは、なんでケイロニア王グインがあんな、ノスフェラスぎりぎりの辺境、ケス河の河辺なんてとこに単身、突然姿をあらわしたのか、モンゴールの反乱軍の加勢をしたのか、それが知りてえ。あのあと、捕らえたモンゴールの反乱軍の首領や主立った連中をいくらきびしく訊問してみても、拷問してみても、きゃつらとケイロニアがつながってるという証拠はつかめなかった。それに、ケイロニアがモンゴールの内乱をひそかに支援してる、なんていう証拠もだ。もしそんなものがありゃあ、ただちにそれこそ、ケイロニアの外国の内政不干渉主義はどうなったんだとねじこんでやれるところだったはずだ。だがそんな動きはじっさい、どれだけ探させてもトーラスにも、むろん辺境地方にも見つけられなかった。だったら、なんで、あのとき、あんなところに、まるで俺があそこに偶然いっていることを知っているかのようにグインはあらわれてきたんだろう。——ケイロニア王グインがパロで失踪してから、その後どうしてたのかを知ってるものはいねえ。だがグインが国に戻りつくなり、ケイロニアは宰相の名においてだが、ゴーラに国交を求める使者を出してきた。グインがケイロニアに戻りついて何か報告したのか？　これはグインの計略なのか？　俺は死ぬほどそれについては考えたよ——とにかく、考える時間だけは沢山あったからな。だけど、何も、これだ、と決め手になるような考えは思い浮かばなかった——しかも、その前にグインは俺をあれだけ負傷させている。その負傷と、この国交を求める使者、そのつながりはどうなってるんだ？　こんなことは、お前にだって、とうてい正しい解答なんか探せまい、カメロン」

「それについては、俺も死ぬほど考えたよ。いろいろと報告を受けるたびに、死ぬほど混乱したし」

カメロンは、ようやく、おのれも確信をもって答えることが出来る話題になったことを喜ぶかのように、力をこめて答えた。

「だが、どうしても、やはりお前のいうとおり、得心のゆく解答は見いだせなかった。ことにパロを失踪したグイン王がなぜ単身でノスフェラスの、ケス河の岸辺に突然出現したか、ということについては、それこそ、パロの魔道師どもが何か魔道でも使ったのか、とでもしか考えるしかないのではないか、と思ったね。……それに、俺の知るかぎりでは、グイン王は、まだケイロニアの傭兵となるずっと前、お前とはじめて会ったころに、まさにパロの双生児の傭兵となってモンゴールのアムネリス公女とノスフェラスでおおいに戦ったときいている。それはお前の口からもきいて、ただの噂ではなかったこともわかっている。だったら、ますます、いま外国内政不干渉主義を貫くケイロニアの王となったグインが、よりにもよってかつて敵対したモンゴールの反乱軍の肩を持って、ゴーラ国王とたたかう、ということはありうべからざることに思われる」

「だろう。――それに、あいつ、あのときはなんだか様子がおかしかった。グインでありながら、なんとなく、本当のグインでないようにさえ見えたんだ。――そして、やつは、俺をいつでも殺せたのに、結局殺さなかった——まあ、それだけは、本当のやつらしかったのかもしれねえや。いつだって、あいつは、偉そうだからな」

イシュトヴァーンは脇腹に手をあてたまま苦笑した。傷をうけて以来、まだ完全には傷が治りきらないこともあって、何かというと、そのいたむ傷に手をあてることがあらたなイシュトヴァーンのクセになったようだ。

「まあ、いい。だがともかく、グインは俺を傷つけてゴーラ軍の手から逃れてから、その間どうしてたんだか知らねえが、パロにあらわれ、そしてパロから正式に帰国のだんどりをつけてサイロンに戻った。それと入れ替わりのように、ゴーラには国交開始を打診するケイロニア宰相からの使者がついた、っていうわけだ。——これをもってして、まあある程度、グイン自身が、ゴーラを認めてやる、という意志もないわけじゃない、とこちらに示したことだと受け取ってもいい。それは、あちらの使者を受け入れたときに、少しはこちらにもかぎとれるだろう。きゃつらの本当のおもわくはな。——あるいは、そうやって使者をよこしてこちらの内情をもっと詳しく探り廻り、目的をはたしたら、ムリな条件をつきつけてきて、それをのめなければ条約の締結は不可能だ、といってそのまま素知らぬ顔で撤退するような、そういう可能性だってないわけじゃないかもしれねえが、そんときは、そんときだ。どちらにせよ、ゴーラにとっちゃ、もしそういう卑劣な目的でのことにしたって、ケイロニアから国交を求める使者がきた、ということそのものが、ゴーラという国をはじめてケイロニアが認めてもいいと思った、というあかしになるんだからな。それだけでも、ちゃんと中原諸国に対して、ゴーラの威勢と立場と力を誇示する効果はあるはずだ。なんたって、天下のケイロニアが認めようってんだからな」

「……」

カメロンは、また、今度はちょっと異なった思いでイシュトヴァーンを眺めずにはいられなかった。

「なんだよ、カメロン。何を今度は鳩豆みたいな顔で眺めてやがるんだ」

「いや――いつのまにか、ずいぶんと……そういうことまで考えるようになったのか、と思って……」

「だから、いつまでもガキのままでいるわけにゃあゆかねえんだ、っていってるだろうが」

イシュトヴァーンは鼻息を吹いたが、まんざらでもなさそうにかすかに口もとをゆるめた。

「あちらから使者を出してくる前に、こちらからケイロニアへ使者を出して、あっちがやろうとしたのと同じようにこっちもグインの内心を探るっていうのも、悪くはねえなと思ったんだ。――だが、あいにくと、この国にゃ、いま、そんな芸当のできる経験をつんだ外交官なんてものは一人だっていやしねえ。――いや、いねえことはないが、それはカメロン、お前だけだ。いきなり宰相が直接相手の国に乗り込んだらそれこそ足元を見られるにもほどがある。といって俺がゆくわけにもゆかねえ――べつだん、俺の場合は挨拶がてらってことで公式訪問をしたっていいんだが、俺はまた、そういう、たくみな外交上のかけひきだの、社交辞令をかわしながら内心をさぐったり、楽しく宴会だの舞踏会だのをにぎわせながらこっそりウラの情報をさぐったりなんてことは、とんとばかみてえに苦手だからな。俺が行ったらおまけに、直接グインにぶつかって、てめえ、なんでこないだはあんなケス河のほとりなんかにあらわれやがった、おまけになんだって、ひとをこんな――大怪我だけさせていのちは助けるなんていう、わざとらしいことをしやがった、俺が目障りだったら殺したけりゃあ殺せばいいじゃねえか、なんでこんなことをしやがった、と詰め寄らずにはいられなくなっちまうだろう。俺は、わからねえことがあったら、わかるまで、相手に聞かずにゃ、いられねえからな。――それを思うと、こっちからどういうかたちで使者を出すってのもあんまり得策でもねえ。――まあ、そのうちあっちから、そういう手紙をよこしたからには、正式の外交官を送ってくるんだろうが、それがいつになるかもわからねえ、それをただのんびり待ってるなんてのは、俺にはとうてい出来ねえ気の長い話だ」

「ウーム……」

「それにそんなことはお前のほうがずっと得意だ。お前はヴァラキアの外交官でもあったんだからな。だから、俺は、そういうことはお前にまかせて——それよりも、俺の本当にしてえことについて、一歩でも二歩でも、布石を打っておこうって思うのさ。まずは、駄目もとでリンダにかるく正式の求婚の使者を、クムのタリクが送るより早くに送り込んでおいて——当然軽く断られるだろうから、それに対してまた何回か使者のやりとりをして、それから、たまりかねた、という格好で、パロへ乗り込んでゆく——」

「ちょ、ちょっと待った、イシュト」

「何、びびってんだ。何もそれで、いきなりクリスタル・パレスのなかで精鋭を使って、クリスタル・パレスを内部からのっとろうなんて話をしてるわけじゃねえぜ。——だから云ってるだろう。とにかくまず、リンダをその気にさせることだ、って。俺はリンダを口説いてやる、みごと口説き落としてやる、ってな」

「そ、それはしかし、不可能だと——」

「だから、それについちゃあ、水掛け論になるだろうから、俺は何も云わねえぜ。俺がはたしてそう出来るか出来ねえかなんてことは、いまここで、お前をあいてにいくらくっちゃべったところで、どうにもなるもんじゃねえからな。それよりも、俺はとっととなるべく早くリンダのもとに出かけて、そしてリンダを口説き落としてみせるってだけのこった。そうだろうが」

「いや、待ってくれ。しかし、そうしたら、またあんたはイシュタールをあけるつもりなのか、イシュト」

「まあな、あとものの ひと月もすりゃ、さしもの傷も完治して、またもとどおりの元気な俺になるだろうからな。それまでは最愛のイシュタールでの暮らしを存分に楽しむが、そのあとは、ここでこんなふうに垂れ込めていたところで――俺がイシュタールにくすぶっていたところで、何ひとつまともなことは出来やしねえだろう。俺はやっぱり、世界を股に掛けて飛び回ってるほうが、はるかに役に立つぜ。そうは思わねえか」

「そういう問題じゃない。そう、最高権力者たる王が、たえず宮廷をあけていては、それこそ、まとまるものもまとまらなくなるし、それに――」

今度こそは、落ち着いて、ゴーラの内政を確立するための時間を持つだろう、と当然カメロンは予想していたのだ。

「傷が完治といったって、それはとりあえずということで――これだけの大怪我だったんだから、最低半年は、ゆっくりと予後を養いながら、落ちてしまった体力をつけ直さないことにはどうにもならんのじゃないのか。それに、これじゃ、もう、まるでゴーラは――まるきり、ゴーラは俺があずかってるだけみたいな……」

「それで、いいじゃねえか」

イシュトヴァーンの目がぎらりとあやしく光った。

「それとも、なにか。俺がいなかったら、お前は、ゴーラを預かれねえ、っていうのか。それとも、俺がいねえなら、おのれがゴーラ王になりかわってやろうとたくらむぞ、っていうのか。俺が見張ってねえと、お前が何を考えるか、自分が怖いっていうのか。そうじゃあるまい――俺はお前のことを、おのれと同じほどに信用してるよ、カメロン……嘘じゃねえぜ、これは。そしてまた」

思わず歯をくいしばったカメロンをなだめすかすように、イシュトヴァーンは妖しく笑った。

「俺は半年も待っちゃいられねえ。体力をつけ直すなんてことは、あれこれ、やりてえことをやりながら、その片手間にやることにするよ。それで充分だ。こんなふうに、毎日毎日、やりてえこと、この春がきたらこうしてやろう、このくらいになったらこんなことが出来るはずだと、計画や目論見ばかりたてながら、じっと居間にたれこめ、居間と寝室と謁見室をいったりきたりしてるだけなんていう、そんなばかげた暮らしをずっと続けてたら――このあとひと月もこんな暮らしを続けてたら、俺は本当に気が狂っちまう。俺はそんなふうによどんでいるには向いちゃいねえんだ。俺はいつも、世界じゅうをかけまわって、今度はいったいゴーラ王様はどこにおられるんだ、といわれるくらいに神出鬼没で活躍していてえ。そうでなきゃ、生きた心地がしねえ――いつもいつも、半年も同じ場所にいるなんて、からだがムズムズして腐りはじめてきそうな気がするんだ。そうじゃねえか——俺はいつだって、そんなに長いこと、ひとつところに根を生やしたことなんかなかったんだぜ。ヴァラキアにいたときだってな」

「あのころは、そりゃそうだったかもしれない。だがいまは、お前は、チチアの風来坊じゃない。お前には、ゴーラの国王としての……」

「だから、そいつを果たしにいってやろう、ってんじゃねえか。パロの女王をコマしてパロをゴーラに併合し、ゴーラを倍の土地持ちにしてやるなんざ、まさに国王以外には出来ようもねえような大事な大仕事だと思わねえか？」

イシュトヴァーンは歯をむいて獰猛に笑った。

「それに、パロだって、なんだかんだ云ったたって、結句喜ぶぜ。いまや、ほんとにこのままじゃあ国がぶっつぶれちまいそうで、金もなけりゃ、人手もねえ、人材もいなけりゃ、国民も大勢おっ死んだままで、どうにも立ちゆかなくなっちまってるんだろう。だから、まあ——ゆたかな上に軍事力も誇るゴーラが最初は後援してやろう、って言い出すだけでも、パロは随喜の涙を流して喜ぶだろう。そうでなきゃ、恩知らずってもんだよ。むろんゆたかなってのはいまのゴーラにゃいささかきついホラだが、なあにモンゴールがいまや無事おさまりつつあるんだから——モンゴールはけっこうまだ金があるぜ、それは俺がいうんだから間違いねえ。というより、モンゴールはまだまだしぼりようがある。なまじてめえの国の国民をしぼりあげてじり貧になるよりや、モンゴールみたいな国を属国にして、そこからあらたな税をしぼりとったほうが、ずっとゴーラにとっちゃ楽だろう。パロだって国政が安定しさえすりゃあ、あっちはいろんな産業も文化も特産物もふんだんに持ってるんだ。数年のあいだで、だんだん財政が建て直るだろうよ。そうなりゃ、ゴーラはほんとにゆたかな国だ、ってことになったって、ちっとも間違いじゃないだろう。そうじゃねえか？」

「無茶苦茶だ……」

ようやく、カメロンは、反論する気力を取り戻した。

「まさかそれは、本気でいってるわけじゃあるまい、イシュト。自分でも、自分がどれだけ無茶をいってるかは、ようくわかっているんだろう」

「なんで、無茶苦茶なんだよ」

怒ったようにイシュトヴァーンが答えた。

「なんで、本気じゃねえと思うんだ。俺ぁいつだって、一から十まで本気だぜ」

「だったらますますとんでもない。お前はもう忘れてしまったのか。ケイロニアについては確かにお前のいうとおりだ――グイン王のさまざまな行動はいろいろ解せないところが多いし、それと今回の使者のことを考えると、よほど慎重に、あれこれ考えて対応しないと危険をはらんでいるかもしれないとも思うが、しかしそれはまだ簡単な問題だ。だがパロは――パロはまったく別問題だぞ。よもや忘れたわけではあるまい。そもそもパロが疲弊し、あわや亡国の危機にさえたつほどの経済危機、国民の減少にいたったたについては、ゴーラ王イシュトヴァーンひきいるゴーラ軍が不法にパロに侵略し——マルガ周辺でおおいに聖王国軍との戦いを繰り広げた揚句にマルガ離宮を占拠し、聖王アルド・ナリスを拉致してついには病没にいたらしめた——それが大きな原因のひとつだ、と思っているパロ国民は、たくさんいるんだぞ！　もちろんリンダ女王だって、そのことは一刻も忘れたことはないに違いない。それが、いまになって、ゴーラ王の妻にと求め、ゴーラがパロを後援してやろうと申し出たり出来ると思ってるのか！　正気の沙汰とは思われない、といって突っ返されるだけならばまだマシなくらいだぞ、イシュト！出来るわけがないだろう、そんなことが！」

## 2

「出来るさ。もちろん」

当然のように、イシュトヴァーンは答えた。何をいったいそのように気色ばんでいるのか、と言いたげだった。

「そんなこたあこちらだってかたときも忘れちゃいないさ。だから、そのときの非礼と非道なしうちをどれほど後悔しているか、そのあかしに、いまのパロの窮状を援助したいんだ、と申し出ればいいんじゃねえか。パロを手助けしたいんだ、となあ。それですべてしまいだよ。あのときのことの罪滅ぼしに、パロ側が言い張れば言い張るほど、こちらは、その非をいかに悔いて後悔して、だからこそこうしてるんだ、パロを救いたいんだ、と云えばいい。それだけのことじゃねえか」

「そんな……」

カメロンは、また言葉を失った。

「それに、俺は外交辞令だけじゃない。本当にそう思ってもいるんだ。心から、ナリスさまのことは、後悔してるし、その分いっそう、リンダを幸せにしてやりたいと思ってる。本当にそう思って、心から言い続ければ、きっとわかってくれるさ。リンダだって、パロ国民だって——ま、あのわからんちんのヴァレリウスがどう云うかまでは知れたもんじゃねえが、そんなものは、俺はヴァレリウスと結婚しようってんじゃねえんだから、リンダさえ承知してくれりゃ、あとはどうだっていいのさ」

「そんな、無茶な……お前のいうことは、滅茶苦茶だ、イシュト」

「どうしてだよ。これまでに、しちまったことは、しちまったことだろう。それをなかったことにしてくれ、とは云ったところでどうせなりようもねえんだ。だからこそ、こちらは、むしろ、それを逆に武器にとって、こんなに後悔してるから、なんとか新しい関係を結んでくれ、と申し出るしかねえじゃねえか。それに、ケイロニアだって認めてくれているんだ——パロはケイロニアの後見を受け入れたそうだが、だったら、ケイロニアもパロがしっかりするためにこの縁組は願ってもないことだと思うだろう。パロに一番不足してるのは武力なんだし——金もねえだろうがな、それにもまして兵力なんだし、そいつはゴーラにはたんとある。そうして、いかなケイロニアだって、そうそう長い期間、パロの頼むままに経済援助、軍事援助をずっと与え続けるわけにはゆかねえ。だから、そりゃ、ケイロニアだって、パロがひとりだちしてくれたほうが嬉しいだろうし、そのさいにゃ、たぶん、もしもゴーラがケイロニアとうまく和平条約を結ぶことが出来さえしたら、クムのタリクがリンダ女王の夫になるよりゃ、まだしも、和平条約を結んだゴーラの王イシュトヴァーンがそうなったほうがマシだ、と考えると思うぜ。どちらにせよ、ケイロニアの王グインはもう妻帯してるんだし、ほかにはケイロニアにはリンダの夫になるような皇子はいやしねえんだからな」

「……………」

カメロンは、ちょっと黙り込んだ。

はからずも、そのイシュトヴァーンのことばを聞いているうちに、最初のうちはあまりにも無謀で、無茶で、乱暴にしか思われなかったイシュトヴァーンのその計略が、必ずしもこれまでのイシュトヴァーンのしてきたような、ひたすら目の前のいくさにむしゃぶりつくようなものとは同一でない、ということに気がつかされてきたのである。その上に、云うことは乱暴ではあるが、イシュトヴァーン本人が、確かに相当、もろもろの世界情勢やさまざまな国家の内実について、よく考え、情報を集めてあれこれと考えぬいた結果であるらしい、ということにも、気が付いてきたのだ。

確かに乱暴でもあるし、強引でもあるし、カメロンのような慎重な者には、とうてい実現不可能としか思われぬ話ではあったが、イシュトヴァーンのほうは、彼としてはずいぶんとあれやこれやと可能性を考え、真面目に考えて、ゴーラを発展させてやろうという野望を実現するために考え出した計略なのだ——そう気付いたカメロンは、いくぶん態度をあらため、やみくもにイシュトヴァーンを非難したり、ひんしゅくしようとするのをやめた。

「イシュト、お前……」

カメロンは、ちょっとためらいながら口ごもった。

「お前、それで――もしリンダ女王が、どうあってもお前との縁組は受け入れぬ、と拒みきったら、どうするつもりだ。そのときこそ、兵力を用いてパロを征服してしまうつもりか。――だとすると、ただちにケイロニアはゴーラに攻めかかってくることになるぞ。だが、はっきりいっていまのゴーラではまだ、大ケイロニアを正面きって受けて立てるほどの力はないことは、お前もわかっているだろう。――ことに、初手から大軍を引き連れてパロに押し掛ければ、パロはたちまち、この求婚は征服の口実だろうと警戒するだろう。といってどれほどパロがいま、軍事的に弱体になっているとはいえ、それなり最低限の軍備はなんとかとりかえしている。いくらお前とその最大の精鋭であっても――お前は、いくら連れてゆくといったかな。千か二千?」

「ああ、まあ、求婚のための訪問で、その身辺護衛といったら、二千でもちょっときついだろうぜ。千、いって千五百がせいぜいのところだろうな」

「その千五百で何が出来るというんだ。もし必要なら、俺がとりあえず間諜からの報告をあらためて、いま現在のパロの総兵力について計算を出してやってもいいが――とりあえずクリスタルに常駐しているもの、クリスタル・パレスに警護のために駐在しているものなどとわけてだな――だがパロには、ほかにも例の魔道師部隊というあやしい連中もいることだし――」

「本当をいやあ、俺は、たかがパロのへなちょこ軍隊なんざ、千五百どころか、一千いれば充分じゃねえか、と思っちゃいるよ。ことにこの俺が率いて、直接選びぬいて鍛えあげた精鋭部隊を連れてゆくんだったらな。ルアー騎士団から八百、ゴーラ王騎士団の精鋭中の精鋭二百、それで充分じゃねえか、と思ってる。――ただまあ、これは、ケイロニアが出てこねえとしての話だが」

「…………」

いつのまにか、おのれが、ひどく真剣にパロにイシュトヴァーンが連れてゆく兵力について考えはじめていることについて、あわててカメロンは頭をふった。まるで、イシュトヴァーンのことばに眩惑され、魔法にかけられて、もうそのイシュトヴァーンの計略は実行されることが前提とさだまっているようななりゆきになってしまっている、とはじめて気付いたのである。

「とにかく、パロそのものはともかくとしてだ――まあ、魔道師部隊は実戦力なわけじゃないんだから、ゴーラ軍の精鋭がなんとかできるとしたところで、とにかくケイロニアが出てくるならどうにもならない。ケイロニアははっきりと、パロのうしろだてにたつこと、今後何年かにわたる軍事的、経済的援助を明言してる。それも、ついせんにそれを国際的に公表したばかりだ。中原諸国のみならず、世界各国に公式の使者を立ててな。その直後にパロに侵攻する、というようなまねをしたら、それこそ、ケイロニアにまっこうから挑戦状を叩きつけているようなものだ。たちまち、ケイロニアが出てくるぞ」

「うるせえな、そんなこたあ、俺だってわかってるよ」

いくぶん乱暴に、イシュトヴァーンは答えた。

「だからずっと考えてるんじゃねえか。どうしたら、どうしたら、ケイロニアを黙らせておけるか、それとも、どうしたらケイロニアに気付かれずに――あるいはケイロニアを出し抜いてやれるか、とな。ケイロニアがどれほど強大国でも、いずれは俺はケイロニアとは激突するだろうと思ってる。それはもう、そうならねえわけにはゆかねえだろう。両雄並び立たず、っていうだろうが。俺とグインとは――イシュトヴァーン・ゴーラと、グイン・ケイロニアとは、いずれにせよ、必ず正面きってぶつかることになる宿命なんだ」

「おい――イシュト――」

「なんで、そんな悲劇的な声を出して、信じられねえバカを見るような顔で俺を見るんだ、カメロン」

イシュトヴァーンはばかにしたようにカメロンを見た。

「お前、ずっとこの内陸の国で、宰相なんていう、せこせこした書類仕事ばかりの任務をやりつづけて、せっかくのあの格好いい海の男の気風を少し、忘れちまったか、腐らせちまったんじゃねえのか。以前のカメロン船長なら、そんなふうに、まだはじまってもいねえうちから、ああだこうだ、うるせえ女みたいに取り越し苦労ばかりなんか、しやしなかったぞ。それはもう絶対だ。――もし、そうなんだったら、それこそ、宰相なんざ誰か文官にまかせちまって、お前は俺の大将軍になって、今度のクリスタルへだって、一緒についてこいよ。本当はお前だって戦いたいんだろう。もっともお前のしたいのは海戦かもしれねえが、本当は、こうしてイシュタールで、来る日も来る日も机の前でぐだぐだやってるのにウンザリしてるんじゃねえのか。ええ」

「そりゃまあ……もとから俺は軍人なんだから……」

「だろ！」

イシュトヴァーンは、得たりとばかりに叫んだ。

「だから、お前も、ずーっと内陸のイシュタールで、海も見ねえで、戦さもなけりゃ、冒険もなくて、書類仕事ばかりしてるんで、腐っちまってたのさ。だが、まあ、もうちょっとだけ待て、カメロン。もうじき、俺が一生懸命育ててる、やんちゃ坊主のガキどもが、もうちょっとはオトナになってくる。文官についちゃよくわからねえが、お前にせよ、まあコイツならなんとかそういう役人仕事、書類仕事をあずけてもこなせるだろう、っていう奴も出てきてるだろう。一人じゃムリでも、お前がひとりでやってる仕事を十人がかりならなんとかこなせるんじゃねえか、っていう奴らも出てくるだろう。そうしたら、もう、お前を、こんな辛気くさい書類仕事から解放してやるよ。俺はな、カメロン」

「……」

「やっぱり、カメロン船長は海の上にいるのが一番格好いい、と思ってるんだ。ドライドン騎士団を率いてな。むろん内陸のいくさだって、それなりにこなすに違いない。だがやっぱりカメロン提督は海の男だ。海に戻りたいだろう?」

「――そりゃ、そうだ」

ごく小さな声で、カメロンはつぶやくように云った。おのれのことばを、おのれで聞きたくないかのようだった。

「俺は、海の国で生まれ育って、海の上で生きてきたんだ。――そりゃ、海に戻りたいよ、イシュト。だが、お前こそが、俺の海なんだ、と思い決めたからには……」

「近いうちに、俺は、ゴーラ水軍、ゴーラ海軍を作ろうと考えてるのさ」

陽気に――あるいはそれをいささか誇張して、イシュトヴァーンは叫ぶように云った。このことばが、カメロンの心を動かすに違いない、と信じていたのだが、それはまさにそのとおりだった。

「なんだって」

カメロンの浅黒いおもてが、一瞬輝き、それからまた、きびしく引き締まった。

「これ以上ないくらい内陸の国であるゴーラに、ゴーラ水軍、ゴーラ海軍を――だって？　お前はまた、いったい……」

「何を考えてるんだ、ってか。いいじゃねえか、内陸の国だって、海軍や水軍を持っていたところでさ。海がねえなら水軍で、川でも海でも湖でもかまわず押し渡ればいいんだ。一人前の国家には、海軍が必要だよ。俺は、中原と世界の地図とにらめっくらしながら、そういうこともずっと考えていたんだ。傷をなでながらな」

「それは、しかし――」

「いまんところは確かにゴーラ領には海はない。あるいは海に直接開いている港もねえ」

イシュトヴァーンはかんでふくめるように云った。

「だが、いつまでもそのままでいるってわけじゃねえ。というより、俺は、それもあって、モンゴールを大事にしたいんだ。モンゴールだって、内陸の国っちゃ国だが、モンゴールにはまだ、ケス河という大河が国境線にひかえてる。そうして、まあ半自治都市の格好になっちゃいるが、ケス河の河口の港町ロスはモンゴールの領土といっていい。ロスからは、むろん広大なレントの海がひろがっているし、そのレントの海に乗りだし

さえすりゃあ――われわれの生まれ故郷ヴァラキアへだって、一本道だ。……だがな、カメロン、もしうまいことヴァラキアと手を組めたとしたところで、必ずレントの海をロスまで往復しなくちゃならねえ、ってことになるとさ――海ってやつは魔物だし、ロスから沿海州までってのは、ちょいとばかり、遠すぎて、貿易にせよ、軍事にせよ、あまり現実的じゃねえわな。そのあいだに沢山の小さな独立国もありゃ、自治都市もあり――帆船じゃ、ロスからまったくどこへも補給に寄らずに沿海州まで往復するってことは不可能だ。かなりでかい船をこさえたとしたって、糧食だの、水だの、どうしたって途中で何回も立ち寄ることになる。よけい、時間がかからあね。――そんなことは、カメロン提督に云うのはヤーンに運命の不思議を説く《シャカに説法》ってもんだろうが」

「それは……まあ――」

「だがノルンの海、コーセアの海についちゃ、こちらには間違いなくケイロニアが立ちはだかってる。ケイロニアってのは、いろいろな意味できわめて有利な場所に位置をしめてるからこそ、いまの大国になった国だが、そのなかのひとつに、やっぱり、良港を領土内に持ってる、っていうのもある。アンテーヌには沢山のいい港がある。それもまた、ケイロニアをゆたかにさせてる大きな原因だ。――しかし、それ以外の国は――中原の列強と呼ばれてきた国々は案外に海辺の国がない。内陸の奥地にばかり、領土をひろげてきた。クムもしかり、パロもしかり、ユラニアもしかりだ。それはまあなぜかといえば、すでに沿海州が海辺のいい港のことごとくをおのれの領土として成立してた、っていうことがある」

「ああ……」

いつのまにか、カメロンはひどく真剣な顔になって、イシュトヴァーンのことばに引き込まれていた。

「沿海州ってのもまた、きわめて特異な成立のしかたをしたところだ。もともとは、どの国も、国家というにはあまりに小さすぎる、それぞれの良港を中心に発展した小都市にすぎなかった。だが、たまたまあのへんを全面的に制圧する、でかい国家がなかったために、逆に、その、小都市の発展してなった小さな国々、アグラーヤだのヴァラキアだのトラキアだのライゴールだの、それが互いに食い合いをするよりは、互いに語らって手を組んで大きな国々から身を守ろうってことになった。――この成立のしかたは、ある意味じゃ、ケイロニアと同じだ。ケイロニアももともとは、十二選帝侯ってのはすべて、それぞれにそれぞれの小さな地方国家の王だった。アンテーヌも、ランゴバルドも、ワルスタットも、サルデスも、もとをただせばただの小さな地方の国だ。それひとつじゃ身を守れないとわかったから、最終的に一番大きなケイロニアの傘下に進んで入り、当初はケイロニアを中心とした連合国家を作り、それから、ケイロニアの本当の始祖といわれる大皇帝、ケイロニウス・ロウスがあらわれてそれらの小さな国家を完全におのれの領土とした。だが、それでも十二選帝侯は選帝侯だ、というところにさいごの矜持をかけてケイロニアを半連合国家として維持してきた。——沿海州には、ケイロニアにあたるような特別でかい国家はひとつもなく、いずれも似たようなカラムの勢揃《どんぐりのせいくらべ》いだった。だから、あくまでも、ケイロニアのように一番大きな国に併合される、ということではなく、対等の立場で、《沿海州連合》という名前のもとに、おのれらの国益を守ってきた。——それがあったから、レント海の東から南にかけての沿岸というのは、すべてどこの国の征服をも受けることなくこれまで続いてきた——内陸の大国はケイロニア以外はひとつ残らず、本当は海側に向かって進出したかったと思う。だが、そうできるだけの国力のある国はなかったし、おまけに海はいささか遠すぎた。ましてやユラニアなんか、そのなかでも一番の内陸の国家だったからな。——だが、この先を考えると、俺は思う。いつかは必ず、なんとかして、内陸の国家も海に向かってひらくルートを持たねえわけにはゆかねえ。なぜならば、どんどん人口が増えていった場合、必ず、内陸の国の既存の農業だけではまかないきれなくなるときがくるからだ。そのときには、どうあっても、なんらかの方法で他の国家を征服して領土を拡げるか、さもなければ、海路という方法を使って交易をさかんにしてゆくか、それとも——まだ誰も住んでいない土地を開墾して、おのれの領土にしてゆくか……それしかない。いずれにせよ、中原はもう、ぎちぎちの状態なんだ。どこの国も、正直いってもう煮詰まっている。パロがつぶれたのだってそのいい例だし、ユラニアがあっさりゴーラに変換したのだってそれだからだ。たまたま中原中心部というのは、気候もいいし地味も肥えていた。だから、人口も集中していたし、だから、とても古くから大きな都市が沢山出来て、そしてそれがそれぞれの古い国家の首都になっていった。だが、それからもう何百年たってると思う。いや、場所によっては何千年だ。いかに陸路を使って交易をしても、限界がある。中原の国々はそれぞれにぐんぐん人口が増えてきているし、外からの流民もある。そのなかで、農地の増え方には限度があるし、従ってどの国もしだいにいろいろなことが苦しくなってきている。その結果、パロもユラニアもつぶれたり、つぶれかけたりすることになった。——そのなかでケイロニアだけが、いまだに生き生きしていられる。どうしてだと思う。それは、ケイロニアだけが、それら中原諸大国のなかで、海にむかう領地を持ってるからだ。ノルンの海から、コーセアの海へと拡がってゆく海路のルートを確保しているからだ。——そのおかげで、ケイロニアは農業も漁業も、また交易もさかんなままでいられるんだ」

「……」

「そう、だから、内陸の国のままでいたら、ゴーラにもやっぱり明日はねえ。それはもう、新興の国だからとか……俺が乱暴者だとか、うしろだてがねえとか、俺が伝統ある皇帝の血をひいてねえとか、そういう問題じゃなくだ。いまのままでいれば、ゴーラにあるのは、結局中原の秩序のなかに組み込まれ、おとなしく新参者としてクムやパロやケイロニアに頭をさげながらここにいることを認めてもらうという、そういう未来だけだ。そうして限られた土地をなんとかして少しでも効率よく耕して農作物の収穫をあげ、それによって豊かになったり、人口を増やしていったり――そんなことをいくらしていたところで、そんなものは、しょせんそこまでだ。閉じたまま、というか、しょせんどこにも開いてゆかねえ。一回凶作があれば、それでおしまいだし、一回よその国家からの侵略があればそれで何もかも狂うんだ。――いまのパロだのユラニアのありようっていうものそのものが、それを物語ってるじゃねえか。パロほど長い伝統を誇り、あれほどにゆたかで、中原の文化の中心とさえ云われたような国家だって、やっぱり、同じことだったんだ。農業と交易と文化だけを売りにしてたんじゃ、長いあいだには必ずゆきづまる。今回つぶれてゴーラにかわったのはユラニアだったが、それはユラニアのほうが歴史が古かったからで、クムだっていつでも同じようなことになるはずなんだ。だが、俺が思うに、ユラニアがつぶれてもクムが生き残ることが出来たのはたぶん、クムにはオロイ湖があるからだと思うね。オロイ湖は海じゃねえ、閉ざされた湖だが、あれだけでかければ、それなりにクムにはゆたかな水産物をもたらすだけじゃねえ、あの湖のなかだけでも、それなりな湖の文化が創れるんだ。そして、クムの北部と南部とを、船で結んで活発に交易することもできる――だから、古くて由緒正しいパロとユラニアがつぶれ、クムは残ったんだと俺は思ってる」

「それはまあ……まあいい、全部云ってくれ、イシュト」

「だから、俺は、ゴーラが生き残るためにはいまのままじゃどうにもならねえと思ってる。今年来年大人しくしていて、それで農産物の収穫をまち、税をふやして農民をしぼりあげ、ほかにも貴族だの商人だのから税をしぼりとって経済状態を立て直そうとしたところで、いってみりゃ、おのれの足の先を食ってなんとか飢えをごまかしているタコ《イーヴァ》みたいなものだ。いずれはおのれ自身がそのために行き詰まっちまう——だからヴラド大公はパロに攻め込んだんだし、だから、パロは本当はモンゴールの奇襲がなくたって、だんだんだんだんおのれ自身のなかで煮詰まっていって、活気がなくなっていったんだ。ユラニアはもっとパロよりずっと早いうちにその煮詰まって活気を失った状態の末期症状になっていたから、あんなにもたやすく崩壊してしまった。国家だって人間と同じで寿命ってものがある。あまりに年をくっちまった国家は、もういくら若い血を注ぎ込んでやろうとしたってムダなことで、そのまんま老いぼれていっちまうってことだと俺は思う」

「………」

「そしてそのユラニアを食ってゴーラが出来た。ゴーラはいまのところ、ユラニアの腹を食い破って出てきた、呪われた赤ん坊みたいなもんだ。そうして、いまのところまだ、その、死んだ母親の肉を食ったり、まわりにあるものを食ったりしながら様子を見ているってだけのことにしかすぎない。しかし、本当は、そんなものを食っていたって、どうにもならないんだ。本当はもっと違うもの、もっと栄養のあるもの、もっと新しい血をからだに注ぎ込んで、新しい肉を作ってくれるものを食わなくちゃならねえ。——そのためにも、俺は、ゴーラは外にひろがってゆくべきだと思う。最終的には、ゴーラ帝国は——そのときにはもう、俺はゴーラ王とは名乗らねえ、ゴーラ皇帝を堂々と名乗るつもりだからな——新ゴーラ帝国は、モンゴールを食らい、パロを食らい、クムをくらいつくし、ちっぽけなタリアやロスやそういう自由都市を片っ端からわけもなくくらい、飲み込みながらレント海の沿岸へとめがけて拡がってゆき——順番はどうあれな——沿海州連合をもみつぶして沿海州を併合し、草原を従え——気が付いたときには、ケイロニアだけが、中原に孤立している唯一の、ゴーラに併合されてない国家だった、というようなことになるはずだ。俺のたてた予定では、そうやって、この中原から、群雄割拠だの、群小の国々の乱立だのはすべて消え去り、そこにはただ、巨大な新ゴーラ帝国と——そして、実ははるか昔に同じやりかたで成立した国家だったはずのケイロニア連合帝国だけが残っている、ということになるはずなんだ。——そのときこそ、ゴーラは、正面きって、残された最後の宿敵ケイロニアと激突するだろう。だがそのときには、もう、ゴーラは、確実にいまのケイロニア以上の力をつけ、世界でもっとも力のある、巨大な帝国となっている。――長いことかかるかもしれねえが、ついにいつの日か、ゴーラはケイロニアをいくたびもの激突のはてにみごと従えるだろう！　そのときこそ――そのときこそ、俺の野望がすべて完成する日になるはずだ。そのときこそ、新ゴーラ帝国が、中原のみならず、この世界すべての王者として、すべての南方、北方、辺境、東方にいたるまでの国々に知られ、おそれられるようになる日になるんだ！」

# 3

「ウーム……」

カメロンはまた唸った。

イシュトヴァーンのことばをきいているあいだに、いくたびもカメロンの表情は変化していた。魅せられたようにうっとりとした表情が浮かぶかと思えば、おそれをなしたような畏怖に近いものが浮かび、それからまた、苦笑が浮かんだり、不承不承ながらの感嘆と賞賛の色が浮かんだり、それからまた、愕然として語り手の正気を疑うかのような——不幸な狂気にとらわれてしまった相手をあわれみ案ずるような色が浮かんだり、また思わず失笑がもれたりと、千変万化せざるを得なかったのだ。一方では、イシュトヴァーンの大言壮語に（相変わらずなやつだ……）という思いもあると同時に、かつてはただの、無邪気な大言壮語であったものが、いまとなっては一国を、いや、いくつもの国々をほろぼしかねぬ狂気に育ってゆきかねない、というおそれもあった。また、おのれがちょっと目をはなしていたあいだに、いつのまにこのヴァラキアのうら若かった冒険児は、このようなことを覚え、云うようになったのか、という感慨もあれば、その壮大といえば壮大だが、無謀といえばあまりに無謀な挑戦にひきずられておのれも、またおのれの愛するものもすべていったいどこへいってしまうことになるのだろうか、という懸念もあった。

それら、あまりにも錯綜する複雑きわまりない感情に押し流されて、カメロンは、すぐには、どういったものか、口を開く心にもなれずにただひたすら唸っていたのである。だが、イシュトヴァーンのほうは、そんなカメロンの複雑すぎる感慨になど、まったく気もとめていなかった。彼はいつのまにか、頬をほてらせ、まさしく強烈な酒に酔い痴れたように目を潤ませ輝かせて、おのれの想念に夢中になっていた。

「そう、カメロン、だから、お前は何も心配すんな。お前のためには、いますぐにでも計画をたてて、立派なゴーラ海軍を作ってやるよ——そうして、そいつは、まず沿海州を制覇し、それから南方へまでもはるばると遠征してゆくために動き出すんだ。だが南方へまで手をのばすのはまだだいぶあとだな——俺のガキの代になっちまうかもしれない。だがそれならそれでかまわねえさ。これだけの大事業を、俺ひとりの代で出来るなんて、俺は全然思っていねえからな。それよりも、俺は、とにかくこの壮大な構想のいしずえをしっかりと築き上げたいんだ。いまはまだ、そのゴーラ大帝国の構想は、俺の頭のなかにしかねえ——そうして、頭のなかにしかないあいだは、いつだって、どんな天才的な着想だって、ひとからは無茶だの無謀だのって云われるものなんだ。そいつをちゃんと実現してゆく過程では、いちいち、目先のことしか見えねえやつらから非難されたり、文句をいわれたり、はては極悪人扱いだってされてしまうんだ。だけどな、その壮大な事業が成ったあかつきに、はじめて人は知るだろうさ。ああ、これだったんだ——あの人がしようとしていたことの全貌はこういうすがただったんだ。そのためにあんな布石やこんな作業が必要だったんだ……ってな。それまでは俺はひとに理解してもらおうなんて思わねえ。ただ、ひたすら、おのれのやりたいように、信じるままに、突き進むだけのことだ。それについちゃ、たとえお前にだって、何も横やりは入れさせねえ。だって俺の見ているものは、お前には見えないんだものな。そうだ、俺以外の誰にも、この俺の見ているまぼろしは見えねえんだ」

「そのまぼろし——というのは、いったい、どういうものなんだ……イシュト——」

思わず、我にもあらずいくぶんふるえる声で、カメロンはたずねた。イシュトヴァーンはかすかな笑みを口辺にただよわせた。

「だから、云っただろう。この中原のすべてが、ゴーラ皇帝イシュトヴァーンの支配するところとなり——俺の理念と俺の夢が世界をおおいつくし、どの都市にも、どの国にも、どの地方にも、俺の名が唯一無二の支配者の名としてゆきわたり、知れ渡り——すべての人々が、おのれの上に君臨する支配者として、俺の名を唱える——という……だが、本当はそれだけでさえないんだ。それは確かに素晴しい光景だが、しかしある意味、そんなことはどうでもいいともいえる。俺ひとりの名前なんかどうだっていいんだ。俺はそれよりも――この世がひとつに統一され、ひとりの皇帝のもとにひざまづき――そして同じひとつの理念をあおぎ、同じ幸福と同じ繁栄をともにし、もう決して誰も孤独にならない――そんな夢を見る。そうして、その世界を作り上げたのは――理想のあるべき世界を作り上げたのはほかならぬこの俺なんだ。そのことを誰も知らねえかもしれない――それでもいい。だが、俺の業績は歴史に残る――パロのさまざまな法律や建物や、文化や科学のいしずえを作った謎の学者アレクサンドロスみたいに、ケイロニアを作った建国皇帝ケイロニウス・ロウスみたいに、はるか昔のゴーラ帝国の開祖ローラン一世みたいに――新ゴーラ帝国の始祖イシュトヴァーン皇帝の名はいつまでも歴史に残るだろう。それでいい――それがいいんだ。ほかのことはどうだってかまやしねえ。俺が生きてるあいだのき――き――毀誉褒貶なんかどうだってかまやしねえ。どうせ、きゃつらにゃ何にもわからねえんだ。目先の欲だの、目の前のなんだかんだしか見てやしねえんだ……」

「きゃつらって誰だ、イシュト。お前は、誰にむかって喋ってるんだ」

「誰だっていい。俺は、とにかく、あるべき正しい世界をこの世界に作り出すために使命を与えられて生まれた存在なんだ。俺が生まれたとき握ってた玉石こそはその証拠だったんだろう。俺はせんだっての夜、夢を見たんだ。その夢のなかに、ナリスさまが出てきて――いつもみたいに、背もたれをおこした寝台に埋もれるみたいに寝ていて、そうしてこちらをじっと見て、優しそうに俺を見つめて、『リンダのことは頼んだよ、イシュトヴァーン。あれを幸せにしてやってくれ。どうか、パロとリンダのことを頼むよ』って云ってくれたんだ。それから目がさめて、俺はしばらく考えていた――そして、そうか、そうだったんだ、と思ったんだ。――俺はナリスさまから、パロをあずかったんだと感じた――アムネリスからモンゴールを奪い、そうしてナリスさまから、リンダとパロを手渡され――そうやって、俺は着々とおのれのなすべきことに近づいてゆく。世界のそこかしこに、俺はイシュタールに匹敵する、《イシュトヴァーン王の建てた都市》を建てるだろう。そうして、世界中をイシュトヴァーンの色に塗り替える。そのとき世の中はこんな退屈きわまりねえところじゃなくなり、もっとずっと色鮮やかに――そして輝かしい、生命力に満ちた、活気あふれるところにかわるだろうぜ――」

「………」

「もし、そのために突き進む俺の前に立ちはだかるなら――そのときこそ、俺はグインであろうと、ケイロニアであろうと、そのままにはしておかねえ。俺は、おのれの夢をさまたげる者は、誰であれ――誰であれだ、決して許さないだろう……」

イシュトヴァーンの黒い目が、妖しい炎をはらんで、まっしぐらにカメロンを見据えた。

我にもあらず、カメロンはその目を避けて目を伏せたいような衝動にとらわれた。それほどに、イシュトヴァーンの目は、このしばらくついぞ見なかったほどに――いや、これまでカメロンでさえ見たこともないくらいに、狂おしく燃えさかり、情熱と、そしてあやしい熱意とにぎらぎらと輝いていたのだ。イシュトヴァーンは熱にうかされた人のようでもあったし、また、いかにも、理想に燃える若き理想家のようでもあった。だが、その口にすることばは、カメロンをひそかに戦慄させずにはおかなかった。

「たとえ、それがお前でもだ、カメロン。だが俺は信じてる――お前は、俺の夢を理解してくれるな。お前だけは、これまでいつもそうだったように、俺の最大の味方、俺が安心してうしろをあずけられる唯一の信頼する右腕であってくれるな。俺はこれからはどんどん、もっとどんどんゴーラを出て四方八方へ遠征してゆかなくちゃならねえ。戦争ばかりじゃない、外交だの、また、どこかの地方にしばらく滞在して、そこに新イシュタールや小イシュタールを建設する事業のためにな。むろんまずは手はじめはパロだ。クリスタルにいって、リンダ女王を口説きおとし、俺のものにしなくちゃならねえんだ。だから、俺はもうめったなことじゃ、愛するイシュタールにいられなくなるだろう。だがもちろん帰ってくる――ここは俺の唯一の心のありどころだからな。俺のふるさとだからな。――そして、だから、それを守ってくれるのが、お前、カメロンなんだ。いや、もしだんだんいろんな奴が育ってきて使えるようになったら、そのときこそ、俺はお前に俺の分身として、俺の夢をわかちあう者として、堂々ゴーラ海軍を率いて海に乗りだしていってほしい。俺は陸だけじゃなく、海も制圧したいと望んでるからな。海の上にだって、ちゃんとイシュトヴァーン帝国を築きたいんだ。いずれは俺は沿海州へもうって出る。そのときこそ、カメロン、お前が本当に必要になる。——だが、それまでは、まずはしっかりとゴーラを守り、イシュタールを守り、そしてゴーラをゆたかに富ませてほしいんだ。俺がこれこれのものが、これだけの増兵が、援軍が必要だといってやったとき、即座に送り出せるようにな。物資でも、兵隊でも——そのためにも、ゴーラはゆたかで、そしてしっかりとおさめられた国でなくちゃ困るんだ。いつもいつも、こないだのモンゴールみたいに足元がふらついてはそっちの手当てにおおわらわにならなきゃならねえようなことじゃあ、とうてい、そんなふうにして新しい地方へ出てゆくことなんか、望めないからな。——だから、俺は、お前が望むならなんでもやるよ、カメロン。むろん地位や名誉だけじゃない。もしお前が欲しいなら、モンゴールは本当はお前にやったっていいと思ってる。ドリアンはまだ赤ん坊で、どんなガキに育ち、どんな大人になるのか知れたもんじゃねえ。だから、ドリアンが俺にとって使える奴になるのかどうかもわかったもんじゃねえ。あいつがまともに考えるにたる年齢になるには、まだあと十五年二十年が必要だ。それまで、お前がモンゴール大公をやってくれたっていいんだ、カメロン。お前なら、モンゴールの連中に敬愛だってされてるし、政治的手腕だってある。ゴーラの宰相にしてモンゴール大公ってのだって、悪い肩書きじゃなかろう……」

「イシュト、それはまさか、本気でいってるわけじゃないだろう」

呆れてカメロンは云った。

「俺がもしモンゴール大公になんか、任命されようものなら、せっかく、ドリアン王子がモンゴール大公になる、ということでおさまったモンゴールはまた、たちまち内戦の海になるぞ。しかもマルス伯爵はもう牢の中にいるわけじゃない、いまはまだ軟禁状態だが、ドリアン王子がいずれトーラスで育つことになれば、マルス伯爵が後見人としてその面倒をみることはもう、モンゴール側との公約になっている。それをまたくつがえしたりしたら……」

「ああ、ああ、面倒くせえことをいうな。だから俺は、ちょっとそんなのもありかなと思って云ってみただけなんだからよ」

面倒くさそうに、イシュトヴァーンは手をふって、そのカメロンのことばをさえぎった。

「お前がそう思うなら、べつだん俺はどうだってかまやしねえよ。それにまあ、モンゴール大公には、俺のせがれがなってくれりゃ、それでどうってこたあねえんだから。あとは俺が、ドリアンを俺のいうことを何でもきく、俺のあとつぎとしてふさわしい武将にして政治家に育てあげればいいってだけのことだからな。——だがそのためにゃ、マルスなんていう半端な奴に預けておいたんじゃ、望み薄だな。マルスには預けることは預けるが、そのうち、俺の手元に戻して、しばらく俺の、ええとなんてんだっけな、くん——くん——ああそうだ、薫陶を受けさせて、俺の影響を受けるようにしてやらなきゃな。だがまだいいだろう。五、六歳になるまでは、俺の話もわかりゃしまいし。それまでには、俺はほかでたんとやることもあるんだしな」

「その——そのことだが……」

カメロンは——イシュトヴァーンに、大事な話がある、といって呼びつけられたのだが、本当はカメロンのほうも、ずっと、いったいいつ、どのようにして切り出したものかと迷いに迷っていた重大な話があったので、思いきって切り出してみようかとしかけた。

イシュトヴァーンは、だが、カメロンの口ごもりながらのことばになど、かまってもいなかった。

「ともかく、そういうわけだから、これからは俺は忙しくなる。こんな傷なんかでずいぶんしばらく足どめをくらっちまったが、とにかく動けるようになりしだい、この春には、俺はパロにいって、クリスタルですごすことになると思うんだ。——まあ、この傷については、ケイロニアが使者をたててきたときには、グイン陛下はどういうつもりでおられたのか、と――俺に傷をおわせたってことよりも、モンゴールの反乱軍の加勢をしたということについて、ちょっとねじこんでみてほしいんだがな。だがあまりきつくじゃなく――せっかくこういう展開になってきてるんだからな。だが、これだって、外交交渉についちゃ、それなりの――なんていうのかな、切り札に使えるんじゃねえのか。ケイロニアは外国内政不干渉主義をたてまえとしながら、ウラでは実際には、モンゴール独立軍の援助をしていられたのか、そこにまして、ケイロニア王御自身が参加しておられたというのは、どういうことなのだ、ってな。それを使って、和平条約をこっちの有利になるように結ぶことだって、お前だったらきっと出来るだろう、カメロン」

「あ――ああ、まあ、それは――出来なくはないとは思うが、しかし、きいてくれ、イシュト――」

「俺の話が終わったら、なんぼでもお前の話をきいてやるよ、カメロン。ゴーラ海軍をいますぐ作ってくれ、といわれても、それはちょっとムリかもしれねえけどな、それだけは。――だが、とにかく、グインがいったいなんでルードの森やケス河のほとりに単身あらわれたのか、どうしてモンゴール反乱軍の首領を助けて俺に手傷をおわせやがったのか、ということについては、グイン王自身の弁明をきくまで、こちらは納得出来ない、といってやれ。あわや奴は俺を殺すところだったんだからな。――それは内政不干渉主義とかいうような段階じゃなくて、ゴーラに喧嘩を売ってんのか、というような話でしかないじゃねえか。——だが、あのときはほんとに頭にきたが、いまの俺は、もう、それを理由にあくまでもケイロニアと敵対しようなんていう、ガキっぽい気持はまったくねえ。逆に、そいつをうまくさか手にとって、利用して、和平条約をこちらにうんと有利に結べたら——場合によっちゃ、ケイロニアのほうから、リンダに俺との縁組をおしすすめる口添えのひとつでもしてもらえるんだったら、何もあのときのことについてねじこむつもりはねえ、っていう、そういう話の展開にしたっていいんだ」

「うーむ……」

「なんだか、お前はさっきから、唸ってばかりいるんだな、カメロン」

おかしそうに、イシュトヴァーンは云った。ようやく、さしもの興奮も多少落ち着いてきたように、目はまだきらきら輝いてはいたが、あやしい狂おしい濡れた光はいったんおさまり、口調にもいささかの落ち着きが感じられるようになってきていた。

「そんなに俺はとてつもねえことばかりいってるか。そんなに俺は、今日、気の毒なお前をたまげさせてばかりいるかね、ええ、カメロン？」

「たまげ——というより、戦慄するよ、俺は」

カメロンはいくぶん力なく——だが、もう、そのようなことをいっても大丈夫のようだと見極めがついたので、苦笑いを漂わせて云った。

「とてつもないというより――なんだか、俺にとっては、いったいお前は《何》にとりつかれてしまったんだろう、という気がして、恐しい。お前のことばをきいていると、もしかしたらお前ならやりとげてしまうのかもしれない、という気がしてこないわけではないが、しかしその分かえって、いや、もしもお前が本当にお前の夢見るような世界をこの世に招き寄せてしまったりしたら、それこそ、たいへんなことになってしまうのじゃないかという、そんな気がして――俺はなんだか、むしょうに恐しいよ」

「お前は、笑いながら、むしょうに恐しい、っていうんだな。カメロン」

イシュトヴァーンは笑った。

「そういうお前が好きだぜ。そういうところが、さすがカメロン提督、いやカメロン船長だ、と俺なんか、思うんだがな。――だが、俺の見た夢なんざ、たぶん、お前には少しは理解出来るのかも知れないが、俺は、あたりまえのそのへんのちっぽけなやつらになんか、ちょっとでも理解出来るだろうなんて、これっぽっちも思わねえ。明日の食いぶちのことばかり苦に病んで汲々としてるやつら、おのれの身の安全だの、ちっぽけな出世だの、ほんのちょっとした欲望だの――そんなものにばかり血道をあげて、でかいこと、危険なこと、おのれの器をこえたことなど、てんから理解しようともしねえやつら。――軍人であれ、そのへんの農民や商人であれ、そういうやつらには、何があろうと決して、真に偉大な魂の見る夢なんてものは理解できねえだろう。やつらは現世しか見ない——そしてその現世ってやつをしか信じてねえ。やつらは、この世の中が、ひとの、それもひとりの個人の力でちょっとでも変わるだろうなんて、はなから、頭っから、信じちゃいねえんだ。本当は国だって組織だって、いまこうしてここにある何もかもだって、遠い昔に誰かが作ったものなんだよ。俺はあるとき、そのことに気付いてハタと手を打ったね。なんだ、そうか——そうじゃねえか。俺がイシュタールを作ったように、クリスタルだって、サイロンだって——ケイロニアだって、クムだって、もとをただせば誰かが作ったものにすぎねえんだ。その前にはなんもなかったんだ——中原は、誰も住んでねえ、風のふきわたるただの野っ原にしか、すぎやしなかったんだ。だが、そこに、偉大な夢をみる何人かの武将だの、国王だの——芸術家だの、なんだのかんだのがいて、そうして、やっぱりたぶん人からバカだのちょんだのといわれながら、おのれのやりたいことをやり、信じるとおりにやったんだろう。そうして、いったん出来るとそこにわらわらとアリ《チーチー》みたいに巨大な都市が出来ていったり、貧しい連中がむらがり寄ってきて、なんとかそこで口を糊しようとしたり……そうやって、どんどんどん、都市はでかくなっていって、国もでかくなっていって——そうなるともう、こんどは逆に、みんな誰もがそいつに依存し、そいつはずっとこの世界がはじまって以来このかたここにあったんだと思い込み——それをくつがえすなんざ、とんでもねえことだと信じてしまうんだ。いま目の前にあるこの現実、それだけが絶対だと思い込んで、それをひっくりかえすなんかとんでもねえ、とてつもねえ冒瀆だと思うんだ。——ああ、そうだ。そういうことなんだぜ、カメロン。俺がいまだになんじゃかんじゃ、云われてやまねえのは、結局のところ、俺がユラニアという、よぼよぼと長いこと半分死に体のまま続いてきた国をひっくり返して新生のゴーラ王国に変えちまったからなんだぜ。きゃつらは、もうユラニアなんか、このままあってもどうにもならねえことなんかよくわかっていながら、それでいて、ずっとあったんだからこれからも、明日もあさってもあるべきだと、そうとしか思っちゃいなかったんだ。きゃつらには、もう完全に死に体になってるユラニアにさえ、飛びかかる勇気も根性もなかったんだ……」

「それはどうかな……それについちゃ、俺にも多少の考えはあるが……」

「いや、だが、おおもとはそういうことさ。とにかく、新しいこと、新しい秩序、新しい都市、新しい国家——そういうものについちゃ、きゃつらはみんなおぞけをふるうんだ。そうして、新しい、っていうだけでそいつをばかにし、ふみつけ、なんとかしてなきものにしようとする。だが、そいつが成立して、もうゆるがせられねえ、と見たとたんに、あわててこんどは尻尾をふって寄ってきはじめるんだ。今度のケイロニアだってそうさ。——このイシュタールだってそうさ。俺はバルヴィナをひっくり返し、何もなくしてからそこにこの美しい真っ白なイシュタールを築き上げた。たいそう金も時間も人手もかかったし、まだとうてい完成したとは云えねえが、それでもとにかく、ここにはすでに、どこにもなかった町が出来上がり、俺の名を冠した美しいイシュタールがもうすでに稼働しはじめている。沢山の人々が、もう百年も昔からここで暮らしていたみたいに安心してここで働き、生活し、暮らしを築いている。それはすべて、俺が作ったんだ！　俺がやったんだ。俺の手でこの町は設計され、決定され、作り上げられ——そして動き出した。だからこの町は俺のものなんだ。すげえじゃねえか！　俺がイシュタールを作ったんだ。それまでここにはしけた汚らしい古い城があって、老いぼれどもが死にかけたからだをよせあつめているだけだった。それがどうだ。いまじゃ、イシュタールはアルセイスにかわってゴーラの首都となって生き生きと動いている。まだまだ新しくいろんなことが若く、整備されてないが、それでももう、沢山の連中がここで暮らしている。いまに、世界中がそうなるさ。いまに、世界中がイシュトヴァーンの名によってのみ、そうやって生き生きと動き、イシュトヴァーンの作り上げた都市と国のなかで沢山の連中が生きて、暮らして、死ぬようになるのさ！　すげえじゃねえか。俺は都市だけじゃなく、国だけじゃなく——世界を作ることだって出来るんだぜ！」

「ううっ……」

また、イシュトヴァーンが、少しづつ、陶然たる狂奮状態にとらわれてゆきはじめるようすをみて、カメロンはまたためらった。

だが、じっさいには、カメロンのほうもかなり切羽詰まっていたので、もう今日こそは、この話を切り出さないわけにはゆかない、と思い決めてここまでやってきたのだった。

「イシュトヴァーン。――なあ、イシュト、その話はよくわかった。その、とてつもない――パロ遠征とかについては、俺もちょっと考えてからまた話をしようと思うんだが、ちょっとだけ時間をくれないか。なんといっても、ゴーラ王たるお前がもしまたイシュタールをあけて今度はクリスタルにいってしまう、ということになると、たとえそれは率いてゆく人数が少なかろうとも、やはりいろいろ揃えなくてはならんものもあるし、そのためにはまたしても国庫金のやりくりだの、またこちらに残るものたちの仕事についても考えないわけにはゆかないからな。そのことは、わかるだろう」

「ああ、まあ、わかるよ」

「ちょっとだけ考えさせてくれ。決して頭から、お前の考えを否定するわけじゃない。そういう、頭から考えもしないで反対しようというわけじゃないんだから。ただ、あまりにも重大なことだからな。――明日また、きてもかまわないだろうか。そのときには俺のほうも少し気持が落ち着いて、もうちょっとはまともな返答が出来ると思うんだ」

「まあ、べつだん明日でなくてもいいけどさ。だが俺はそうゆっくりしてないぜ」

というのが、イシュトヴァーンの答えであった。だが、カメロンはあえてそれを無視した。

「それよりも、今日という今日はどうしてもきいてほしい話があるんだ。その話を、お前にしたものかどうか、俺はずっと迷っていた――だが、いまの話をきいて、俺もまた、ちょっと考えたこともあったので……どうしても、どうあってもお前に今日はきいてほしいんだ、イシュト」

# 4

「なんだよ。いったい」

イシュトヴァーンは、なんとなく、おのれの頭のなかをすっかり占めてしまっている壮大な夢想の筋道をうっとりと追っていたのを、ぐいと現実に引き戻されたような、いくぶんしょっぱい顔をして、カメロンを見た。

「なんか、お説教か？　だったら、いまじゃなくしてくれ。いまは、俺は、とても気分がいいんだ。お前の説教をきいてげっそりする気にはとてもなれねえな」

「説教なんかじゃない。もっとずっと重大なことだ」

カメロンは、どう切り出したものかと考えながら云った。

「重大な？　また、金のことかよ。パロにめかしこんでゆくような金はいまのゴーラにゃもうねえんだぞ、ってことか？」

「そうじゃない。俺は……俺はこの話を、どういう具合にお前にしたものか、ずっと考えていた。お前がいないあいだに、俺のもとに報告がきて——俺はとりあえず、おのれの一存である行動の手は打ったのだが、だからといって、それはまだ実を結んではいない。それにそれは——どうやらケイロニア王グインにもからんでいるようだ……」

「グインにだと」

ふいに、イシュトヴァーンの目がぎらりと光った。

イシュトヴァーンは、安楽に身をもたせていた寝椅子から、ぐいと身をおこして、カメロンの胸ぐらをひっつかまんばかりに顔を近寄せた。

「グインがどうしたんだと。グインがまた何かやったのか。グインから何か使者でもきたのか。それともグインが——」

「まあ、聞いてくれないか。とてもこれは微妙な話で、俺自身としても、お前がどう受け取るか、なかなか想像がつかなくて、勇気がなくて切り出せなかったんだ、いままで」

カメロンはひげをかみしめながら云った。イシュトヴァーンは妙な顔をした。

「お前が、勇気がなくて切り出せなかった——だと。お前らしくもねえことをいうな。いったい、何だというんだ、カメロン」

「それが、その——つまり」

カメロンはまた、ちょっと迷ったが、とうとうほぞを決めた。

「その——お前は、さぞかしびっくりするだろうと思うんだが……お前がちょうどモンゴール遠征で不在の折も折、ある重大な情報が俺のもとに極秘で届けられた。俺は、俺の一存によって、それに対してある対応はおこなったが、その情報を、お前のもとに伝えることはしなかった。その話は、書簡だの、使者の口づてなどで伝えるためには、あまりにも重大すぎる、と俺には思われたからだ……」

「いったい、何なんだ、そんな重大な情報ってのは」

イシュトヴァーンは眉をしかめた。

「お前がそこまでいうからにはさぞかし重大なんだろうが——それはグインに関することなのか。それともゴーラ内部に反逆者がいたとか、そういうような話なのか。だったら驚きゃしないぜ。そんなことは、予想してねえほどお人好しじゃねえからな、俺は」

「そうじゃないんだ」

カメロンはますます切り出しづらくなったが、あえてまた勇気をふるいおこした。

カメロンがそれほどにためらっていたのは——その情報というのは、当然のことながらスーティに関したことであったのだが、ドリアンに対するイシュトヴァーンの態度をみていて、おのれにもうひとりの息子がいる、ということを知らされたとき、いったいイシュトヴァーンがどのようにふるまうだろうか、まったく見当がつかなかった、ということが一番大きかった。どのようにしてこの話を持ち出したものか、そもそもイシュトヴァーンがモンゴールから帰国して以来、ずっとカメロンは迷いに迷っていたのだが、どちらにせよ戻ってきたときにはイシュトヴァーンはかなり、傷のいたでで弱っていたし、いま持ち出すのはあまり時期的にもよろしくない、とカメロンは判断したのだった。だが、そのままだいに日が過ぎていって、いよいよ切り出すきっかけを失った格好になり、カメロンは、ずっとさらに悩んでいたのだ。

「そんな悪い話じゃない——ないと思う。むしろこれはめでたい話……なんだと思うんだが。普通ならば、間違いなく……」

「めでたい話だあ?」

イシュトヴァーンの眉が、だが、さらにけわしく寄せられた。

「なんだと。いったい、いまの俺にどんなめでた話があるんだか、教えてほしいもんだな。どこかから、縁談でもかけられたとでもいうのか。そんなのじゃ、めでたくもなんでもねえぜ」

「つまり、その……」

カメロンは、さらに切り出し方に悩んだが、もう、ずばりと云ってしまうことに決めた。

「突然のことで、さぞかしめんくらいもするだろうし、びっくりもすると思うんだが——お前には……お前には、もうひとり、息子がいるんだ。イシュトヴァーン」

「ああ?」

とてつもない、妙な言いかけをされた、というように、イシュトヴァーンは目を丸くしてカメロンを見つめた。

「何だとォ？」

「そうなんだ。つまり——お前の子供はドリアン王子だけじゃないんだ……いや、なかったんだ……」

我ながら、どうもまずい切り出し方をしたものだ——そういやけがさしながら、カメロンが続けようとしたときだった。

イシュトヴァーンは、からからと笑い出した。

「何を云いたいかと思えば、突然そんなばかげた話を——いったい、どういう話なんだ、それは。どっかから、俺の隠し子かなんかが、実はおのれのお父様はゴーラ王イシュトヴァーン陛下でございます、とでも名乗り出てきたのか。おいおい、よしてくれ、カメロン。俺はまだ、たったの二十八だぜ——あれ、もうそろそろ二十九になるんだったかな？ どっちでもいいや、どちらにせよ、俺はまだ若いんだ。もしそこに、大人の《息子》かなんかが名乗り出てきやがった、というのなら、ソイツは間違いなくペテン師だぜ。俺が十歳くらいで父親になってた、とでもいうのか？——そのくらいの年齢で女を知らなかったとは、云わねえがな。いくら女殺しの天才イシュトヴァーン様でも、十歳で種蒔きまでは出来やしねえよ。そうだろう」

「いや、その子供というのは、今年でようやく三歳になるならず、というところのはずなんだ」

カメロンは云った。イシュトヴァーンは、いったん寝椅子に投げ出したからだをまた用心深く起こして、いったいカメロンが何を云いだしたのかとうろんそうな顔になった。

「三歳になるならず？　そんな、二、三歳のガキなんざ――いったい俺がどの女の腹に種を蒔いたってんだよ、ええ？」

「モンゴールの、アムネリス大公の侍女だった――フロリー、という女を覚えていないか、イシュト」

「フロリー」

イシュトヴァーンはつぶやいた。

一瞬だが、そのおもてには、まったく何も思い出しておらぬことが明らかな表情が浮かんでいた。だが、それから、ふいに、記憶がじわじわと沼の底からわきあがるようにのぼってきた。イシュトヴァーンは、手を叩いた。

「おお、いたよ、フロリー、フロリー。そういや、そんな女もいたっけな。アムネリスの気に入りの侍女で、アムネリスがバイアから逃げ出すときも一緒だった、ちっちゃな、地味な女だろ。だが、その女がどうしたっていうんだ。俺はあんな地味なちっちゃな女にまで手を出すほど、女に不自由しちゃいねえぞ」

「何だって」

カメロンはいささか仰天しながら云った。

「お前は、ほんとに覚えてないのか。それとも、それはそのフロリーっていう女のまったくの法螺だったのか。お前は、その女を愛人にしていたんじゃなかったのか」

「よしてくれ」

イシュトヴァーンはにがい顔をした。

「俺はそりゃ、女にゃもてるが、そこまで節操なしじゃあねえぜ。そんな、女房にした女の腰元にまで手当たり次第に手を出すってほど見境なくは――なくは……」

ふいに、イシュトヴァーンは黙った。

そのおもてに、今度はなんとも云いようのない、微妙な困惑の表情が浮かんできた。イシュトヴァーンのいささか混然とした記憶のなかでは、さまざまなことが、おのれに都合よく改変されていることがけっこうないわけではなかったが、しかし基本的には、そこまで完全に性格が病んでいるわけでもなかった。だが、イシュトヴァーンにとっては、過去のあれこれのことどもというのは、あまりにも思い出すのが辛いことも多くあったのだ。そして、そういう、あまりに辛いことについては、イシュトヴァーンの心そのものが、あまりに辛い思いをしないために、忘れ去ってしまったり、ヴェールをかけたり、また、忘却という沼のなかに沈めてしまったりして自衛していたのだった。

（お慕いいたしております、イシュトヴァーンさま！）

そのせつな、イシュトヴァーンの目の前に浮かんできたのは、小さな白い、そしてひどくたよりなげなおどおどした、マリニアのような顔だった。

（なんて、罪深いことを――アムネリスさまの大事なかただと知っていながら……ああ、でも、お慕いいたしております、イシュトヴァーンさま！）

（可愛いフロリー――俺を抱いてくれ。俺を慰めてくれ……）

あれは、嵐の夜ではなかっただろうか――

イシュトヴァーンは、ふいに、何年前のことかさえもうさだかではない一夜のなかに、引きずり戻される思いに、茫然としていた。

もうずっと、そんなことがあったことさえ、思い出したことさえなかったのだ。それもそのはずだった。彼は約束を破った。一世一代の勇気をふるって、敬愛する主人アムネリスを捨て、ともに逃避行についてくる、と約束したフロリーを、イシュトヴァーンは、約束の庭のあずまやにひとり置き去りにしたまま、とうとう約束の時間にゆくことはなかったのだ。

それも、イシュトヴァーンにしてみれば、それなりな申し訳はあった。

（そうだ……思いだした。カメロンだ――カメロンがちょうど、トーラスに、金蠍宮に着いたんだ。そして、それで――再会に夢中になって俺は……時のことなんかすっかり忘れていた。決して悪気があったわけじゃねえ……だが、俺はフロリーと駆け落ちの約束したことなんか、すっかり忘れてたんだ。でもって――）

（小姓に見に行かせたときにはもう、フロリーはひとりで、金蠍宮からとんずらこいちまったあとだった……）

そのあと、イシュトヴァーンは、探しもしなかった。いっときの激情――ただ一回の、まるで嵐にかりたてられたような、そのときだけのあやまちでもあったし、それまでは、イシュトヴァーンにせよ、まるきり、その小さなおとなしい侍女がそんなにも一途な思いでおのれを想っていてくれようとは、想像もつかなかったのだ。むろんイシュトヴァーンのほうは、フロリーに対して、アムネリスの可愛がっている気に入りの腰元――という以外の、いかなる感情も持ってはいなかった。

「フロリー……だと」

いくぶん、弱々しい声で、イシュトヴァーンはつぶやいた。そして、いったん起こしたからだを、またぐんなりと寝椅子に沈めた。

「確かに、そんな女もいたかもしれん――だけど、よしてくれ。あいつは俺の愛人だったりしたわけじゃねえんだ。第一、俺は――そうだ、俺は、あの女、ただ一回抱いただけだぞ？　そうして、まあ、ちょっと……その、血迷ってたもんだから、ついつい駆け落ちの約束なんかしちまった。だけどそこにちょうどまさに、あんたがヴァラキアから使者としてやってきてさ。俺はあんたとの再会に夢中になって——あの晩は結局あんたとずっといたじゃねえか。それで……駆け落ちどころじゃなかったんだ。——冗談じゃない」

急に気付いてイシュトヴァーンはまた身を起こした。だが、その急な動作で傷口がみりっと痛んだので、あわてて手をのばして腹を押さえた。

「フロリーが、俺の子を生んだとでも、云ってきたのか。そんなの、かい、かたりもいいところだぜ。本当に、俺があいつを抱いたのはただ一回かぎり、それもまあ、はっきりいってただの成り行きなんだ。まあ、万が一それで百発百中しちまって、はらんじまったとしても——ほんとに、はらんだのか？　でもって——ほんとに、生んじまったのか？　まさか……そんなこと……」

「が、まさかが、本当になったようだな。イシュト」

カメロンは、イシュトヴァーンの様子を見ていて、大体察しがついてきたので、かなり落ち着いてきて、苦笑いしながら云った。

「だが、誤解しないでくれ。その女がおそれながらゴーラ王さまの隠し子を生んでおりますと訴え出てきたなんてことじゃあねえんだ。むしろその逆だ——その女は、その子供をおのれひとりでなんとか育てようと健気に頑張ってきたらしい。おまけに、どうやら、お前のところにその子を連れてきて、おのれの子だと認めてくれ、なんてことをいう気遣いはまったくないようすだ。その女は、むしろ、見つかると、さらにどんどん遠くへ、遠くへと逃げだそうとしてるようなんだ。俺がつけてやった部下から、ようやく報告が届いたんだがな。――また、この部下の報告ってのも、ごくかんたんに手紙がやっと届いたばかりだから、そいつがイシュタールに戻ってきて、直接報告を聞かないことには、いったい本当は何が、どういうことがあったんだかさっぱりこちらにはわからないんだが、その手紙によると、どうやら、その子供に、どういうわけかグイン王がからんでる、ということのようなんだな」

「何だとう」

今度は、イシュトヴァーンは血相をかえた。だが、もう、身を起こそうとはしなかった。

「どういうことだ。――なんだって、そこにまたグインが出てくることになるんだ。なんだって、やつはそう、俺の前にばかりつきまとってくるんだ。ルードの森だの、ケス河のほとりだの――今度はフロリーのガキについてまでか？　いったいグインはどうしたというんだ？　やつはサイロンに落ち着いてるわけじゃなく、ひそかにお忍びで俺のゆくさきざきをつけまわしてるとでもいうのか？」

「いや、そういうわけじゃないだろうが、どうも、このグイン王の話については、俺のほうも、ブランの手紙を見たかぎりじゃどういうことかよくわからない」

困惑しながら、カメロンは云った。

「とにかく、最初から順序だてて話すと、まず、あれは確か国境地帯の話だったと思うが、俺がモンゴールの内乱の実状をさぐるためにあちこちに潜入させていた密偵から、そういう第一報が届いて——イシュトヴァーン王陛下の隠し子を育てている女というのがいる、という情報が入ったんだな」

これは、必ずしも真実ではない。カメロンの密偵、というのは、カメロンが各地におかれたゴーラ軍のなかにもぐりこませていた、ドライドン騎士団の手先のことにほかならなかった。だが、カメロンは、適当にそのへんの云いにくい話は省いた。

「それでまあ、その、それについて調べさせてみたところが、かなりの信憑性があるようすだったんだ。それとまた、そのころ同時に、お前をルードの森で負傷させたグイン王が単身、おそらくサイロンか、ないしパロに向かってるのじゃないかという見通しもあった。それもあって、俺は、俺の一番信頼してる騎士のひとりに五十人の兵隊をあたえて、そのへんの話を探りにやらせた。——同時に、もし万一、その隠し子の話っていうのが本当だったのなら、その子供というのを、イシュタールに連れ戻るよう、命じたんだ。まあ、これは俺の一存で申し訳なかったんだが」

「………」

イシュトヴァーンは黙ってしまった。

今度は、何を考えているものか、よくわからない。黒い目を、爛々と油断なく光らせながら、じっとカメロンを食い入るように見つめている。

だが、もう、カメロンはやめるわけにはゆかなかった。

「それで——まあ、その小部隊がどのような動きをしたかは、いちいち詳細な報告が届いてたわけじゃねえから、俺には、そいつらの帰国まではわかりようがない。ただ、ときたま連絡が届いて——その部隊のほうから、部隊をあずけたその俺の右腕ってやつが、どうやら単独行のほうが確実だという状態になったんだろうな、部隊をおいて、単身変装して《標的》の身辺に食い入るために潜入しました、という報告があって、それからそのあとはまったく何の音沙汰もなくなっちまったんだ」

「………」

「それで、俺も、まあ、どうしたのかと心配はしながらも、云ってみりゃあまあ、本質的な問題じゃないからな。いや、とても重大な問題だが、今日明日を切迫したという話じゃない。だから、そのままにして、目先のあれこれの問題を片付けるのに追われていたわけだ。——だが、そこへ、ようやく少し前に、ブランからの報告というか、手紙が届いたんだ。これまた、ごく短いものだったんだが」

「………」

「それによると、ブランは体調を崩し、パロ国境の小さな宿場で足止めをくらってるが、直り次第イシュタールに向かう。王子については、クリスタルで別れた。複雑な事情あって、任務を遂行出来ず申し訳ない――と、これだけしか書いてなかったんで、俺にはいったいどういうことかはかいもくわからなかったんだが――ただ、わかったのは、グイン王がちょうど同じ時期にクリスタルにあらわれて、そしてケイロニアの軍勢がそれを迎えにいった――それと、まったく無関係ではないだろう、ということだったんだ。もともとが、お前をこういうことにしたことといい、このところのグイン王の動きにはきわめて納得のゆかぬものが多かった。そもそも、パロで失踪したのち、どのような動きをしていたのかもまったくわからんわけだし、それがモンゴール辺境にあらわれて、お前と一騎打ちをして重傷をおわせる、というところからして、確かにそれはお前が納得ゆかないのも当然だ。ケイロニアの外国内政不干渉主義をいうまでもなく、たとえケイロニアがゴーラをまだ国家として認めていなかったにしたところで、その行動はいささか唐突すぎるし、一国の王としては、あまりにも軽率すぎる。――グイン王というのはそんな人物ではないと思うし……それについても、俺としては、早急にいろいろ調べて、正しい結論を出さなくてはならんと思っていたところだったんだ」

「………」

イシュトヴァーンは、猛烈な鼻息を吹いた。いささか文句ありげだったが、そのまま何も云わない。

「だが、そのあと、ボルボロスのあたりで俺の手先がその、お前の隠し子を連れた女というのを発見したときも、どうやら、グイン王がからんでいたらしいという情報もある。――俺の手先、というよりボルボロス駐留のゴーラ軍がその女と子供を捕らえようとしたとき、グイン王がその邪魔をした、というようなよくわけのわからん報告が入っていて――」

「何だと」

用心深くイシュトヴァーンは云った。だが、また、それきり何も云わないで、じっとカメロンを見つめている。

「まあ、俺の想像だが――そのあとで、結局もしかすると、グイン王はその親子をともなってパロへ向かったのかもしれない。そのあともまた、かなり長いこと、グイン王の消息は途絶えてしまった揚句、こんどはクリスタルに突然あらわれ、そしてサイロンに知らせが届いて大至急ケイロニアの軍勢が迎えにゆく、ということになったわけなのだが、おそらくそのときも、その女と子供は、グイン王と一緒にクリスタルにいたのではないかと察せられるんだな」

「クリスタルに」

イシュトヴァーンは呟いた。

こんどはその黒い目が、何かまるで、非常な面白いアイディアでも思いついたかのようにまたたいた。

　そのようすを、いささか心配そうに眺めて、カメロンは続けた。

「だが、ともかく、ブランがここに戻ってきてこまかな報告をしないうちは、俺にはそのへんの事情というのはわかりようがない。なんだか、雲をつかむような、というより、なんだか、えたいのしれぬ事柄ばかりが次々とグイン王の身辺で起こっているようで、何か恐しい陰謀が進行しているのでなければいいが――ことに、それが、ゴーラを目指してのものだったりしたらたまらないが、というように思うだけなのだが。――しかしまあ、もうこちらを目指しているというから、どんなにかかってもあとものの十日もすれば、ブランはなんとかイシュタールに辿り着くだろう。もう、ゴーラ国境は越えたようだからな。ようやく病気も癒えたようだし――そして、ブランが戻りさえすれば、その、今回の一連の、グイン王の行動にまつわる謎、というのも、少しはとけるのじゃないかと俺は思っている。――だが、そういう話じゃなかった。問題は、その、フロリーという女性と、その子供のことだ」

「………」

　また、イシュトヴァーンは、だんまりに戻っていた。

　だが、その顔の奥で、その脳は狂ったように回転を続けている、という証拠のように、その黒い瞳はまた、きらきらとさらに鋭く光りはじめていた。

「その子供というのが女の子ならまあそれほどの問題でもなかったと思うのだが、それは男の子で——その上、あえていうなら、ドリアン王子より年長だ。たった二歳とはいえな。これは、このまま放置すれば、おそらくかなり、そのあとになって大きな問題とならないとも限らない……」

「面白えじゃねえか」

ゆっくりと、イシュトヴァーンが云ったので、カメロンははっとして顔をあげた。

「え」

「面白えじゃねえか、っていったんだ。——そうか。俺にはもう一人、ガキがいたんだ。そんなこと、思ってもなかったよ——そうか、フロリーが、俺の子を？　こいつぁ面白え——」

「おい、イシュト……」

「何を心配そうな顔をしてやがるんだ、カメロン」

イシュトヴァーンは、笑い出して、身を起こすなりカメロンの肩を手加減ぬきでぶっ叩いた。

「俺がそのガキをまたぶん投げるとでも思ったのか？　冗談じゃねえ。こんな面白いことって、そうそうあるもんじゃねえ。俺は、そのガキ、ぜひとも見てみたいぜ。俺の子なんだろう——俺とフロリーの子？　一体どんなガキになってるんだか、ぜひとも会ってみたいもんだ」

# あとがき

栗本薫です。二ヶ月のご無沙汰でしたが、「グイン・サーガ」第百二十三巻「風雲への序章」をお送りいたします。しかしこのタイトル、つけたのは当然自分自身でありますが、あらためて見て思うんですけど、「百二十三巻」までやってきて「序章」がある、ってのがすごい、ですよねー（笑）（笑）自分でちょっとたまげてしまいます。女装、もといもとい序章があるってことは、つまり、このさき「序章の次の章」やさらに「その次の章」がある、ってことになりますよね、なりませんか？

百二十三巻といえばもう、たいがいの物語は「終章」なんでしょうに、この話は「これから本篇がようやくはじまるぞ」みたいなところにきているんですよね。まったく困ったものです、というか、呆れたものです。というより、たまげたことです。

でも結局その「本当の本篇」というのは、グイン王率いるケイロニアVS、イシュトヴァーン率いるゴーラの激突、そのはざまにはさまれるパロの運命やいかに、といったものだったんだなあ、と、今日は実はこの百二十三巻を著者校していたんですが、自分であらためて百二十三を読み返してみて感じましたね（私はいまのところ百二十六巻まで書き上げていますので、すでにもう三巻先にいるわけです、アタマは（笑））。結局最初に考えていたのがその「グイン世界の三国志」であって、いろいろあったはてにようやくいま、ここまでこぎつけたのですから、まさしくこれは「ほんとの序章」だったのかもしれないのです。イシュトヴァーンが王になるまで。王になっても、本当にゴーラでちゃんと人望を得られる王になるまで。グインが堂々のケイロニア王として全軍に叱咤するまで。結局のところ、これまでの百二十二巻というのは、そこにたどりつくための紆余曲折だったのかなあ、などと、自分でいろいろな感慨にふけってしまいました。

でも、いまこうして百二十三巻でようやく「グイン三国志」への序章がはじまって、このあとが「激突！　死闘！」へむけて「カオスの時代」に描かれている「三国時代」に突入してゆく、ということになるわけなんですねえ。考えてみると私はもとから、「三国志」がこよなく好きでした。実を云うと今年は私、けっこうプロ野球にハマっておりますが、そのかみ、最初にプロ野球にハマったのは、大和球士さんが書かれた「プロ野球三国志」を読んでからです。あともうひとつ「物語ジャイアンツの歴史」というのもありましたねえ。ああいうのを読んで血をわかせておりました。ことに「プロ野球三国志」にはけっこう夢中で、三原VS水原宿命の対決だとか、なんかこう、いろいろとロマンだったなあ。今年は私はわけあって強烈な「アンチ巨人」と化しておりますが、そのかみV9のころには、巨人が負けてしまうと不機嫌になったくらい強烈な巨人フリークだったのに、よくまあここまで変われば変わるものだと感心してしまいますが――でも実を云えば、基本はまったくかわってなくて、ただ応援している相手が「ジャイアンツの外野手」から「ヤクルトの監督」に変身をとげたから、というだけのことなんですけれどもねー（笑）（笑）ま、それはそれといたしまして、ほんとに「プロ野球三国志」は好きだったなあ。

それから、高口里純さんの「叫んでやるぜ！」に登場する「宇宙三国志」という架空のアニメ、おそらくあれは「銀河英雄伝説」をモチーフにしてるんだろうなと見当はつけてますが、けっこう、あれはそそられるものがありまして、「くそ、書いてみてえなー」などとちょこっと思ったりしました……けど、たぶん私より田中芳樹君のほうがむいてるでしょうね（笑）私はどうも宇宙には向いてないらしいことがだんだん自分でわかってきたし。でもあれは《もと》（たってないんだけど）を見たーい」って強烈に思いましたねえ。ほんとに高口里純さんてすごい人です。あれだけの「切れっぱし」しか描いてないのに、「ううっその本を読みたいっ」と読むものに思わせてしまうのですから（笑）（笑）これこそ本当のロマンのパワーというものですよねえ。でもそこにも、やっぱり宇宙「三国志」という言葉が、三国志フェチの私にかなり作用していることは否めません。

その昔私はあまりにも好きだったので「こうなったら自分で自分の三国志と水滸伝と西遊記を書いてしまうほかはない」と思ったのでした。そのうち水滸伝はまあ、「魔界水滸伝」を書きましたし、三国志はグインを書いていますし、残るは西遊記、なのですが、これはどうも、ほかの二つに比べるとそれほどそそられないのかもしれない。しいていえば「紅楼夢」なんか、若干、まるきり違うけれども自分のなかでは東京サーガなのかなあ、と思わないでもないですけれども、これはもう全然違いますねえ。高校生のころ、高校の図書館でそうした中国の古典シリーズをずっとむさぼり読んではあれこれと夢見ていた、そのころのことを、「三国志」ということばは強烈に思い出させてくれます。

まあ、それはともあれ、そういうわけでこの長い長い物語も、またあらたな章に入ろうとしているわけなのですけれども、問題は「どこまでゆきつけるか」という、まあ時間との競争になってきましたね。少しでも先まで書いてしまっておければ、もし私に何かあっても、延々と一年なり二年なり、グインだけは新刊が出てくる、というようなこともありうるわけで、それが十冊くらいあったらいいんだけどなあ、などということを考えてみたりします。でもこのところさすがに薬の副作用がけっこう溜まってきたんでしょうね、全体に気力体力は低下ぎみなので、いまやっている免疫療法でなんとかして、体力をあまり落とさないようにすることですねえ。手術から九月の二十日で九ヶ月たちますが、まだあまり前かがみに机に長時間（一時間くらいが限度かなあ）向かっているとお腹が痛いので、そうなるとベッドでいったん横たわってのばして（爆）からまた再開、ということになるんですが、それで結局、一日平均かつては五十枚六十枚書いていましたが、いまは二十〜三十枚になっているのがなさけない。その分コンスタントに書かなくてはいけないはずなのに、どうもそうできなくなっているのも情けない。でもまあ、本当にまだ九ヶ月しかたってないんだからしょうがないのかなあ、と思ったり。

闘病記「ガン病棟のピーターラビット」のほうはおかげさまでかなり反響をいただきまして、久々にいろんなインタビューとかがきました。売れ行きも好調のようで、十月には「アマゾネスのように」がポプラ文庫から再刊されますので、今年はなんだかんだいって結局妙に沢山本が出てしまうことになります。まあ、それも、いいことではないかな、と思っておるのですけれども。しかし会う人ごとに「病気とは思えないくらい元気だ」とか「大手術したとは思えないですね、やつれてなくて」といわれるたびになんとなく複雑な気持になります。それは、元気なのがいいには決まっているし、やつれたくなんかないんですけれど、なんとなく、「病気だなんて、うそついたんじゃないの、なんでもなさそうじゃない」といわれてるみたいな気がしてね。病人の気持というのはなかなかに傷つきやすいものですので、出来ることなら、べつだん私に対してってことではなく、お身のまわりに病人のかたがおいでになったら、一見元気にみえようとも、必ず健康なかたたちからはなかなかわからない苦痛や衰弱や気持の衰えをかかえているものですから、「なんだ元気じゃないの」とか「元気そうですね」というようなおことばは、あまりかけないであげていただけたらなと思うんですけれどもねえ……といっても、ひとそれぞれに受取りかたはまるで違うものだから、「お元気そうですね」といわれてほっとしたり、安心したり喜ぶ病人のかたもおいでになるかもしれない。それはもちろん、そういうときには、そのことばではげましてあげてほしいと思うのですけれども、こと私に関するかぎりは、「元気そうですね」といわれるとなんとなく複雑な気持になる、というのは事実のようです。それも結局のところ私がひねくれてる、っていうだけの話かもしれないんですけどね。「元気そう」イコール「あほに見える」とか「病気、大したことないじゃない」みたいに受け取れちゃうというのは、精神がやっぱりどこか病んでるのかもしれないけどなあ。もちろんだからといって、「お元気そうですね」とせっかく云って下さるかた皆さんに嚙みついたりしませんので、そこはまあ一応常識の範囲内で行動してはおりますが。

とはいうものの、まあ副作用も他のかたたちの闘病記を拝見するかぎりではずいぶん軽くすんでいるようだし、いつまでこうして抗ガン剤を服用していなくてはならないのかわかりませんが、いずれ近いうちになんらかの見通しは出てくるようなので、それが吉と出るか凶と出るか、まあ、それからなんでしょうね。それにしても、一生こうして薬を飲み続けていなくてはならないんだったら、それはなかなかやはり大変なことです。あちこちかゆくなったり、胃がひどくいたんだり、やっぱりそれなりな副作用は出ておりますしねえ。まあ、なんとかして、命と気力の続くかぎり、一冊でも多く「序章」から先へ進んでおきたいな、と願うばかりであります。この次はもう年末、そして百二十五巻のときにはもう、二〇〇九年になっているわけですね。これは、私がどうなろうと出るのが確実なのがなんとなく心強いですが。早く百二十七巻を書かないとなあ。

というこことで、百二十三巻「風雲への序章」です。お楽しみいただければさいわいです。

二〇〇八年九月八日（月）

神楽坂倶楽部URL
http://homepage2.nifty.com/kaguraclub/

天狼星通信オンラインURL
http://homepage3.nifty.com/tenro

「天狼叢書」「浪漫之友」などの同人誌通販のお知らせを含む天狼プロダクションの最新情報は「天狼星通信オンライン」でご案内しています。

情報を郵送でご希望のかたは、返送先を記入し80円切手を貼った返信用封筒を同封してお問い合せください。

（受付締切などはございません）

〒108-0014　東京都港区芝4-4-10　ハタノビルB1F
㈱天狼プロダクション「情報案内」係

# 日本ＳＦ大賞受賞作

**上弦の月を喰べる獅子**上下
**夢枕　獏**
ベストセラー作家が仏教の宇宙観をもとに進化と宇宙の謎を解き明かした空前絶後の物語。

**戦争を演じた神々たち**［全］
**大原まり子**
日本ＳＦ大賞受賞作とその続篇を再編成して贈る、今世紀、最も美しい創造と破壊の神話

**傀《く》儡《ぐつ》后《こう》**
**牧野　修**
ドラッグや奇病がもたらす意識と世界の変容を醜悪かつ美麗に描いたゴシックＳＦ大作。

**マルドゥック・スクランブル**（全３巻）
**冲方　丁**
自らの存在証明を賭けて、少女バロットとネズミ型万能兵器ウフコックの闘いが始まる！

**象《かたど》られた力**
**飛　浩隆**
Ｔ・チャンの論理とＧ・イーガンの衝撃――表題作ほか完全改稿の初期作を収めた傑作集

# 星雲賞受賞作

## ハイブリッド・チャイルド
大原まり子
軍を脱走し変形をくりかえしながら逃亡する宇宙戦闘用生体機械を描く幻想的ハードＳＦ

## 永遠の森　博物館惑星
菅　浩江
地球衛星軌道上に浮ぶ博物館。学芸員たちが鑑定するのは、美術品に残された人々の想い

## 太陽の簒《さん》奪《だつ》者《しゃ》
野尻抱介
太陽をとりまくリングは人類滅亡の予兆か？星雲賞を受賞した新世紀ハードＳＦの金字塔

## 銀河帝国の弘法も筆の誤り
田中啓文
人類数千年の営為が水泡に帰すおぞましくも愉快な遠未来の日常と神話。異色作五篇収録

## 老ヴォールの惑星
小川一水
ＳＦマガジン読者賞受賞の表題作、星雲賞受賞の「漂った男」など、全四篇収録の作品集

## 次世代型作家のリアル・フィクション

マルドゥック・ヴェロシティ1
冲方 丁
過去の罪に悩むボイルドとネズミ型兵器ウフコック。その魂の訣別までを描く続篇開幕！

マルドゥック・ヴェロシティ2
冲方 丁
都市政財界、法曹界までを巻きこむ巨大な陰謀のなか、ボイルドを待ち受ける凄絶な運命

マルドゥック・ヴェロシティ3
冲方 丁
都市の陰で暗躍するオクトーバー一族との戦いに、ボイルドは虚無へと失墜していく……

逆境戦隊バツ［×］1
坂本康宏
オタクの落ちこぼれ研究員・騎馬武秀が正義を守る！　劣等感だらけの熱血ヒーローSF

逆境戦隊バツ［×］2
坂本康宏
オタク青年、タカビーOL、巨デブ男の逆境戦隊が輝く明日を掴むため最後の戦いに挑む

## 次世代型作家のリアル・フィクション

### スラムオンライン
桜坂　洋

最強の格闘家になるか？　現実世界の彼女を選ぶか？　ポリゴンとテクスチャの青春小説

### ブルースカイ
桜庭一樹

あたしは死んだ。この眩しい青空の下で——少女という概念をめぐる三つの箱庭の物語。

### サマー／タイム／トラベラー1
新城カズマ

あの夏、彼女は未来を待っていた——時間改変も並行宇宙もない、ありきたりの青春小説

### サマー／タイム／トラベラー2
新城カズマ

夏の終わり、未来は彼女を見つけた——宇宙戦争も銀河帝国もない、完璧な空想科学小説

### 零　式
海猫沢めろん

特攻少女と堕天子の出会いが世界を揺るがせる。期待の新鋭が描く疾走と飛翔の青春小説

# 星界の紋章／森岡浩之

## 星界の紋章Ⅰ—帝国の王女—

銀河を支配する種族アーヴの侵略がジントの運命を変えた。新世代スペースオペラ開幕！

## 星界の紋章Ⅱ—ささやかな戦い—

ジントはアーヴ帝国の王女ラフィールと出会う。それは少年と王女の冒険の始まりだった

## 星界の紋章Ⅲ—異郷への帰還—

不時着した惑星から王女を連れて脱出を図るジント。痛快スペースオペラ、堂々の完結！

## 星界の紋章ハンドブック

早川書房編集部編

『星界の紋章』アニメ化記念。第一話脚本など、アニメ情報満載のファン必携アイテム。

## 星界マスターガイドブック

早川書房編集部編

星界シリーズの設定と物語を星界のキャラクターが解説する、銀河一わかりやすい案内書

## 星界の戦旗／森岡浩之

**星界の戦旗Ⅰ—絆のかたち—**

アーヴ帝国と〈人類統合体〉の激突は、宇宙規模の戦闘へ！『星界の紋章』の続篇開幕。

**星界の戦旗Ⅱ—守るべきもの—**

人類統合体を制圧せよ！　ラフィールはジントとともに、惑星ロブナスⅡに向かったが。

**星界の戦旗Ⅲ—家族の食卓—**

王女ラフィールと共に、生まれ故郷の惑星マーティンへ向かったジントの驚くべき冒険！

**星界の戦旗Ⅳ—軋《きし》む時空—**

軍へ復帰したラフィールとジント。ふたりが乗り組む襲撃艦が目指す、次なる戦場とは？

**星界の戦旗ナビゲーションブック**

早川書房編集部編

『紋章』から『戦旗』へ。アニメ星界シリーズの針路を明らかにする！　カラー口絵48頁

# ダーティペア・シリーズ／高千穂遙

## ダーティペアの大冒険

銀河系最強の美少女二人が巻き起こす大活躍大騒動を描いたビジュアル系スペースオペラ

## ダーティペアの大逆転

鉱業惑星での事件調査のために派遣されたダーティペアがたどりついた意外な真相とは？

## ダーティペアの大乱戦

惑星ドルロイで起こった高級セクソロイド殺しの犯人に迫るダーティペアが見たものは？

## ダーティペアの大脱走

銀河随一のお嬢様学校で奇病発生！　ユリとケイは原因究明のために学園に潜入する。

## ダーティペア　独裁者の遺産

あの、ユリとケイが帰ってきた！　ムギ誕生の秘密にせまる、ルーキー時代のエピソード

# コミック文庫

## アズマニア〔全3巻〕
吾妻ひでお

エイリアン、不条理、女子高生。ナンセンスな吾妻ワールドが満喫できる強力作品集3冊

## ネオ・アズマニア〔全3巻〕
吾妻ひでお

最強の不条理、危うい美少女たち、仰天スペオペ。吾妻エッセンスを凝縮した作品集3冊

## オリンポスのポロン〔全2巻〕
吾妻ひでお

一人前の女神めざして一所懸命修行中の少女女神ポロンだが。ドタバタ神話ファンタジー

## ななこＳＯＳ〔全3巻〕
吾妻ひでお

驚異の超能力を操るすーぱーがーる、ななこのドジで健気な日常を描く美少女ＳＦギャグ

## 時間を我等に
坂田靖子

時間にまつわるエピソードを自在につづった表題作他、不思議議なやさしさに満ちた作品集

# コミック文庫

## 星食い
坂田靖子
夢から覚めた夢のなかは、星だらけの世界だった！　心温まるファンタジイ・コミック集

## 花模様の迷路
坂田靖子
美術商マクグランが扱ういわくつきの美術品をめぐる人間ドラマ。心に残る感動の作品集

## パエトーン
坂田靖子
孤独な画家と無垢な少年の交流をリリカルに描いた表題作他、禁断の愛に彩られた作品集

## 叔父様は死の迷惑
坂田靖子
作家志望の女の子メリィアンとデビッドおじさんのコンビが活躍するドタバタミステリ集

## マーガレットとご主人の底抜け珍道中〔旅情篇〕〔望郷篇〕
坂田靖子
旅行好きのマーガレット奥さんと、あわてんぼうのご主人。しみじみと心ときめく旅日記

# コミック文庫

**花図鑑**〔全2巻〕 清原なつの
性にまつわる抑圧や禁忌に悩む女性の心をさまざまな角度から描いたオムニバス作品集。

**東京物語**〔全3巻〕 ふくやまけいこ
出版社新入社員・平介と、謎の青年・草二郎がくりひろげる、ハラハラほのぼの探偵物語

**サイゴーさんの幸せ** ふくやまけいこ
上野の山の銅像サイゴーさんが、ある日突然人間になって巻き起こすハートフルコメディ

**星の島のるるちゃん**〔全2巻〕 ふくやまけいこ
二〇一〇年、星の島にやってきた、江の島るるちゃんの夢と冒険を描く近未来ファンタジー

**まぼろし谷のねんねこ姫**〔全3巻〕 ふくやまけいこ
ネコのお姫様が巻き起こす、ほのぼの騒動！ノスタルジックでキュートなファンタジー。

著者略歴　早稲田大学文学部卒
作家　著書『さらしなにっき』
『あなたとワルツを踊りたい』
『サイロンの光と影』『豹頭王の
苦悩』（以上早川書房刊）他多数

HM=Hayakawa Mystery
SF=Science Fiction
JA=Japanese Author
NV=Novel
NF=Nonfiction
FT=Fantasy

グイン・サーガ⑫③
# 風雲《ふううん》への序章《じよしよう》

〈JA938〉

二〇〇八年十月十日　印刷
二〇〇八年十月十五日　発行
（定価はカバーに表示してあります）

著者　栗《くり》本《もと》薫《かおる》
発行者　早川浩
印刷者　大柴正明
発行所　株式会社早川書房
郵便番号　一〇一 - 〇〇四六
東京都千代田区神田多町二ノ二
電話　〇三 - 三二五二 - 三一一一（大代表）
振替　〇〇一六〇 - 三 - 四七七九九
http://www.hayakawa-online.co.jp

乱丁・落丁本は小社制作部宛お送り下さい。
送料小社負担にてお取りかえいたします。

印刷・株式会社亨有堂印刷所　製本・大口製本印刷株式会社

ISBN978-4-15-030938-1 C0193